COLEÇÃO *Anne*

1. ANNE DE GREEN GABLES — L. M. Montgomery
2. ANNE DE AVONLEA — L. M. Montgomery
3. ANNE DA ILHA — L. M. Montgomery

Anne
de Avonlea

Diretor editorial
Henrique Teles

Produção editorial
Eliana Nogueira

Arte gráfica
Bernardo Mendes

Tradução e Adaptação
Nereo Marchesotti

Revisão
Cláudia Rajão

Diagramação
Paulina C. Mendes

EDITORA GARNIER
Belo Horizonte
Rua São Geraldo, 67 – Floresta – Cep.: 30150-070 – Tel.: (31) 3212-4600
e-mail: vilaricaeditora@uol.com.br

L. M. Montgomery

Anne de Avonlea

GARNIER
desde 1844

Título original: Anne of Avonlea.

Dados Internacionais de Catalogação na Publicação (CIP) de acordo com ISBD

M787a Montgomery, Lucy Maud

Anne de Avonlea / Lucy Maud Montgomery. - Belo Horizonte - MG : Garnier, 2020.

279 p. ; 14cm x 21cm.

Inclui índice.
ISBN: 978-65-86588-64-4

1. Literatura infantojuvenil. 2. Romance. 3. Literatura canadense. I. Título.

CDD 028.5
2020-2432 CDU 82-93

Índice para catálogo sistemático:

1. Literatura infantojuvenil 028.5
2. Literatura infantojuvenil 82-93

SUMÁRIO

CAPÍTULO I

UM VIZINHO IRADO

Já era uma moça com 16 anos e alguns meses, alta, esbelta, com olhos cinzentos e sérios e um cabelo que seus amigos chamavam de castanho-avermelhado, que estava sentada em um dos degraus de pedra vermelha da porta de uma casa de fazenda em Prince Edward Island, no Canadá, em um fim de tarde, firmemente decidida a interpretar versos do poeta romano Virgílio, um dos mais importantes poetas da antiga Roma.

Era mais uma tarde de agosto, em que uma névoa azul encobria as colinas, o vento brando sussurrava como se houvesse fadas por entre os álamos, e papoulas vermelhas dançavam esplendorosamente, reluzindo em contraste com o bosque escuro de pinheiros jovens, em um canto de um pomar de cerejeiras, era mais apropriada para sonhos do que para línguas mortas. O livro de Virgílio logo escorregou despercebido até o chão, e Anne — com o queixo apoiado nas mãos entrelaçadas e os olhos fixos na esplêndida massa de nuvens fofas que se amontoavam sobre a casa do senhor J. A. Harrison, como se formassem uma grande montanha branca — estava bem distante, em um mundo encantador, no qual certa professora fazia um trabalho maravilhoso, moldando os destinos de futuros líderes políticos e inspirando mentes e corações jovens com ambições sublimes.

De fato, não parecia muito provável que houvesse, na escola de Avonlea, alunos com grandes possibilidades de se tornarem celebridades. Mas, nunca se sabe o que pode acontecer quando uma professora usa sua sabedoria para o bem. Anne tinha ideais extremamente otimistas sobre o que uma professora poderia realizar se simplesmente “seguisse o caminho correto”; e, naquele momento, estava visualizando um cenário magnífico, quarenta anos mais tarde, na qual uma pessoa importante, famosa, o motivo exato pelo qual esse indivíduo seria famoso ficou convenientemente indeterminado, mas Anne achou que seria muito bom se ele tivesse se tornado reitor de uma universidade, ou ministro do Canadá, se tornaria respeitosamente sobre sua mão enrugada, afirmando que ela tinha sido a primeira pessoa a despertar a sua ambição, e que todo o seu sucesso na vida se devia às lições que ela lhe havia dado, tanto tempo atrás, na escola de Avonlea. Este agradável visão, porém, foi arruinada por uma interrupção nada agradável.

Uma modesta vaquinha Jersey, surgiu descendo a rapidamente e, cinco segundos depois, o senhor Harrison chegou-se “chegou” não for um termo muito suave, para descrever a sua súbita aparição no quintal. O homem pulou a cerca, sem perder tempo abrindo o portão, e encarou furiosamente a surpreendida Anne, que tinha ficado de pé e o observava, muito perplexa. O senhor Harrison era o novo vizinho, do lado direito da fazenda, e eles não tinham sido apresentados, embora ela já o tivesse visto algumas vezes.

Foi no início de abril, antes de Anne voltar da Academia Queen´s, após o término de seus estudos, o senhor Robert Bell tinha vendido sua propriedade, que fazia fronteira, a oeste com a fazenda dos irmãos Cuthbert, e havia se mudado para Charlottetown. A propriedade havia sido comprada por um certo senhor J. A. Harrison, cujo nome e o fato de ser nascido na província de New Brunswick, na costa leste do Canadá, era tudo o que se sabia sobre ele. Mas antes mesmo que um mês em Avonlea, já havia ganhado a reputação de ser um homem esquisito; “um excêntrico”, de acordo com a senhora Rachel Lynde. A boa senhora Rachel era uma mulher muito franca, como o leitor deve se lembrar bem. Sem dúvida, o senhor Harrison era mesmo um pouco diferente das outras pessoas e, como todos sabem, essa é a característica essencial de um excêntrico.

A princípio, ele mantinha distância dos moradores de Avonlea, e, certo dia, afirmou publicamente que não queria as “baboseiras das mulheres” em sua propriedade. A população feminina de Avonlea imediatamente se vingou, propagando informações terríveis, a respeito do modo como ele cozinhava e cuidava de sua casa. O senhor Harrison havia contratado o jovem John Henry Carter, de White Sands, para ajudá-lo a cuidar da propriedade, e foi o garoto quem deu início às histórias. Em primeiro lugar, disse que, na casa de seu patrão, não havia horário definido para as refeições. Ele "comia um bocado" quando sentia fome, e, se John Henry estivesse por perto naquele momento, podia entrar e comer um pouco; caso contrário, tinha de esperar até o homem ter seu próximo ataque de fome. O garoto declarava, desoladamente, que teria morrido de fome, se não pudesse chegar em casa aos domingos e se fartar, porque sua mãe sempre lhe dava uma cesta de comida para levar para o trabalho, nas manhãs de segunda-feira.

Para lavar as louças, o senhor Harrison nunca se dava ao trabalho de fazer isso, exceto nos domingos chuvosos. Nesses dias, ele lavava todas de uma só vez, em um barril cheio de água da chuva, e as deixava escorrendo até secar.

Diziam que o senhor Harrison era "sovina". Quando lhe perguntaram se gostaria de contribuir com algum dinheiro para o salário do reverendo Allan, ele retrucava que, antes de contribuir, tinha de ver quantos valia o sermão do pastor, pois não iria comprar gato por lebre. E quando a senhora Lynde foi até sua fazenda, lhe pedir uma doação para o Instituto para Missões Estrangeiras — e, aproveitando a oportunidade, espiar o interior da casa —, ele lhe disse que havia muito mais pagãs entre as velhas fofoqueiras de Avonlea, do que em qualquer outro lugar que conhecesse, e que contribuiria alegremente para uma missão, que as convertesse ao cristianismo, se ela tomasse essa incumbência. Mas a senhora Rachel se retirou imediatamente, e disse depois, ser uma bênção a pobre senhora Robert Bell, estar a salvo em seu túmulo, pois seu coração ficaria partido se ela visse o estado em que estava a casa, da qual tinha tanto se orgulhava.

— Ora, a senhora Bell esfregava o chão da cozinha dia sim, o outro dia também — a senhora Lynde comentou, indignada, com Marilla Cuthbert. — Se você pudesse ver aquele mesmo chão agora... Tive de erguer minhas saias quando atravessei a cozinha.

Por fim, sua descrição, faltou dizer que o senhor Harrison criava um papagaio chamado Ginger, e que, nunca ninguém de Avonlea havia tido um animal daquele. Portanto, manter em casa um pássaro dessa espécie não era uma atitude considerada respeitável. E que papagaio! Se as palavras de John Henry fossem levadas em conta, era possível afirmar que nunca existiu no mundo uma ave mais herege. Ginger xingava horrivelmente, e a senhora Carter tiraria John Henry daquele emprego, sem pensar duas vezes, se tivesse certeza de que poderia encontrar outro trabalho para o filho. Além disso, Ginger havia bicado o jovem com tanta força, quando ele abaixou e ficou perto demais da gaiola, que arrancou um pedaço de seu pescoço. A senhora Carter mostrava essa marca a todas as pessoas, quando o azarado John Henry voltava para casa aos domingos.

Anne se recordou disso, enquanto o senhor Harrison permanecia parado diante dela, evidentemente emudecido pela fúria. Mesmo quando estava em seu melhor humor, o senhor Harrison não podia ser considerado um homem elegante; era baixo, gordo e careca, e, naquele momento, com o rosto redondo vermelho de raiva e os proeminentes olhos azuis quase saltando para fora, Anne achou que ele era realmente a pessoa mais feia que já tinha visto.

Subitamente, o senhor Harrison recuperou a voz.

— Eu não tolerarei isso! Ouviu? — esbravejou. — Nem mais um dia, está ouvindo, senhorita? Bendita seja a minha alma! É a terceira vez, senhorita... terceira! Paciência tem limite, senhorita! Na última vez, avisei sua tia, para não deixar isso acontecer novamente... e ela deixou... ela deixou! Por que ela fez isso é o que eu quero saber. É por essa razão que estou aqui, senhorita.

— O senhor pode me explicar qual é o problema? — perguntou Anne, muito gentilmente.Vinha praticando bastante essa conduta, para estar bem preparada quando as aulas começassem, mas parece que toda a sua amabilidade, não havia surtido nenhum efeito no irado J. A. Harrison.

— Problema, sim? Bendita seja a minha alma! Eu diria que é um grande aborrecimento. O problema, senhorita, é que encontrei essa vaca Jersey de sua tia na minha plantação de aveia de novo, há menos de meia hora. É a terceira vez que isso acontece, entendeu bem? Terceira! A primeira vez foi na terça-feira passada, e ontem mesmo ela já estava lá outra vez. Eu vim aqui e falei com sua tia para não deixar isso acontecer novamente. E ela deixou! Onde está sua tia, senhorita? Eu só quero vê-la por um minuto e lhe dizer o que penso... o que pensa J. A. Harrison, senhorita!

— Se o senhor está se referindo à senhorita Marilla Cuthbert, ela não é minha tia, e foi a East Grafton visitar uma tia distante que está muito doente — disse Anne, com o devido aumento de amabilidade a cada palavra. — E lamento muito que minha vaca tenha invadido sua plantação... ela é minha, e não da senhorita Cuthbert... Matthew a comprou do senhor Bell e me deu, três anos atrás, quando ela ainda era uma bezerrinha.

— Lamenta, senhorita?! Lamentar não ajuda em absolutamente nada. É melhor ir até lá e ver o estrago que aquele animal fez... pisoteou tudo, destruiu cada pedacinho da minha plantação de aveia, senhorita.

— Lamento muito mesmo — repetiu Anne –, mas, talvez, se o senhor mantivesse suas cercas em melhor estado de conservação, Dolly provavelmente não as teria atrvessado. É a sua parte da cerca que separa seu campo de aveia do nosso pasto, e notei, outro dia, que ela não está em muito boas condições...

— Minha cerca está boa — o senhor Harrison a interrompeu, mais irritado do que nunca, diante da acusação de culpa pelo que havia acontecido. — A cerca de uma prisão não poderia manter esse demônio dessa vaca do lado de fora. E preste bastante atenção nisto, sua ruivinha insignificante: se a vaca for realmente sua, como está dizendo, seria melhor empregar seu tempo mantendo-a longe dos grãos de outras pessoas do que ficar sentada aí, lendo romances de capa amarela! — acrescentou, com um olhar penetrante para o inocente livro bege de Virgílio, caído aos pés de Anne.

Naquele momento, uma outra coisa ficou vermelha, além do cabelo de Anne, que sempre tinha sido seu ponto fraco.

— Prefiro ter cabelo vermelho do que não ter nenhum, exceto uns poucos fios ao redor das orelhas — replicou.

O ataque foi certeiro, pois o senhor Harrison era sensível em relação a sua calvície. A fúria o deixou sem palavras novamente, e ele pôde apenas olhar fixamente para Anne, que recuperou a calma e aproveitou que estava em situação de vantagem sobre o vizinho.

— Eu não o levarei a mal, senhor Harrison, porque tenho imaginação. Consigo facilmente imaginar o quanto deve ser terrível encontrar uma vaca em sua plantação de aveia, e, portanto, não vou alimentar nenhum ressentimento pelo senhor, por causa do que acabou de me dizer. Prometo que Dolly nunca mais vai invadir sua plantação. Dou minha palavra de honra quanto a isso.

— Bem, não deixe isso acontecer — o senhor Harrison resmungou, em um tom muito mais contido; porém, saiu pisando duro, muito zangado, e Anne escutou o vizinho rosnar, até ele ficar fora do alcance de seus ouvidos.

Tristemente perturbada, Anne atravessou o pátio e prendeu a levada vaca Jersey no curral de ordenha.

"É impossível Dolly sair dali, a não ser que ela destrua a cerca", pensou. "Ela parece bastante calma agora. Eu ousaria dizer que está passando mal de tanto comer aveia. Hoje me arrependo de não tê-la vendido ao senhor Shearer, quando ele quis comprá-la na semana passada. Naquele mesmo dia, achei melhor esperar até fazermos o leilão do gado, pois assim entregaríamos todos os animais juntos. Acho que seja verdade que o senhor Harrison é um excêntrico. Com certeza, não existe alma gêmea dele."

Anne ficava sempre atenta para reconhecer almas gêmeas.

Marilla Cuthbert estava entrando no quintal, quando Anne voltou do curral, e a jovem correu para preparar o chá. Depois, já sentadas à mesa, as duas conversaram sobre o episódio com o vizinho.

— Vou ficar feliz quando o leilão terminar — Marilla falou. — É muita responsabilidade ter tantos animais na fazenda e ninguém, exceto aquele Martin, que não é nada confiável para cuidar deles. Ele ainda não voltou, embora tenha prometido que, se eu lhe desse o dia de folga para ir ao funeral da tia, estaria de volta ontem mesmo, à noite. Realmente, não sei quantas tias ele teve ou ainda tem, mas essa já é a quarta que morre desde que o contratamos, há apenas um ano. Vou ficar mais do que agradecida quando a colheita acabar e o senhor Barry assumir a fazenda. Teremos de manter Dolly presa no curral até Martin voltar, porque, antes de soltá-la no pasto dos fundos, as cercas precisam ser consertadas. Reconheço que temos mesmo de enfrentar muitos problemas neste mundo, como Rachel costuma dizer. Veja o caso da pobre Mary Keith, que está morrendo, e ninguém sabe o que vai ser feito de seus duas crianças pequenas. Ela tem um irmão que mora em British Columbia, e escreveu para ele sobre as crianças, mas ainda não obteve resposta.

— Como são essas crianças, Marilla? Qual é a idade delas?

— Um pouco mais de 6 anos... são gêmeos.

— Oh, sempre fui especialmente interessada em gêmeos, desde que a senhora Hammond teve tantos! — respondeu Anne, entusiasmada. — Eles são bonitos?

— Não sei, é impossível dizer... eles estavam tão sujos! Davy estava no quintal fazendo tortas de lama, e Dora foi chamá-lo para entrar. Então, Davy a empurrou, e ela caiu de cabeça sobre a maior das tortas. Ela começou a chorar e, querendo mostrar que não havia razão para isso, o menino chafurdou a própria cabeça na lama. Mary me disse que Dora é uma menina muito boa, mas Davy é terrivelmente travesso. Na verdade, ele nunca recebeu uma boa educação: o pai morreu quando os filhos ainda eram bebês, e pode-se dizer que a mãe está sempre doente, desde então.

— Sempre lamento por crianças que não recebem educação — disse Anne, pensativa. — A senhora sabe que eu não recebi educação, até vir para Green Gables. Espero que o tio possa cuidar deles. Qual é exatamente o parentesco que a senhora tem com a senhora Keith?

— Com Mary? Absolutamente nenhum. Era seu marido... ele era nosso primo de terceiro grau. Veja, ali está a senhora Lynde atravessando o quintal. Imaginei que ela viria para saber sobre Mary.

— Não diga nada sobre o senhor Harrison e a vaca, por favor — Anne implorou.

Marilla prometeu não falar nada a esse respeito, mas a promessa foi desnecessária, pois, assim que se sentou, Rachel Lynde disse:

— Quando estava voltando de Carmody, vi o senhor Harrison enxotar sua vaca Jersey da plantação de aveia dele. Percebi que o homem estava verdadeiramente irado. Ele criou muito tumulto?

Anne e Marilla trocaram sorrisos divertidos. Pouquíssimas coisas em Avonlea escapavam ao conhecimento da senhora Lynde. Na manhã daquele mesmo dia, Anne tinha dito: “Se você for para seu quarto à meia-noite, trancar a porta, fechar a cortina e espirrar, no dia seguinte, a senhora Lynde vai vir perguntar como está sua gripe".

— Creio que sim — Marilla admitiu. — Eu não estava aqui, mas ele disse a Anne tudo o que pensava.

— Acho o senhor Harrison um homem muito desagradável — Anne falou, sacudindo a cabeça ruiva ressentida.

— Você nunca disse palavras mais verdadeiras — a senhora Rachel concordou solenemente. — Eu sabia que teríamos problemas desde que Robert Bell vendeu sua propriedade para um homem de New Brunswick... essa é a verdade. Não sei dizer o que vai ser de Avonlea, com tantas pessoas estranhas se mudando para cá. Daqui a pouco tempo, não vamos estar seguros nem dormindo em nossas próprias camas.

— Ora, que outros estranhos estão vindo morar aqui? — Marilla quis saber.

— Vocês não soube? Bem, primeiro, tem a família Donnell. Eles alugaram a antiga casa de Peter Sloane, porque Peter contratou o homem para cuidar do moinho. Vieram do sudeste, e ninguém sabe nada sobre eles. Depois, tem aquela família preguiçosa de Timothy Cotton: estão se mudando de White Sands para cá, e tenho certeza de que vão ser um fardo para todos nós. Ele está tuberculoso... quando não está roubando... E a esposa é uma criatura imprestável que não faz nenhum esforço para nada. Imaginem que ela lava a louça sentada! A senhora George Pye adotou o sobrinho órfão do marido; o nome dele é Anthony Pye, e vai ser seu aluno lá na escola, Anne. Portanto, pode esperar problemas. Essa é a verdade. E você vai dar aulas também para outra criança desconhecida: Paul Irving está vindo dos Estados Unidos, para morar com a avó. Você deve se lembrar do pai dele, Marilla... Stephen Irving, aquele que abandonou Lavendar Lewis, em Grafton.

— Não acho que ele a abandonou. Houve uma briga... Suponho que ambos os lado tiveram culpa.

— Bem, de qualquer forma, ele não se casou com ela, e dizem que, desde então, a mulher se tornou uma pessoa muito esquisita... Mora sozinha naquela casa pequena, de pedra, que ela chama de Echo Lodge. Stephen mudou-se para os Estados Unidos, abriu um negócio com o tio e, se casou com uma ianque. Desde então, ele nunca mais voltou, aqui, embora sua mãe tenha ido até lá, uma ou duas vezes, para vê-lo. A esposa dele morreu há dois anos, e agora Stephen está mandando o garoto para passar uma temporada com a avó. Paul tem 10 anos de idade, e não sei se vai ser um aluno dos mais desejáveis. Nunca podemos prever nada com relação a esses ianques.

A senhora Lynde desprezava — com um ar decidido de quem pensa: "Pode vir alguma coisa boa de Nazaré?" — todas as pessoas que tiveram o azar de nascer ou crescer em qualquer outro lugar que não fosse Prince Edward Island. Afirmava que, com certeza, até poderiam ser boas pessoas, mas era mais seguro duvidar disso. Ela tinha um preconceito especial contra os americanos. Seu marido tinha perdido algum dinheiro, por causa de uma trapaça de um norte americano, para quem ele havia trabalhado uma vez, em Boston, e, depois disso, nem anjos, nem autoridades, nem poder algum foi capaz de convencer Rachel Lynde de que os Estados Unidos da América, como um todo, não eram responsáveis por aquilo.

— A escola de Avonlea não vai ser prejudicada por um pouco de sangue novo — Marilla falou com secura —, e, se esse menino for parecido com o pai, tudo vai dar certo. Stephen Irving foi o melhor garoto que já cresceu nessa região, embora algumas pessoas dissessem que ele era excessivamente orgulhoso. Imagino que a senhora Irving esteja muito contente em ficar com essa criança por algum tempo. Depois que o marido faleceu, ela ficou muito solitária.

— Oh, Paul pode ser um menino muito bonzinho, mas será diferente das outras crianças daqui — a senhora Rachel concluiu, encerrando o assunto. — Anne, o que é isso que andam dizendo por aí sobre você criar uma Sociedade para Melhorias em Avonlea?

— Eu estava apenas conversando com alguns rapazes e moças do Clube de Debates, na última reunião — Anne replicou. — Eles acharam que seria muito bom... e o senhor e a senhora Allan também gostaram da ideia. Atualmente, muitos povoados já têm uma sociedade assim.

— Bem, você vai se meter em uma encrenca sem fim, se se envolver nisso. É melhor deixar essa ideia de lado, Anne, essa é a verdade. As pessoas não gostam de ser melhoradas.

— Oh, não vamos tentar melhorar pessoas! Estamos falando de Avonlea. Existem muitas coisas que podem ser feitas para tornar este lugar mais bonito. Por exemplo, se pudéssemos convencer o senhor Levi Boulter a derrubar aquela casa velha e horrorosa em sua fazenda lá de cima, isso não seria uma melhoria no vilarejo?

— Certamente seria — a senhora Rachel admitiu. — Aquela ruína velha tem sido uma ofensa aos nossos olhos, há anos. Mas se você e os outros "melhoradores" conseguirem persuadir Levi Boulter, a fazer qualquer coisa pela comunidade, sem ser pago para isso, eu gostaria de estar lá para ver e ouvir tudo, essa é a verdade. Não quero desencorajá-la, Anne, pois pode ter alguma coisa interessante nessa sua ideia, embora eu suponha que você se tenha inspirado em revistas idiotas dos americanos. Lembre-se que você vai estar muito ocupada com a escola, e eu lhe aconselho, como amiga, a não se envolver nisso; essa é a verdade. No entanto, sei que, se já está decidida, vai seguir até o fim. Você sempre foi do tipo de gente que persiste e nunca deixa de terminar o que começou.

Algo no contorno firme dos lábios de Anne, confirmou que a senhora Rachel não estava enganada a esse respeito. O coração de Anne estava determinado a criar a Sociedade para Melhorias em Avonlea. Gilbert Blythe, que lecionaria em White Sands, mas sempre estaria em casa entre sexta-feira à noite e segunda-feira de manhã, também estava entusiasmado com o projeto. E a maioria dos outros jovens queria se envolver em alguma coisa que significasse reuniões ocasionais e, consequentemente, "diversão". Quanto às "melhorias", ninguém tinha uma ideia muito clara sobre quais seriam, exceto Anne e Gilbert. Eles haviam conversado muito e planejado tudo, até existir uma Avonlea ideal — pelo menos, em suas mentes.

A senhora Rachel tinha ainda outra novidade.

— Priscilla Grant foi escolhida para lecionar na escola de Carmody. Você não tinha uma colega na Queen's com esse nome, Anne?

— Claro, certamente! Oh, Priscilla vai lecionar em Carmody! Isso é uma notícia adorável! — Anne exclamou, com os olhos brilhando, que até pareciam duas estrelas, e fazendo com que a senhora Lynde se perguntasse, mais uma vez, se algum dia ela conseguiria decidir, para sua própria satisfação, se Anne Shirley era ou não uma garota bonita.

CAPÍTULO II

VENDENDO ÀS PRESSAS E SE ARREPENDENDO INSTANTANEAMENTE.

Na manhã do dia seguinte, Anne foi às compras em Carmody e levou Diana Barry consigo. Diana era, claro, um membro dedicado da Sociedade para Melhorias, e, durante a ida a Carmody e a volta para Avonlea, as duas praticamente só conversaram sobre isso.

— A primeira coisa que devemos fazer quando começarmos os trabalhos da Sociedade, será a pintura dessa casa — Diana falou, enquanto passavam pelo clube de Avonlea, uma construção bastante mal conservada, que ficava em um vale e, era cercada de abetos vermelhos por todos os lados. — Sua aparência está deplorável, e devemos cuidar desse clube até mesmo antes de tentar convencer o senhor Levi Boulter a demolir sua velha casa. Sabe, Anne, papai disse que nós nunca vamos conseguir fazer isso. O Senhor Levi Boulter é avarento demais, para perder tempo com isso.

— Talvez, até ele permita que os rapazes derrubem a casa, se eles prometerem transportar a madeira e, cortá-las de modo que ele possam usá-las como lenha — Anne sugeriu, esperançosa. — A princípio, devemos dar o melhor de nós e nos contentar em progredir com calma. Não podemos achar que vamos melhorar tudo de uma só vez. Sem dúvida alguma, é preciso sensibilizar as pessoas.

Diana não entendeu o que significava "sensibilizar as pessoas", mas essas palavras soaram bem, e ela sentiu muito orgulho de pertencer a uma sociedade que tinha esse objetivo.

— Ontem à noite, pensei em algo que poderíamos fazer, Anne. Sabe aquele pedaço de terra em formato de triângulo, onde as estradas para Carmody, Newbridge e White Sands se encontram? Está todo coberto com jovens abetos. Não seria adorável se arrancássemos todos e deixássemos apenas as duas ou três bétulas que também estão lá?

— Seria maravilhoso! — Anne concordou entusiasmada. — E poderíamos colocar um banco rústico debaixo das bétulas; e, quando a primavera chegar, fazer um canteiro no centro e plantar gerânios.

— Claro, mas teremos de planejar uma maneira de fazer com que a velha senhora Hiram Sloane mantenha sua vaca longe da estrada: senão, ela vai comer todos os gerânios — Diana gracejou. — Estou começando a entender o que você quis dizer com "sensibilizar as pessoas", Anne. Olhe, ali está a velha casa da família Boulter. Você já viu uma espelunca como essa? E, além do mais, está empoleirada perto demais da estrada. Uma casa velha, sem janelas, sempre me faz pensar em algo morto, cujos olhos foram arrancados.

— Acho triste uma casa velha e abandonada... — Anne falou sonhadoramente. — Imagino que ela está sofrendo por pensar nas alegrias do passado. Marilla me contou que, há muito tempo, uma família grande viveu naquela casa, e que aquele era um lugar realmente lindo, com um jardim encantador e roseiras à sua volta. Havia muitas crianças pequenas, risadas e canções. Agora está vazia, e nada, nem ninguém, anda por ali, exceto o vento. Como ela deve se sentir solitária e triste! Pode ser que tudo retorne nas noites enluaradas: os fantasmas das crianças de antigamente, as rosas, as canções... e, por algum tempo, a velha casa pode sonhar que é jovem e feliz outra vez.

Diana balançou a cabeça não concordando.

— Eu nunca imaginei coisas desse tipo sobre lugares, Anne. Você não se lembra de como mamãe e Marilla ficaram bravas quando imaginamos fantasmas no Bosque Assombrado? Até hoje, não consigo atravessar aquela mata tranquilamente, depois que o dia escurece. E, se começasse a imaginar essas coisas na casa em ruínas do senhor Boulter, eu teria medo de passar por lá também. Além disso, aquelas crianças não estão mortas; elas cresceram e vivem muito bem... Sei, inclusive, que, atualmente, um dos meninos é açougueiro. Quanto às flores e canções, ora, elas não podem virar fantasmas.

Anne suspirou. Ela amava demais Diana, e as duas sempre foram grandes amigas. Mas Anne já havia aprendido, muito tempo atrás, que, quando viajasse para o reino da fantasia, teria de ir sozinha. O caminho para lá era encantado, pela qual nem mesmo seus entes mais queridos poderiam segui-la.

Uma chuva forte, com raios e trovões, caiu em Carmody; porém não durou muito, no entanto, e a volta para casa — por caminhos onde as gotas de chuva brilhavam nos galhos das árvores, e por pequenos vales frondosos, onde as samambaias encharcadas liberavam aromas picantes — foi maravilhosa. Porém, assim que chegaram à alameda de Green Gables, Anne viu algo que estragou toda a beleza da paisagem.

A frente, à direita, se estendia o amplo campo de aveia madura do senhor Harrison: cinza esverdeado, viçoso e molhado pela chuva. E lá, parada elegantemente, bem no meio da vegetação exuberante, e piscando para elas com a maior tranquilidade, estava a vaca Jersey!

Anne largou suas rédeas e levantou-se, apertando os lábios de uma forma que não indicava nada de bom para o quadrúpede predador de plantações. Sem palavras, ela desceu agilmente da charrete, apoiando-se na roda, e transpôs rapidamente a cerca, antes mesmo que Diana entendesse o que estava acontecendo.

— Anne, volte! — gritou a amiga, assim que recuperou a voz. — Vai arruinar seu vestido, no meio desses grãos molhados... arruinar o vestido! Oh, ela não está me ouvindo... e, sozinha, nunca vai tirar aquela vaca dali. Tenho de ir ajudá-la, é claro!

Anne estava atravessando o campo de grãos como se estivesse louca. Diana saltou depressa da charrete, amarrou o cavalo firmemente a uma estaca, jogou a saia de seu belo vestido de seda por cima dos ombros, ultrapassou a cerca e, começou a perseguir sua amiga enlouquecida. Podia correr mais rápido do que Anne — que estava atrapalhada pela saia encharcada e grudada no corpo — e logo a alcançou. Atrás delas ficou uma trilha que partiria o coração do senhor Harrison, quando ele o visse.

— Anne, pelo amor que tem a Deus, pare! — pediu, ofegante, a pobre Diana. — Já estou sem fôlego, e você está completamente molhada!

— Preciso... tirar... essa vaca... dali... antes que... o senhor Harrison... a veja — Anne falou, com dificuldade. — Não me... importa... estar... ensopada... se pudermos... pelo menos... fazer isso.

Por sua vez, a vaca Jersey, pareceu não ver nenhuma boa razão para sair às pressas de seu suculento e delicioso broto. Assim que as duas garotas sem fôlego chegaram perto dela, o animal se virou e correu diretamente para o canto oposto da plantação.

— Pegue a vaca! — Anne gritou. — Corra, Diana, corra!

Diana correu muito. Anne tentou acelerar os passos. E a malvada Jersey percorreu o campo como se estivesse possuída; particularmente, Diana achou que estava mesmo. Passaram-se dez minutos, antes que elas conseguissem dominar a vaca e encaminhá-la, através da abertura na cerca, para a alameda de Green Gables.

Não há como negar que, naquele exato momento, Anne estava com humor do cão. Nem há como afirmar que ela tenha se acalmado, um pouco que fosse, ao ver uma charrete parada na frente da alameda e, nela, o senhor Shearer e seu filho, ambos com um sorriso largo estampado no rosto.

— Imagino que teria sido melhor se você tivesse me vendido a vaca quando eu quis comprá-la, na semana passada — o senhor Shearer falou, com uma risadinha abafada.

— Venderia o animal para o senhor agora, se ainda quiser comprá-lo — disse a corada e despenteada dona da vaca Jersey. — Pode ficar com ela neste exato minuto.

— Fechado!. Vou pagar a mesma quantia que ofereci antes, e Jim, aqui a meu lado, vai levá-la para Carmody. Ela vai para a cidade, com o resto da remessa, hoje à noite. O senhor Reed, de Brighton, quer uma vaca Jersey.

Cinco minutos depois, Jim Shearer e a vaca Jersey seguiam pela estrada, e a impulsiva Anne percorria, com seu dinheiro na mão, a alameda de Green Gables.

— O que Marilla dirá? — Diana perguntou.

— Ora, ela não vai se importar. A vaca era minha, e não é provável que conseguíssemos, no leilão, mais do que os dólares que o senhor Shearer pagou por ela. Mas... Oh, Diana! Quando o senhor Harrison vir a plantação, ele vai saber que Dolly esteve lá de novo, mesmo eu tendo dado minha palavra de honra de que isso não aconteceria! Bem, aprendi uma lição: nunca devo dar minha palavra de honra quando se tratar de vacas. Um animal que é capaz de pular ou romper a cerca de nosso curral, não seria confiável em lugar nenhum do mundo.

Marilla havia ido até a casa da senhora Lynde e, quando voltou, já sabia sobre a venda de Dolly, pois a senhora Lynde tinha visto a maior parte da transação, através de sua janela, e deduziu o restante.

— Suponho que tenha sido muito melhor a vaca ter do embora, apesar de achar que você realmente age de uma forma terrivelmente precipitada, Anne! Só não sei como é que ela conseguiu sair do curral; deve ter rompido algumas das cercas...

— Oh, não lembrei em ir lá para ver isso — Anne reconheceu —, mas vou agora. Martin ainda não voltou. Talvez mais alguma de suas tias tenham morrido. Acho que é algo como o senhor Peter Sloane e os octogenários. Uma noite dessas, a senhora Sloane estava lendo um jornal e disse ao senhor Sloane: "Estou vendo aqui que outro octogenário acabou de morrer. O que é um octogenário, Peter?" E o senhor Sloane disse que não sabia, mas que certamente eram pessoas muito doentes, pois só se ouvia falar delas quando elas morriam. É assim acontece com as tias de Martin.

— Martin é como todos os outros franceses — Marilla afirmou, com ar de desgosto. — Não se pode depender dele, nem mesmo por um dia.

Marilla estava olhando as compras que Anne havia feito em Carmody, quando ouviu um grito estridente vindo lá de fora. Um minuto depois, Anne entrou correndo na cozinha, torcendo suas mãos.

— Anne Shirley, qual é o que foi agora?

— Oh, Marilla, o que devo fazer? Isso é horrível! E é tudo culpa minha. Oh, será que algum dia vou aprender a parar e refletir um pouco, antes de agir imprudentemente? A senhora Lynde sempre me disse que, mais cedo ou mais tarde, eu ainda ia fazer alguma coisa terrível; e, agora, fiz mesmo!

— Anne, afinal o que foi que você fez?

— Vendi a vaca Jersey do senhor Harrison... aquela que ele comprou do senhor Bell... para o senhor Shearer! Neste exato momento, Dolly está no curral.

— Anne Shirley, você está sonhando?

— Como eu queria estar sonhando! Não tem sonho nenhum nisso, apesar de parecer um pesadelo. E, a essa altura, a vaca do senhor Harrison já está lá em Charlottetown. Oh, Marilla, achei que eu tinha parado de me envolver em encrencas, e aqui estou, na pior de todas em que já me meti. O que é que eu vou fazer agora?

— Fazer? Não há nada a ser feito, Anne, exceto ir até lá e conversar com o senhor Harrison.Podemos oferecer nossa vaca Jersey em troca daquela, se ele não quiser ficar com o dinheiro. A nossa é tão boa quanto a dele.

— Mas eu tenho certeza de que ele vai ficar insuportavelmente irritado e furioso... — Anne lamentou.

— Atrevo a apostar que sim. O senhor Harrison parece ser um tipo de homem que se irrita muito facilmente. Se você quiser, Anne, vou lá e explico tudo para ele.

— Não, Marilla, de forma alguma; não sou tão má para isso! — Anne exclamou. — É tudo culpa minha, e lógico que não vou deixar você receber um castigo que é meu. Eu mesma vou lá, e vou agora. Quanto antes isso tiver fim, melhor, pois vai ser terrivelmente humilhante.

Anne pegou seu chapéu e os dólares da venda da vaca, e já estava saindo quando, por acaso, viu pela porta aberta da despensa. Sobre a mesa, estava um lindo bolo de amêndoas, que ela havia feito naquela manhã... Um bolo especialmente saboroso, coberto com glacê rosado e enfeitado com amêndoas. Ela pretendia servir o bolo na sexta-feira à noite, quando os jovens de Avonlea se reuniriam em Green Gables, para organizar a Sociedade para Melhorias. Porém, que valor tinha esse encontro, comparado ao injustamente ofendido senhor Harrison? Então, pensando que o bolo poderia amolecer o coração de qualquer homem, sobretudo aquele que tinha de preparar sua própria comida, ela o colocou dentro de uma caixa, para levá-lo de presente ao senhor Harrison como uma espécie de proposta de paz.

"Isto é, se ele me der uma chance de dizer alguma coisa", pensou a menina, ao pular a cerca da alameda e tomava um atalho pelo campo dourado, à luz daquele encantador entardecer de agosto. "Agora sei como se sentem as pessoas, quando estão sendo prestes a serem executadas."

CAPÍTULO III

NA CASA DO SENHOR HARRISON

A casa do senhor Harrison tinha uma estrutura antiga, pintada com cal e o telhado tinha beirais baixos. Atrás dela, havia um denso bosque de abetos.

O senhor Harrison, estava sentado em sua varanda, à sombra de uma trepadeira, usando uma camisa de mangas curtas, e saboreando seu cachimbo vespertino. Quando se deu conta de quem estava se aproximando, ficou de pé imediatamente, entrou na casa às pressas e fechou a porta. Embora essa atitude tenha sido apenas o resultado desconfortável de sua surpresa, misturada com muita vergonha por sua explosão de raiva no dia anterior, ela quase varreu do coração de Anne o pouco de coragem que lhe restava.

"Se ele já está bravo agora, como vai ficar quando ouvir o que eu fiz?" — ela pensou, com tristeza, enquanto batia levemente à porta.

Mas, o senhor Harrison a atendeu sorrindo, encabulado, e, com um tom razoavelmente suave e amigável, embora um pouco nervoso, a convidou a entrar. Ele tinha vestido um casaco e deixado o cachimbo de lado. Ofereceu a Anne, muito educadamente, uma cadeira coberta de poeira, e sua recepção teria sido bastante agradável se não fosse pelo bisbilhoteiro papagaio, que estava espiando através das grades da gaiola, com seus olhos dourados e maldosos. Assim que Anne se sentou, Ginger exclamou:

— Oh mus Deus! O que essa ruivinha está fazendo aqui?

Seria difícil distinguir qual rosto ficou mais vermelho: o do senhor Harrison ou o de Anne.

— Não ligue para esse papagaio — disse o homem, lançando um olhar irado para Ginger. — Ele está... ele sempre fala baboseiras. Eu o ganhei de meu irmão, que era marinheiro. Ora, oficiais nem sempre usam a linguagem mais apropriada, e, além disso, papagaios são pássaros muito imitadores.

— Foi o que imaginei — afirmou Anne, cujo ressentimento foi logo reprimido pela lembrança de sua missão. Na situação em que se encontrava, ela não podia se indispor com o senhor Harrison, naquelas circunstâncias; isso era inegável. Quando você acabou de vender precipitadamente a vaca Jersey de um homem, sem seu conhecimento ou consentimento, você não deve se importar, se o papagaio dele repete coisas ofensivas. Apesar disso, a "ruivinha" não foi tão dócil quanto talvez tivesse sido, em circunstâncias diferentes.

— Estou aqui para lhe confessar uma coisa, senhor Harrison — Anne falou, decidida. — É... é sobre... aquela vaca Jersey.

— Bendita seja a minha alma! — exclamou o senhor Harrison, nervoso. — Ela invadiu minha plantação de aveia novamente? Bem, não se preocupe... não se preocupe, se foi isso. Não faz a menor diferença... nenhuma mesmo. Eu... eu estava impaciente demais ontem, foi isso. Não se preocupe se a vaca invadiu meu campo de aveia.

— Oh, se ao menos fosse isso! — Anne suspirou. — Mas é dez vezes pior. Eu não...

— Oh meu Deus! Você está querendo dizer que ela invadiu minha lavoura de trigo?

— Não... não... o trigo não. No entanto...

— Então, foram os repolhos?! Ela atacou os repolhos que eu estava cultivando para a exposição, não foi?

— Não tem nada a ver com os repolhos, senhor Harrison. Vou contar tudo para o senhor... Foi para isso que vim até aqui... mas, por favor, não me interrompa: isso me deixa ainda mais tensa. Apenas me deixe contar minha história, e não diga nada até eu terminar — "aí, então, o senhor vai falar o que o senhor quiser", Anne concluiu, mas só em pensamento.

— Não vou dizer nem mais uma palavra — ele afirmou, e realmente não disse. Mas, Ginger não estava preso a nenhum contrato de silêncio, e continuou berrando, com breves intervalos, "ruivinha!", até deixar Anne verdadeiramente irada.

— Ontem, prendi minha vaca Jersey em nosso curral. Hoje de manhã, fui a Carmody e, ao retornar, vi uma vaca Jersey no campo de aveia do senhor. Diana e eu conseguimos enxotá-la, e só nós duas sabemos como isso foi difícil. Eu estava completamente molhada, cansada e irritada... Então, o senhor Shearer apareceu, naquele momento, e se ofereceu para comprar a vaca. Imediatamente, eu a vendi para ele por alguns dolares. Foi um erro!. É claro que eu deveria ter esperado e consultado Marilla, mas tenho mania de agir sem pensar... todo mundo que me conhece sabe disso. Então, o senhor Shearer levou a vaca, no mesmo instante, para embarcá-la no trem da tarde.

— Ruivinha! — Ginger repetiu, mais uma vez, com um tom de desprezo profundo.

Nessa hora, o senhor Harrison se levantou e, com uma expressão no rosto que teria aterrorizado qualquer pássaro, exceto um papagaio, levou a gaiola para um cômodo ao lado e fechou a porta. Ginger gritou, xingou e se comportou de acordo com sua reputação, mas, tendo ficado sozinho, caiu, por fim, em um profundo silêncio sombrio.

— Perdoe, continue — pediu o senhor Harrison, sentando-se novamente. — Meu irmão... o marinheiro... nunca ensinou boas maneiras a esse pássaro.

— Em seguida, voltei para casa e, depois do chá, fui até o curral, senhor Harrison. — Anne se inclinou para a frente, apertando as mãos — seu velho gesto infantil —, enquanto seus grandes olhos cinzentos se dirigiam, suplicantes, para o rosto perplexo do senhor Harrison. E prosseguiu:

— Encontrei minha vaca ainda presa no curral. Foi a sua vaca que vendi ao senhor Shearer.

— Meu Deus! — exclamou o senhor Harrison, completamente perplexo com o desfecho inesperado. — Que coisa extremamente extraordinária!

— Oh, não é nada extraordinário eu me meter em encrencas e envolver outras pessoas nelas — Anne falou tristemente. — Sou famosa por isso. O senhor poderia pensar que, a essa altura, eu já estou crescida demais para me comportar assim... Afinal, vou completar 17 anos no próximo mês de março... mas parece que não é o que acontece. Senhor Harrison, é demais esperar que o senhor me perdoe? Temo que já seja tarde para recuperar sua vaca, mas aqui está o dinheiro que me pagaram por ela... Ou, se preferir, pode ficar com a minha, em troca daquela. Dolly é uma vaca muito boa. E é impossível expressar o quanto eu sinto por tudo isso.

— Tsc, tsc — disse o senhor Harrison, rapidamente —, não diga mais nada sobre isso, senhorita. Não tem importância... não tem nenhuma importância. Acidentes acontecem. Às vezes, eu fico muito impaciente, senhorita... impaciente demais. Mas não consigo deixar de falar o que penso, e as pessoas devem me aceitar como sou. Ah, se aquela vaca tivesse invadido meu campo de repolhos... mas, esqueça, ela não fez isso, e, portanto, está tudo bem. Acho que prefiro ficar com sua vaca, em troca da minha, já que quer se desfazer dela mesmo.

— Oh, obrigada, senhor Harrison! Estou tão contente porque o senhor não está aborrecido comigo! Tive medo de que ficasse furioso.

— E suponho que, depois daquele meu acesso de raiva de ontem, a senhorita estivesse morrendo de medo de vir aqui, para me contar o que houve, não é? Porém, não se deve importar comigo; sou apenas um velho terrivelmente sem humor, que fala o que pensa, só isso... Horrivelmente capaz de dizer a verdade, mesmo que ela seja um pouco dura.

— Assim como a senhora Lynde — Anne falou, antes que pudesse evitar.

— Quem? A senhora Lynde? Não me diga que sou parecido com aquela velha fofoqueira — reclamou o senhor Harrison, ofendido. — Não, não sou... não mesmo. O que tem naquela caixa, senhorita?

— Um bolo de amêndoas — Anne respondeu, com um sorriso astuto. Com grande alívio por causa da inesperada amabilidade do senhor Harrison, seu ânimo melhorou rapidamente. — Trouxe para o senhor... achei que talvez não comesse bolo com muita frequência.

— Não como mesmo, isso é verdade, e adoro bolo. Estou muito grato à senhorita. Por fora, parece muito bom; espero que esteja tão bom por dentro também.

— Está — afirmou Anne, alegremente confiante. — Houve uma época em que fiz bolos que não ficavam bons, como a senhora Allan pode lhe contar, mas este está ótimo. Fiz para a Sociedade para Melhorias, mas posso assar outro para eles.

— Então, vou lhe dizer uma coisa, senhorita: vai ter de me ajudar a comê-lo. Vou esquentá-lo e tomaremos uma xícara de chá. O que acha?

— O senhor me deixaria fazer o chá? — Anne perguntou, desconfiada.

O senhor Harrison deu uma risadinha.

— Estou vendo que não acredita muito em minha habilidade para preparar um chá. Pois está errada... Posso fazer um tão bom quanto o melhor que a senhorita já tomou. Mas pode fazer. Felizmente, choveu no domingo passado, e, portanto, tem muita louça limpa.

Anne saltou rapidamente da cadeira, lavou o bule em várias águas, antes de colocar o chá em infusão. Depois, limpou o fogão e pôs a mesa, trazendo a louça da despensa. O estado daquela despensa horrorizou a jovem, mas ela, sabiamente, não disse nada. O senhor Harrison lhe disse onde encontraria pão, manteiga e pêssegos em calda. Em seguida, ela enfeitou a mesa, com um buquê de flores do jardim, ignorando as manchas na toalha. Logo, o chá estava pronto e Anne se sentou na mesa do vizinho, diante dele, servindo-lhe uma xícara de chá e falando espontaneamente sobre sua escola, seus amigos e seus planos. Ela mal podia acreditar no que estava acontecendo diante de seus olhos.

O senhor Harrison tinha trazido Ginger de volta, alegando que o pobre pássaro estaria muito solitário; e Anne, acreditando que poderia perdoar tudo e a todos, ofereceu-lhe uma noz. Entretanto, os sentimentos de Ginger tinham sido dolorosamente feridos, e ele rejeitou qualquer proposta de amizade. Apenas sentou-se, melancólico, em seu poleiro, e agitou as penas até parecer apenas uma bola verde e amarela.

— Por que o senhor chama o papagaio de Ginger? — indagou Anne, que gostava de nomes apropriados e, achava que Ginger não combinava, de forma alguma, com uma plumagem tão linda.

— Foi meu irmão, o marinheiro, quem deu esse nome para ele. Talvez tenha alguma coisa a ver como temperamento do papagaio. Mas tenho muita estima por Ginger... a senhorita ficaria surpresa, se soubesse o quanto. Ele tem lá seus defeitos, é lógico. E, em geral, tem me trazido problemas. Algumas pessoas reclamam de seu hábito de xingar, mas é impossível tirar esse hábito dele. Eu tentei... outras pessoas tentaram. Muita gente por aqui tem preconceitos contra papagaios. Uma bobagem, não é? Particularmente, eu gosto muito deles. Ginger me faz muita companhia. Eu não me separaria dele por nada... nada neste mundo, senhorita.

O senhor Harrison falou essas últimas palavras explosivamente, como se suspeitasse que Anne pudesse ter algum plano secreto de persuadi-lo a desistir do pássaro. No entanto, ela estava começando a gostar daquele homem pequeno, esquisito, temperamental e inquieto, e, antes que o chá terminasse, eles já eram bons amigos. Inclusive, o senhor Harrison tomou conhecimento da Sociedade para Melhorias e, estava disposto a apoiá-la.

— Isso está certo. Vá em frente, senhorita. Há muitas coisas a serem melhoradas em Avonlea...e também nas pessoas.

— Oh, não sei não — ela disse, imediata e veementemente. Para si mesma, e para seus amigos próximos, Anne poderia admitir a existência de pequenas imperfeições — facilmente corrigíveis — em Avonlea e em seus habitantes. Contudo, ouvir isso de um forasteiro como o senhor Harrison, era uma coisa totalmente diferente. — Acho Avonlea um lugar adorável, e as pessoas daqui também são encantadoras.

— Vejo que a senhorita tem um temperamento forte — comentou o senhor Harrison, examinando as bochechas avermelhadas e os olhos indignados à sua frente. — Combina com um cabelo como o seu, eu acho. Avonlea é um lugar muito bom, ou eu não teria me mudado para cá; mas suponho que até você admita que existem alguns defeitos, concorda?

— Por causa disso, gosto ainda mais daqui — disse a leal Anne. — Não me agradam lugares, nem gente, que não tenham nenhum defeito. Penso que uma pessoa verdadeiramente perfeita deve ser muito desinteressante. A senhora Milton White diz que nunca conheceu uma pessoa perfeita, mas já ouviu falar muito de uma... a primeira esposa de seu marido. O senhor não acha que deve ser muito desagradável ser casada com um homem, cuja primeira esposa era perfeita?

— Seria bem mais desagradável ser casado com uma esposa perfeita — o homem declarou, com uma súbita e repentina meiguice.

Assim que terminaram o chá, Anne insistiu para lavar a louça, embora o senhor Harrison tivesse garantido que ainda havia coisas limpas que eram o suficiente para semanas. Ela teria adorado varrer o piso, mas não viu nenhuma vassoura, e não quis perguntar onde encontraria uma, por medo de que simplesmente não houvesse vassouras na casa.

— A senhorita poderia vir até aqui conversar comigo, de vez em quando — o homem sugeriu,quando ela estava indo embora. — Não é longe, e vizinhos devem ser atenciosos uns com os outros. Fiquei com certo interesse nessa sua sociedade. Acho que pode haver diversão. Com quem irão lidar primeiro?

— Não vamos nos envolver com pessoas... São apenas os lugares que pretendemos melhorar — Anne respondeu, com ar de dignidade, pois chegou a suspeitar de que o senhor Harrison estivesse zombando dos projetos.

Depois que ela saiu, o vizinho ficou observando-a pela janela... um corpo jovem, ágil e feminino, saltitando alegremente pelo campo, à luz de um brilhante pôr do sol.

— Sou um velho mal-humorado, rabugento e solitário — ele disse, em voz alta —, mas tem algo nessa menina que me faz sentir jovem de novo... E é uma sensação tão agradável que eu gostaria que se repetisse, de vez em quando.

— Ruivinha! — Ginger grasnou, com tom de deboche.

O senhor Harrison fez, com a mão, um gesto de ameaça para o papagaio.

— Pássaro malcriado! — murmurou. — Quase chego a desejar ter torcido seu pescoço quando meu irmão, o marinheiro, trouxe você para cá. Será que nunca vai parar de me causar problemas?

Anne correu animadamente para casa e contou suas aventuras a Marilla, que já estava bastante alarmada com sua demora e a ponto de sair para procurá-la.

— Este mundo é bom demais, apesar de tudo, não acha, Marilla? — Anne concluiu, satisfeita. — A senhora Lynde estava reclamando, outro dia mesmo, de que não achava o mundo grande coisa. Ela disse que sempre que esperamos ansiosamente por algo agradável, acabamos desapontados... e talvez seja verdade. Mas isso tem um lado bom também: as coisas ruins nem sempre correspondem às nossas expectativas; elas quase sempre são bem melhores do que esperamos. Eu estava achando que seria horrivelmente desagradável hoje, quando fui à casa do senhor Harrison, e, em vez disso, ele foi bastante gentil, e eu quase me diverti por lá. Acho que vamos ser bons e verdadeiros amigos, se ambos fizermos concessões um ao outro. Tudo acabou bem. Entretanto, Marilla, sem dúvida nenhuma, eu nunca mais vou vender uma vaca, sem antes ter certeza de quem é o dono. Além disso, não gosto de papagaios!

CAPÍTULO IV

OPINIÕES BEM DIFERENTES

No fim da tarde, durante o pôr do sol, Jane Andrews, Gilbert Blythe e Anne Shirley conversavam perto de uma cerca, à sombra dos galhos de um abeto que balançava suavemente ao vento, no ponto em que o caminho conhecido como Rota das Bétulas se juntava à estrada principal. Jane veio passar a tarde em Green Gables com Anne, que se ofereceu para acompanhar a amiga durante parte do caminho para casa. Ao passarem pela cerca, elas encontraram Gilbert, e os três falaram sobre o fatídico dia seguinte: o primeiro dia de setembro, quando as escolas voltariam a funcionar, após as férias. Jane iria para Newbridge, e Gilbert, para White Sands.

— Ambos tem vantagem sobre mim — Anne suspirou. — Irão ensinar crianças que não conhecem vocês, enquanto eu tenho de lecionar para alunos da mesma escola que frequentei, e a senhora Lynde receia que eles não me respeitem tanto quanto fariam se eu fosse uma estranha, a não ser que eu seja muito brava desde o início. Porém, não penso que uma professora deva ser brava. Oh, isso parece uma responsabilidade tão grande!

— Tenho certeza que vamos nos sair muito bem — disse Jane, tranquila. Jane não era perturbada por nenhuma aspiração a influenciar as pessoas para o bem. Tinha a intenção de somente ganhar seu salário de maneira justa, agradar os administradores da escola e ter seu nome no Livro de Honra do inspetor, isto é, no rol de pessoas admiradas e respeitadas por ele. Ambições mais altas ela não tinha nenhuma. — O mais importante de tudo é manter a ordem, e, para isso, um professor tem de ser um pouco severo mesmo. Se meus alunos não me obedecerem, vou puni-los.

— Como?

— Com uma boa palmatória, claro.

— Oh, Jane, você não teria coragem! — Anne exclamou, chocada. — Jane, você não seria capaz de fazer isso!

— Com certeza, eu seria capaz, e faria, se o aluno merecesse — Jane respondeu, decidida.

— Eu jamais poderia açoitar uma criança — Anne retrucou, com a mesma firmeza. — Não acredito na eficácia desse método, de jeito nenhum. A senhorita Stacy nunca nos açoitou, e sempre manteve a ordem. Já o senhor Phillips sempre fazia isso, e, no entanto, nunca conseguiu disciplina. Não, se eu não for capaz de lecionar sem usar um chicote, prefiro não ser professora. Há métodos melhores de lidar com os alunos. Vou tentar conquistar o afeto e confiança deles e, assim, todos vão desejar me obedecer.

— E se isso não acontecer? — perguntou Jane, sempre muito prática.

— Eu não os açoitaria, em nenhuma circunstância. Tenho certeza de que isso não seria nada benéfico. Oh, não bata em seus alunos, Jane querida, independentemente do que fizerem.

— O que você acha sobre isso, Gilbert? — Jane indagou. — Não acha que existem crianças que realmente precisam de uma chicotada, de vez em quando?

— Você não acha que é uma crueldade, uma barbaridade, açoitar uma criança? Qualquer criança? — Anne perguntou, com o rosto enrubescido por tanta veemência.

— Bem — Gilbert respondeu dividido entre convicções reais e seu desejo, de corresponder as ideias de Anne —, há o que dizer sobre ambas as opiniões. Não acredito muito que bater em crianças seja benéfico. Penso, como você diz, Anne, que, por via de regra, existem métodos melhores, e que a punição corporal deve ser o último recurso. Entretanto, por outro lado, como Jane disse, há uma criança ou outra que não pode ser controlada de nenhum outro modo, e que, em resumo, precisa de uma chibatada, sim, e se tornaria uma pessoa melhor se recebesse uma. Punição corporal como último recurso é a regra que sigo.

Na tentativa de agradar a todos, Gilbert conseguiu, não agradar nenhum dos dois lados. Jane balançou a cabeça e afirmou:

— Vou açoitar meus alunos quando fizerem por merecer. É a maneira mais rápida e fácil de convencê-los a se comportar bem.

Anne lançou um olhar decepcionado para Gilbert.

— Nunca vou açoitar uma criança — repetiu firmemente. — Tenho certeza de que isso não é certo, nem necessário.

— Suponha que algum garoto responda de forma rude e desrespeitosa quando você lhe disser para fazer alguma coisa... — Jane argumentou.

— Vou mantê-lo na escola, depois das aulas, e conversar com ele de um modo gentil, porém firme — Anne explicou. — Todas as pessoas têm algo de bom, se soubermos encontrar. É um dever do professor detectar e desenvolver essa qualidade no aluno. Foi o que nosso professor de Administração Escolar, na Queen's, nos ensinou, vocês sabem disso. Acham que, chicoteando uma criança, podem encontrar algo de bom nela? Como diz o professor Rennie, é muito mais importante influenciar as crianças a fazerem o bem do que ensiná-las a ler, escrever e fazer operações aritméticas.

— Mas, Anne, preste atenção, são essas habilidades que o inspetor examina nas crianças e, ele não vai fazer um bom relatório de desempenho sobre sua prática docente, se seus alunos não alcançarem os padrões esperados — Jane protestou.

— Prefiro que meus alunos me amem, e que, depois de anos, olhem para trás e me vejam como alguém que os ajudou muito, do que constar na lista de pessoas admiradas e respeitadas — Anne afirmou, com determinação.

— Você não castigaria as crianças de jeito algum, mesmo se elas se comportassem mal?

— Oh, sim, creio que tenha de fazer isso, embora eu saiba que vou odiar agir assim. Mas é sempre possível não deixá-las sair para brincar durante o recreio, ou deixá-las de pé no estrado em frente ao quadro, ou, ainda, mandá-las escrever muitas frases.

— Imagino que não vá punir as meninas mandando que se sentem com os meninos... — disse Jane com malícia.

Gilbert e Anne trocaram olhares e sorrisos, constrangidos. Lembraram-se daquela vez em que, anos antes, Anne havia sido obrigada, como castigo, a se sentar ao lado de Gilbert na sala de aula, e de como as consequências daquilo foram tristes e amargas.

— Bem, o tempo dirá qual é o melhor método — Jane declarou, filosoficamente, quando eles se despediram.

Anne voltou para Green Gables pela Trilha das Bétulas — sombria, com cheiro de samambaia e ruídos de folhas agitadas pelo vento; depois, atravessou o Vale das Violetas, passou pela Lagoa dos Salgueiros, onde a escuridão e a luz se encontram sob os abetos, e seguiu pela Vereda dos Apaixonados — lugares que, tanto tempo atrás, ela e Diana tinham batizado com esses nomes. Andou devagar, saboreando o aroma doce do bosque e do campo sob o crepúsculo estrelado do verão, e pensando seriamente sobre as novas responsabilidades que assumiria a partir da manhã seguinte. Quando estava bem perto de casa, ouviu a voz alta e decidida da senhora Lynde sair pela janela da cozinha.

"A senhora Lynde veio até aqui, para me dar bons conselhos sobre o dia de amanhã", Anne pensou, enquanto fazia uma cara feia. "Mas não vou entrar. Os conselhos dela são como as pimentas, eu acho... são excelentes em pequenas quantidades, mas estragam o sabor dos pratos, se usadas em grandes doses. Em vez de entrar, vou dar a volta, rápido, e conversar um pouco com o senhor Harrison."

Essa não era a primeira vez que Anne ia à casa do senhor Harrison para conversar um pouco. Desde o inusitado episódio da venda da vaca Jersey, ela já tinha ido lá várias vezes, e os dois haviam se tornado muito bons amigos, embora, em certos momentos, ela achasse a franqueza do vizinho, da qual ele tanto se orgulhava, muito incômoda. Ginger continuava a encará-la com desconfiança e, nunca deixava de cumprimentá-la sarcasticamente como "coisinha vermelha". O senhor Harrison tinha tentado, em vão, acabar com esse hábito do papagaio. Sempre que via Anne se aproximar, o homem pulava, cheio de entusiasmo, e exclamava:

— Bendita seja a minha alma! Lá vem aquela menina linda outra vez! — ou algo igualmente lisonjeiro.

Porém, Ginger nunca se deixou enganar por esse plano, e simplesmente fez questão de desprezá-lo.

Anne jamais saberia quantos elogios o senhor Harrison lhe dedicava, sem seu conhecimento; ele, de fato, nunca a elogiou em sua presença.

— Bem, suponho que a senhorita tenha voltado ao bosque para buscar um suprimento de varas para usar como chicote amanhã... — foi como ele a cumprimentou, enquanto Anne subia os degraus da varanda.

— Não, de maneira nenhuma! — ela respondeu, indignada. Anne era um excelente alvo para provocações, já que levava tudo muito a sério. — Em minha escola, nunca vou ter uma vara para açoitar os alunos, senhor Harrison. Logicamente, vou precisar de uma para apontar o que quero que eles vejam, mas vou usá-la somente para direcionar a atenção deles.

— Então, ao invés disso, pretende usar uma correia? Bem, não sei... é, acho que está certa. Com uma vara, o efeito é maior na hora, mas, com a correia, ele dura mais tempo... isso é verdade.

— Nunca vou usar nada desse tipo com os meninos. Não vou açoitar meus alunos.

— Meu Deus! — exclamou o senhor Harrison, profundamente surpreso. — Sendo assim, como a senhorita planeja manter a ordem na escola?

— Através da afeição eu administrarei o controle, senhor Harrison.

— Isso não vai irá funcionar — o homem protestou. — Não vai mesmo, Anne. Como diz o ditado, "criança que não é castigada é criança estragada". Quando eu frequentava a escola, o professor me açoitava praticamente todos os dias. Argumentava que se, por acaso, eu não estava fazendo alguma travessura naquele momento, certamente estaria tramando alguma.

— Os métodos mudaram desde o tempo em que o senhor frequentava a escola, senhor Harrison.

— Mas a natureza humana não mudou. Agora, preste atenção nisto: a senhorita jamais conseguirá controlar seus alunos, a menos que tenha em mãos uma forma de castigá-los. Caso contrário, será impossível.

— Ora, primeiro, vou tentar agir do meu jeito — afirmou Anne, que tinha muita força de vontade e estava obstinadamente apegada a suas teorias.

— Estou vendo que a senhorita é mesmo teimosa — foi a resposta do senhor Harrison. — Bem... bem, não perdemos por esperar. Um dia, quando ficar terrivelmente irritada e impaciente — e pessoas com cabelos como o seu tendem a ser irritadiças — , a senhorita vai se esquecer de suas ideias moderninhas, e vai dar uma boa surra em alguns pupilos. De qualquer modo, a senhorita é jovem demais para lecionar... excessivamente jovem e imatura.

Anne foi dormir, naquela noite, com um estado de espírito bem pessimista. Dormiu pouco, e estava tão pálida e com uma expressão tão trágica no rosto, durante o café da manhã, que Marilla ficou alarmada e insistiu para que ela tomasse uma xícara bem quente de chá com gengibre. Anne tomou a bebida pacientemente, em pequenos goles, apesar de não conseguir imaginar como e por que um chá de gengibre lhe faria bem naquele momento. Se fosse alguma poção mágica, com poderes para lhe proporcionar idade e experiência, ela teria engolido um quarto do conteúdo da xícara de uma só vez, sem hesitar.

— E se eu falhar na educação, Marilla?

— Dificilmente você falhará completamente em apenas um dia, e ainda há muitos dias pela frente — Marilla falou. — Seu problema, Anne, é que você espera ensinar tudo a essas crianças e corrigir todos os seus defeitos imediatamente; e, se não conseguir isso, vai achar que falhou.

CAPÍTULO V

PROFESSORA DE CORPO E ALMA.

Assim que Anne chegou à escola naquela manhã — pela primeira vez, em toda a sua vida, ela havia atravessado a Trilha das Bétulas surda e cega às suas belezas —, tudo estava tranquilo e silencioso. A professora anterior tinha treinado as crianças para ficarem em seus lugares, quando ela chegasse, e, no momento em que Anne entrou na sala de aula, se deparou com fileiras bem organizadas de pequenos e reluzentes rostos, com olhos brilhantes e curiosos. Então, ela pendurou seu chapéu e ficou de frente para seus alunos, esperando não parecer tão assustada e tola como se sentia, e que eles não percebessem o quanto ela estava tensa.

Na noite anterior, Anne havia ficado acordada até quase meia-noite, preparando um discurso para seus alunos no primeiro dia de aula. Tinha revisado e aperfeiçoado cuidadosamente suas palavras e, em seguida, memorizado tudo o que pretendia dizer. Era um discurso bonito, que continha algumas ideias bastante interessantes, especialmente sobre ajuda mútua e sobre esforço e perseverança na busca pelo conhecimento. O único problema foi que, naquele instante, ela não pôde se lembrar de nenhuma das palavras que planejava discursar.

Depois do que lhe pareceu muito tempo — mas, na verdade, foram cerca de dez segundos somente —, ela falou, com voz fraca:
— Peguem suas Bíblias, por favor. Na sequência, sentou-se, ofegante em sua cadeira, sentindo-se protegida pelo barulho das tampas das carteiras sendo abertas e fechadas. E, enquanto as crianças liam seus versículos, Anne organizou seus pensamentos confusos e

observou aquela turma de pequenos peregrinos que seguiam rumo à Terra dos seus Conhecimentos.

Anne conhecia bem a maioria deles. Seus colegas de classe tinham se formado no ano anterior, mas todos os demais haviam frequentado a escola com ela, exceto os iniciantes e dez recém-chegados a Avonlea. Ela sentiu secretamente mais interesse nesses dez novatos do que nos outros, cujas possibilidades já estavam definidas em sua mente. Era bastante provável que esses meninos fossem crianças normais, como as outras, mas, por outro lado, ela pensou, bem que poderia haver um gênio entre elas. Essa era uma ideia emocionante.

Sozinho em uma carteira no canto da sala, estava Anthony Pye. Ele tinha um rosto pequeno, de semblante sombrio e mal-humorado, e encarava Anne com uma expressão hostil nos olhos escuros. Então, ela decidiu imediatamente que conquistaria a afeição daquele garoto e, com isso, deixaria os Pye totalmente desconcertados.

Em outro canto, um menino que não o conhecia estava sentado ao lado de Arty Sloane; era pequeno, com uma expressão alegre no rosto sardento, um nariz arrebitado, olhos azuis e grandes e cílios claros: provavelmente, o menino da família Donnell. E, se a semelhança vale como parâmetro, pode-se dizer que sua irmã estava sentada do outro lado do corredor entre as carteiras, ao lado de Mary Bell. Anne se perguntou que espécie de mãe, capaz de mandar a filha vestida daquela maneira para a escola, aquela menina possuía. Ela usava um vestido descorado, de seda cor-de-rosa, enfeitado com uma grande quantidade de renda de algodão, meias, também de seda, e sapatos encardidos. Seu cabelo castanho-claro havia sido torturado até formar inumeráveis cachos bem encaracolados e nem um pouco naturais, presos por um laço de fita cor-de-rosa extravagante e maior do que sua cabeça. Contudo, a julgar pela expressão em seu rosto, ela estava muito satisfeita consigo mesma.

Aquela menina pequena garota pálida, com ondas suaves de cabelo castanho fino e sedoso caindo sobre os ombros — Anne pensou — "deve ser Annetta Bell, cujos parentes haviam residido no distrito atendido pela escola de Newbridge, mas que, por terem se mudado para 50 jardas ao norte de onde moravam, agora estavam em Avonlea". Certamente, as três garotinhas pálidas apertadas em um só assento eram da família Cotton; e não havia dúvida nenhuma de que a bela menina — com longos cachos castanhos e olhos cor de avelã — que, por cima de sua Bíblia, lançava olhares doces para Jack Gillis, era Prillie Rogerson. Seu pai tinha se casado recentemente com uma segunda esposa e trazido a filha da casa de sua avó, em Grafton, para morar com ele. De imediato, Anne não identificou quem era uma garota alta e desajeitada, que parecia ter pés e mãos grandes demais e que estava sentada em um banco no fundo da sala, mas depois descobriu que seu nome era Barbara Shaw e que ela tinha vindo morar com uma tia que era habitante de Avonlea. Depois, Anne descobriu que, quando Barbara Shaw conseguiu andar pelo corredor sem cair sobre os próprios pés ou sobre os pés de outra pessoa, os estudantes de Avonlea escreviam o fato raro na parede da varanda, para comemorar.

Mas quando os olhos da professora Anne, encontraram os olhos do menino sentado em uma carteira na primeira fila, à sua frente, ela sentiu calafrios, como se tivesse acabado de se deparar com o gênio que imaginara estar naquela sala de aula. Anne sabia que, sem dúvida, o garoto era Paul Irving, e que, pelo menos naquela ocasião, a senhora Rachel Lynde estava certa ao profetizar que ele seria diferente das crianças de Avonlea. Mais do que isso, ela compreendeu que ele era diferente das crianças de qualquer outro lugar e que uma alma irmã da sua a observava sutilmente por trás daqueles olhos azul-escuros que olhavam tão fixamente para ela.

Anne sabia, também, que Paul tinha 10 anos de idade, embora não parecesse ter mais do que 8. Ele possuía o rosto mais bonito que ela já tinha visto em uma criança: os traços eram de uma delicadeza e um refinamento extraordinários, emoldurados por uma auréola de cachos castanhos. Sua boca era linda, com lábios bem vermelhos, cheios em uma proporção perfeita, e que se tocavam suavemente e se curvavam, formando cantos finamente acabados, quase criando covinhas. Sua expressão era séria, grave, meditativa, como se seu espírito fosse bem mais velho do que seu corpo. Porém, quando Anne sorriu ternamente para ele, essa expressão desapareceu, dando lugar a um sorriso repentino, que pareceu iluminar todo o seu ser, como se subitamente uma lâmpada muito forte tivesse se acendido dentro dele, espalhando sua luz da cabeça aos pés do garoto. E o melhor de tudo é que isso foi involuntário; não decorreu de nenhum esforço ou motivo externo, mas simplesmente do aparecimento de uma personalidade oculta — rara, pura e doce. Assim, com uma rápida troca de sorrisos, Anne e Paul se tornaram amigos muito próximos, e para sempre, antes mesmo que qualquer palavra fosse dita.

O dia fluiu tão bem que Anne não conseguiria se lembrar claramente dele. Quase lhe pareceu que não tinha sido ela quem lecionou, e sim outra pessoa. Automaticamente, a professora arguiu a turma, trabalhou com operações matemáticas e pediu que os alunos fizessem cópias. As crianças se comportaram bastante bem; só ocorreram dois casos de indisciplina. Morley Andrews foi flagrado conduzindo, ao longo do corredor, um par de grilos treinados. Anne fez com que ele ficasse de pé sobre o estrado em frente ao quadro-negro por uma hora e — o que tocou Morley mais profundamente — confiscou os grilos. Colocou-os em uma caixa e, no caminho de volta da escola, libertou os insetos no Vale das Violetas; entretanto, Morley acreditou, naquele dia e para sempre, que ela tinha levado os grilos para casa e mantido os insetos lá, para sua diversão.

O outro aluno mal-comportado foi Anthony Pye, que derramou as últimas gotas de água de sua garrafa de ardósia no pescoço de Aurelia Clay. Anne ordenou que ele ficasse na sala de aula durante o recreio e conversou com o menino sobre o que era esperado de cavalheiros, advertindo-o que eles nunca derramariam água nas nucas das damas. Em seguida, disse que desejava que todos os seus alunos fossem cavalheiros. Seu breve discurso foi bastante amável e comovente; apesar disso, e infelizmente, Anthony permaneceu insensível. Ouviu as palavras de Anne em silêncio, com a mesma expressão carrancuda e, por fim, saiu assoviando com desdém. Anne suspirou. Depois animou-se, ao lembrar que a conquista da afeição de um Pye — assim como a construção de Roma — não era um trabalho que poderia ser realizado em apenas um dia. Certamente, era possível duvidar até de que alguns Pye possuíssem alguma afeição para ser conquistada. Contudo, Anne tinha esperanças de encontrar qualidades em Anthony, que parecia ser um bom menino, se alguém um dia conseguisse quebrar a barreira do mal-humor.

Assim que a aula terminou e as crianças foram embora da escola, a professora se sentou, cansada, em sua cadeira. Sua cabeça doía, e ela se sentia triste e desencorajada. Na verdade, não havia motivo real para desânimo, pois nada de muito terrível havia ocorrido; mas a jovem estava muito cansada e inclinada a acreditar que nunca aprenderia a gostar de ensinar. Oh, como seria horrível fazer, todos os dias, uma coisa da qual não gostasse, e por... suponhamos... quarenta anos! Ela não sabia se deveria chorar imediatamente, ali e naquele momento, ou se seria melhor esperar até estar segura em casa, em seu adorado quartinho branco.No entanto, antes que pudesse se decidir, Anne escutou um barulho de passos com sapato de salto alto e do farfalhar de uma saia de seda na varanda da escola e, logo em seguida, se viu diante de uma senhora cuja aparência a fez se lembrar de uma crítica recente do senhor Harrison a uma mulher vestida de forma exagerada que ele tinha visto em uma loja de Charlottetown: "Ela parecia uma mistura entre uma pessoa que se veste com o que está na última moda e um verdadeiro pesadelo".

A recém-chegada estava sutuosamente muito bem trajada, com um vestido de verão, de seda azul-clarinho, com mangas bufantes, muitos babados e franzidos em todos os lugares em que esses enfeites puderam ser colocados. Usava um chapéu de chiffon enorme, enfeitado com três penas de avestruz, longas e finas. Um véu também de chiffon rosa, com bolinhas pretas grandes, pendia da aba do chapéu e ia até seus ombros, onde se dividia em duas faixas que flutuavam sobre as costas. Além disso, estava com todas as joias que cabiam em uma mulher pequena, e exalava um perfume forte.

— Sou a senhora Donnell... senhora H. B. Donnell — a visitante se apresentou. — Vim até aqui para conversarmos sobre uma coisa que Clarice Almira me contou, quando almoçou comigo hoje. Isso me deixou excessivamente incomodada.

— Sinto muito! — foi o que Anne conseguiu falar, enquanto tentava, em vão, se lembrar de qualquer incidente da manhã relacionado às crianças da família Donnell.

— Clarice Almira, havia dito que a senhorita pronunciou nosso nome como Donnell. Agora, ouça bem, senhorita Shirley, a pronúncia correta de nosso nome é Donnell... a ênfase é no final da palavra. Espero que se lembre disso, no futuro.

— Irei tentar — Anne falou, reprimindo uma forte vontade de rir. — Eu sei, por experiência própria, o quanto é desagradável ouvir seu nome soletrado incorretamente; portanto, posso imaginar que deve ser ainda pior ouvi-lo pronunciado erradamente.

— Certamente é. E Clarice Almira também me disse que a senhorita chama meu filho de Jacob. — Ora, ele me disse que seu nome é Jacob — Anne protestou.

— Deveria imaginar — disse a senhora H. B. Donnell, em um tom que dava a entender que não se deve esperar reconhecimento de uma criança dessa geração "estragada". — Aquele menino tem um gosto tão plebeu, senhorita Shirley! Quando ele nasceu, eu queria que seu nome fosse Saint Clair... soa tão aristocrático, não acha? Mas o pai insistiu que ele se chamasse Jacob, para homenagear um tio. Eu concordei, porque tio Jacob era um senhor muito idoso e rico... e solteiro. E sabe o que aconteceu, senhorita Shirley? Quando nosso inocente menino estava com 5 anos de idade, o velho tio Jacob inventou de se casar... e agora tem seus próprios filhos... três filhos! Já ouviu falar em tamanha ingratidão? No momento em que o convite para seu casamento — pois ele teve o atrevimento de nos enviar um convite, senhorita Shirley — chegou à nossa casa, eu disse: "Para mim, chega de Jacobs, obrigada". A partir daquele dia, chamo meu filho de Saint Clair, e estou determinada que é esse o seu nome. O pai persiste em chamá-lo de Jacob, e o próprio garoto tem uma preferência totalmente inexplicável por esse nome vulgar. Mas ele é Saint Clair, e Saint Clair ele deve permanecer. A senhorita vai gentilmente se lembrar sempre disso, não vai, senhorita Shirley? Muito obrigada. Falei com Clarice Almira que eu tinha certeza de que se tratava apenas de um mal-entendido, e que uma simples conversa resolveria tudo. Donnell... ênfase na última sílaba... e Saint Clair... em hipótese nenhuma, Jacob. A senhorita vai se lembrar? Estou muito agrdecida.

Quando a senhora H. B. Donnell foi embora, Anne trancou a porta da escola e foi para casa. Na Trilha das Bétulas, perto do pé da colina, ela encontrou Paul Irving, que lhe entregou um buquê de delicadas orquídeas silvestres, que as crianças de Avonlea chamavam de "lírios de arroz".

— Com licença, professora! Aceite essas flores no campo do senhor Wright — ele disse timidamente —, e voltei, porque achei que gostaria delas... e porque... — o menino ergueu os olhos grandes e bonitos — ...porque eu gosto da senhorita, professora.

— Meu querido! — Anne exclamou, enquanto pegava as flores perfumadas. Como se as palavras de Paul tivessem sido um passe de mágica, o desânimo e o cansaço desapareceram do espírito e do corpo de Anne, e a esperança aflorou em seu coração. E assim ela percorreu a Trilha das Bétulas com leveza, acompanhada pela doçura de suas orquídeas, como se elas fossem uma espécie de bênção divina.

— Então, como você se saiu na escola? — Marilla quis saber.

— Oh, Marilla, me pergunte somente daqui a um mês, e talvez eu saiba responder. Agora, não consigo dizer... Nem eu mesma sei... Está tudo muito recente. Parece que meus pensamentos foram todos chacoalhados até ficarem confusos. A única coisa que tenho certeza de que realizei com sucesso foi ensinar Cliffie Wright que a letra A é A. Ele nunca soube disso antes. Não é algo como ter mostrado a uma alma um caminho que pode terminar em Shakespeare e no poema épico Paraíso Perdido, de John Milton?

A senhora Lynde foi fazer uma visita no final da tarde, para me dar coragem. A boa senhora havia abordado os alunos da escola, quando passaram por seu portão, e perguntado o que tinham gostado da nova professora.

— Cada um deles, respondeu que adoraram você, Anne, exceto Anthony Pye. Tenho de admitir que ele não a elogiou; disse apenas que você "não tem nada de bom, é somente uma professora como todas as outras". Esse é o incentivo dos Pye para você. Mas não se importe com isso.

— Não importarei — Anne falou calmamente. — E ainda vou fazer Anthony Pye gostar de mim. Com paciência e afeto, vou acabar conquistando esse menino.

— Bem, nunca se pode afirmar nada sobre um Pye — disse a senhora Lynde, cautelosa. — Eles são sempre do contrário... assim como os sonhos. Quanto àquela senhora Donnell, posso afirmar que não me esforçarei para pronunciar Donnell saído de minha boca. O nome é, Donnell. Aquela mulher é louca, essa é a verdade. Ela tem um cachorro da raça pug, que faz suas refeições à mesa, junto com a família, comendo em um prato de porcelana.! Thomas diz que o marido é um homem sensato e muito trabalhador, mas não teve bom senso ao escolher a sua esposa, essa é a realidade.

CAPÍTULO VI

TODOS OS TIPOS E HUMORES DE HOMENS... E MULHERES.

Era um dia de setembro, nas colinas de Prince Edward Island. Um vento refrescante que vinha do mar, soprando sobre a terra; uma terra vermelha e comprida serpenteando nos campos e bosques, ora se curvando ao redor de grossos abetos, ora passando por uma plantação de jovens bordos, sobre um tapete de samambaias, ora mergulhando em um vale, onde um riacho sai de um bosque e logo entra nele de novo, ora se expondo ao brilho do sol, entre uma faixa de flores douradas e outra de flores azuis; um ar agitado pelos ruídos de inúmeros grilos — aqueles pequenos e felizes hóspedes das colinas, durante o verão; um cavalo marrom grande, trotando ao longo da estrada com as duas mocinhas desfrutando a alegria simples e inquestionável da juventude e da vida.

— Oh, este é um dia que parece estarmos nos jardins do Éden, não é, Diana? — Anne suspirou, sentindo a mais pura felicidade. — O ar está cheio de magia. Olhe para aquele tom de roxo naquela plantação, ali, no fundo do vale, Diana! E... oh, sinta o cheiro dos abetos quase secos! O perfume está vindo daquela planície ensolarada lá, onde o senhor Eben Wright tem cortado estacas para cercas. Que grande felicidade estar viva em um dia como este! Oh, Diana, sentir o aroma desses abetos é como estar no paraíso... Isso tem muito daquele poeta romântico inglês, William Wordsworth, com um pouco de Anne Shirley. Não parece possível haver abetos perdendo o viço no paraíso, parece? Mas não acho que o paraíso seria realmente perfeito se não pudéssemos sentir, enquanto andássemos pelos bosques, o cheiro de abetos secando. Talvez haja esse perfume lá, sem que seja necessário que as árvores sequem. É, acho que é assim; esse aroma delicioso deve vir das almas dos abetos... e, claro, só existem almas vindas do céu.

— As árvores não têm alma — disse Diana — Mas, sem dúvida, o perfume dos pinheiros é mesmo adorável. Vou fazer uma almofada e preenchê-la com folhas de abetos. Você também deveria fazer uma, Anne.

— Acho que farei... e usá-la-ei em meus cochilos. Com certeza, vou sonhar, nessas ocasiões,que sou uma dríade, ou uma ninfa da floresta. Porém, neste momento, estou muito contente em ser Anne Shirley, professora da escola de Avonlea, percorrendo uma estrada como esta, em um dia tão lindo e muito agradável.

— O dia está lindo, mas teremos tarefas pela frente que pode ser qualquer coisa, menos agradável — Diana suspirou. — Onde estava com a cabeça, Anne, quando você se ofereceu para coletar doações por aqui? Todos esquisitos de Avonlea moram nesta estrada, e é bem provável que sejamos tratadas, como se estivéssemos pedindo esmolas para nós mesmas. De todas as regiões, esta é a pior.

— Por isso que escolhi esta estrada. É lógico que Gilbert e Fred teriam ficado com ela, se pedíssemos. Mas analise, Diana, eu me sinto profundamente responsável pela Sociedade para Melhorias em Avonlea, já que fui a primeira pessoa a sugerir sua criação; por isso, acho que eu devo fazer as coisas menos agradáveis. Sinto muito por você, mas não se preocupe, não vai precisar dizer nada nas casas dos esquisitos. Eu falo tudo... A senhora Lynde afirmaria que sou perfeitamente apta para isso. Ela só não sabe se deve aprovar, ou não, esse nosso empreendimento. A senhora Lynde tende a concordar com ele, quando lembra que o senhor e a senhora Allan são favoráveis ao projeto; entretanto, o fato de que as primeiras sociedades para melhorias de comunidades surgiram nos Estados Unidos, já é um argumento contra nossa iniciativa. Então, ela está hesitando entre duas opiniões, e, aos seus olhos, apenas o sucesso pode justificar nosso empreendimento. Priscilla vai escrever um texto para a próxima reunião da Sociedade, e estou achando que ele vai ser muito bom, porque a tia dela é uma excelente escritora, e, sem dúvida, isso é uma característica de família. Nunca vou me esquecer da emoção que senti quando descobri que a senhora Charlotte E. Morgan é tia de Priscilla. É muito maravilhoso, ser amiga da sobrinha da autora que havia escrito, Dias em Edgewood e O jardim dos botões de rosa!

— Onde a senhora Morgan vive?

— Mora em Toronto. Priscilla disse que a tia vem visitar nossa ilha no próximo verão e que, se for possível, vai dar um jeito de nos encontrarmos com ela. Isso parece bom demais para ser verdade... mas é uma coisa muito boa de pensar, à noite, quando estamos na cama.

A Sociedade para Melhorias em Avonlea estava bem organizada. Gilbert Blythe era o presidente; Fred Wright, o vice-presidente; Anne Shirley, a secretária; e Diana Barry, a tesoureira. Os "melhoradores", como foram prontamente batizados, se reuniam uma vez a cada quinze dias nas casas dos membros da sociedade, alternadamente. Todos haviam admitido que não seria possível esperar muitas melhorias naquela época do ano. Porém, pretendiam planejar a campanha do próximo verão, conhecer e discutir novas ideias, escrever e ler textos e, como Anne disse, antes de tudo, "sensibilizar e educar a população".

Tinha desaprovação do projeto, claro, e — o que mais incomodava os melhoradores — era a dose de ridicularização. Dizia-se que o senhor Elisha Wright tinha falado que um nome mais apropriado para aquela organização seria "Clube do Flerte". A senhora Hiram Sloane declarou que tinha ficado sabendo que os melhoradores pretendiam lavrar a terra na beira das ruas e estradas e plantar gerânios. O senhor Levi Boulter preveniu seus vizinhos de que os melhoradores insistiriam para que todos eles demolissem suas casas e as reconstruíssem, de acordo com projetos arquitetônicos aprovados pela Sociedade para Melhorias. O senhor James Spencer, pediu para avisar que gostaria muito, que gentilmente capinassem a colina onde ficava a igreja. Eben Wright contou a Anne que desejava que os melhoradores persuadissem o velho Josiah Sloane a manter seu bigode sempre aparado. Já o senhor Lawrence Bell falou que até aceitaria caiar seus celeiros, se eles realmente quisessem isso, mas que jamais penduraria cortinas de renda nas janelas do estábulo das vacas. O Major Spencer perguntou a Clifton Sloane, um melhorador que levava o leite para a fábrica de queijos de Carmody, se era verdade que, no verão seguinte, todos os produtores de leite teriam de pintar à mão suas leiteiras e cobri-las com toalhas bordados.

Com isso — ou, talvez, levando em consideração o ser humano —, a Sociedade decidiu corajosamente investir na única melhoria que podiam mesmo concluir naquele outono. Na segunda reunião, na sala de visitas da casa da família Barry, Oliver Sloane propôs que começassem uma campanha para pintar o Clube Social e refazer seu telhado. Julia Bell apoiou, com uma desconfortável sensação de que estava tomando uma atitude que não era exatamente feminina. Gilbert formulou a proposta, que foi aprovada por unanimidade; e Anne redigiu solenemente a ata da reunião. A seguinte etapa foi nomear um comitê, e Gertie Pye, determinada a não permitir que Julia Bell brilhasse mais do que ela, sugeriu imediatamente que a senhorita Jane Andrews fosse presidente daquela comissão que estava se formando. Tendo sido a proposta devidamente aceita e colocada em prática, Jane devolveu a gentileza indicando Gertie para fazer parte do comitê, juntamente com Gilbert, Anne, Diana e Fred Wright. Em seguida, esse grupo definiu suas estratégias, em uma reunião secreta. Anne e Diana ficaram encarregadas de percorrer a estrada para Newbridge; Gilbert e Fred, a de White Sands; e Jane e Gertie, a estrada de Carmody.

— Todos os Pye moram na estrada para Carmody, e, eles não doarão nem mesmo um centavo, a menos que um deles peça — Gilbert explicou a Anne, quando caminhavam pelo Bosque Assombrado, voltando para casa.

No próximo sábado, Anne e Diana deram início à campanha; foram direto até o final da estrada e voltaram, passando de casa em casa. A primeira visita foi às "meninas" da família Andrews.

— Se Catherine estiver sozinha, pode ser que consigamos alguma coisa — Diana falou —, mas, se Eliza estiver em casa, não vamos arrecadar nada.

Eliza estava na casa, e parecia ainda mais azeda do que era normal. A senhorita Eliza era uma daquelas pessoas que nos dão a impressão de que a vida é realmente um vale de lágrimas, e de que um sorriso — para não mencionar, de forma alguma, uma gargalhada — é um desperdício de energia verdadeiramente repreensível. As duas irmãs Andrews tinham sido "meninas" por cinquenta anos, e provavelmente continuariam sendo meninas até o fim de sua passagem pela Terra. Dizia-se que Catherine não havia perdido completamente as esperanças, mas que Eliza, que já havia nascido pessimista, nunca teve nenhuma. Elas moravam em uma pequena casa marrom, construída em um canto ensolarado do bosque de Mark Andrews. Eliza se queixava que o lugar era terrivelmente quente no verão, mas Catherine costumava dizer que era agradavelmente morno no inverno.

Estava costurando um pedaço de retalho, não porque fosse necessário, mas simplesmente como um protesto contra a fútil renda de crochê que Catherine estava fazendo. Eliza ouviu, de cara fechada, e Catherine, com um sorriso no rosto, enquanto Anne e Diana explicavam o plano da Sociedade. É verdade que sempre que os olhos de Catherine encontravam os de Eliza, ela se sentia culpada e confusa e reprimia o sorriso; mas, no momento seguinte, ele se abria outra vez.

— Se eu tivesse dinheiro sobrando — disse Eliza severamente —, talvez eu o queimasse, só para ter o prazer de ver o fogo. De modo algum eu o daria para aquele Clube de Melhorias... nem mesmo um centavo sequer. Ele não traz nenhum benefício para nossa comunidade, é só um lugar para os jovens se encontrarem e se comportarem mal, quando deveriam estar em casa, dormindo em suas camas.

— Oh, Eliza, os rapazes e as moças precisam ter alguma diversão — Catherine protestou.

— Não vejo necessidade disso. Não costumávamos perambular por salões e lugares assim, quando éramos jovens, Catherine Andrews. Este mundo está piorando a cada dia.

— Acredito que está melhorando — disse Catherine, com firmeza.

— Sério! — a voz da senhorita Eliza expressava um descaso absoluto. — Não é uma questão de você achar, Catherine Andrews. Fatos são fatos.

— Bom, eu gosto de olhar para o lado bom das coisas, Eliza.

— Mas, não encontro lado bom.

— Oh, é lógico que tem! — exclamou Anne, que não conseguiu escutar em silêncio tamanho absurdo. — Ora, sempre existem lados bons, senhorita Andrews! Este é um mundo realmente maravilhoso.

— Você não vai pensar de um modo tão otimista assim quando tiver vivido nele o mesmo tempo que eu vivi — retrucou a senhorita Eliza –, nem vai ter tanto entusiasmo para querer melhorá-lo. Como está sua mãe, Diana? Nossa, a saúde dela piorou muito ultimamente. Ela parece terrivelmente abatida. E quanto tempo falta para Marilla ficar totalmente cega, Anne?

— O médico acha que... que se ela for bastante cuidadosa... seus olhos não vão piorar mais...nem um pouco — Anne respondeu, hesitante.

Eliza balançou a cabeça.

— Os médicos sempre falam assim, apenas para manter as pessoas animadas. Eu não teria muita esperança, se fosse ela. É melhor estarmos sempre preparados para o pior.

— Mas não devemos estar preparados para o melhor também? — Anne argumentou. — A probabilidade de acontecer o melhor é a mesma que a de ocorrer o pior.

— Não com toda minha experiência. Tenho 57 anos de vida, enquanto você os seus 16 — retrucou Eliza. — Já estão indo embora, né? Bem, espero que essa nova sociedade de vocês seja capaz de impedir que Avonlea decaia ainda mais, mas não tenho muita esperança quanto a isso.

Anne e Diana saíram aliviadas, e se afastaram dali o mais depressa que o pônei grande conseguia trotar. Quando viraram a curva abaixo do bosque, uma mulher rechonchuda veio correndo sobre o pasto do senhor Andrews, acenando entusiasticamente para elas. Era Catherine Andrews, e estava tão ofegante que mal conseguia falar, mas colocou duas moedas de vinte e cinco cents nas mãos de Anne.

— Esta é minha contribuição para a pintura do salão da sociedade — ela disse, com dificuldade. — Eu queria dar uma quantia maior, mas não ouso tirar mais dinheiro da venda dos ovos, pois, se eu fizesse isso, Eliza descobrirá. Estou realmente interessada na sociedade de vocês, e acredito que vão fazer muitas coisas boas. Sou uma pessoa otimista. Tenho de ser, já que moro com Eliza. Preciso voltar para casa, antes que ela sinta minha falta... Acha que estou alimentando as galinhas. Espero que tenham boa sorte nessa coleta, e não fiquem desanimadas com o que minha irmã falou. O mundo está ficando melhor... com certeza, ficará.

A casa seguinte era a de Daniel Blair.

— Agora, tudo depende da esposa dele estar, ou não, em casa — afirmou Diana, enquanto passavam, aos solavancos, por uma parte bem sulcada da estrada. — Se ela estiver, não vamos conseguir nem mesmo um centavo. Todos dizem que Dan Blair não se atreve nem a cortar o cabelo sem pedir a permissão dela. E é fato que ela é, digamos, na melhor das hipóteses, muito controlada financeiramente. A senhora Blair fala que tem de ser justa, antes de ser generosa. Contudo, a senhora Lynde afirma que, para a senhora Blair, a justiça vem tão "antes", que a generosidade nunca conseguiu alcançá-la.

Na mesma noite, Anne contou a Marilla como tinha sido na casa da família Blair.

— Atamos os cavalos e batemos na porta da cozinha. Ninguém nos atendeu, mas a porta estava aberta e podíamos ouvir alguém na despensa; parecia alguém em apuros. Não conseguimos entender as palavras, mas Diana disse que, pelo som delas, eram xingamentos. Não consigo acreditar que se tratava do senhor Blair, porque ele é sempre tão tranquilo e delicado... mas a verdade é que ele estava mesmo passando por uma situação difícil, Marilla, pois, quando o pobre homem veio até a porta, vermelho como um tomate, com o suor escorrendo pelo rosto, estava usando um daqueles aventais listrados grandes da esposa. "Não consigo tirar este maldito avental", ele disse; "o nó está muito apertado, e é impossível desatá-lo. Portanto, vão ter de me desculpar, senhoritas". Nós pedimos a ele que não se importasse com aquilo, entramos e nos sentamos. Ele deslizou a parte da frente do avental para as costas, enrolou-a, e se sentou também, mas parecia tão envergonhado e preocupado que senti pena dele. Então, Diana perguntou se tínhamos chegado em um momento inconveniente. "Oh, não, absolutamente", o senhor Blair respondeu, tentando sorrir... A senhora sabe, Marilla, que ele é sempre muito educado... Depois, ele acrescentou: "Estou um pouco ocupado... porque estou me preparando para assar um bolo. Minha esposa recebeu um telegrama hoje, dizendo que a irmã dela, que mora em Montreal, vai chegar no final do dia. Ela foi à estação para encontrá-la, e deixou ordens para que eu fizesse um bolo para o chá. Escreveu a receita e me explicou o que fazer, mas já esqueci completamente metade de suas instruções. Além disso, está escrito: 'tempere a gosto'. O que quer dizer isso? Como vou saber? E se meu gosto for diferente do gosto das outras pessoas? Uma colher de sopa cheia de baunilha seria suficiente para um bolo pequeno?"

— Marilla, nunca tinha sentido tanta pena de um homem! Sem dúvida nenhuma, ele estava totalmente desorientado. Já tinha ouvido sobre maridos dominados pelas mulheres, mas agora vi pessoalmente. Eu estava a ponto de dizer: "Senhor Blair, se nos doar uma contribuição para a reforma do Salão, posso fazer o bolo". Mas logo pensei que fazer barganhas com uma criatura tão aflita não seria uma atitude muito amistosa, principalmente se tratando de um vizinho. Então, eu me ofereci para preparar o bolo para ele, sem impor absolutamente nenhuma condição. E o homem aceitou minha proposta imediatamente. Contou que, antes de se casar, estava acostumado a fazer seu próprio pão, mas temia que bolos estivessem além de sua capacidade, e odiava desapontar sua esposa. Ele buscou um avental para mim, Diana bateu os ovos e eu misturei a massa. O senhor Blair correu de lá para cá, buscando tudo de que precisávamos. Ele havia se esquecido totalmente de seu avental, e, cada vez que corria para trazer alguma coisa, o pano balançava de tal maneira que Diana disse depois que achou que ia morrer de tanto reprimir as gargalhadas. Quando a massa ficou pronta, ele afirmou que poderia assar o bolo, sem problemas... estava acostumado a isso... Em seguida, pediu nossa lista de assinaturas e doou quatro dólares. Como vê, Marilla, fomos recompensadas. Porém, se ele não tivesse doado um centavo que fosse, ainda assim eu sentiria que, ao ajudarmos o senhor Blair naquele momento difícil, realizamos um ato de verdadeira caridade.

A casa de Theodore White era a próxima. Nem Anne nem Diana haviam estado lá anteriormente, e ambas tinham uma familiaridade bastante superficial com a senhora Theodore, que não era dada à hospitalidade. Elas deveriam bater na porta da frente ou na de trás? Enquanto decidiam isso, aos sussurros, a senhora Theodore apareceu na porta da frente, carregando uma pilha de jornais e, muito resoluta, espalhou-os, um por um, no chão e nos degraus da varanda, e pelo caminho até o portão, só parando aos pés de suas visitantes, totalmente perplexas.

— Vocês poderiam, por favor, secar os pés cuidadosamente na grama, e, em seguida, passar sobre os jornais? — ela pediu ansiosamente. — Acabei de varrer a casa toda, e não vou tolerar nenhuma poeira levada lá para dentro. Este caminho está um lamaçal, depois da chuva de ontem.

— Não se atreva a dar risada — Anne advertiu Diana, em voz baixa, enquanto caminhavam sobre os jornais. — E eu imploro, Diana, não olhe para mim, independentemente do que ela disser, ou posso não ser capaz de manter uma expressão séria no rosto.

Os jornais se estendiam pelo terraço e, seguiam até uma sala de estar meticulosamente arrumada e limpa. Anne e Diana se sentaram cautelosamente nas cadeiras mais próximas e explicaram sua missão. A mulher ouviu tudo educadamente e só as interrompeu duas vezes: a primeira, para espantar uma mosca aventureira, e a outra, para pegar um minúsculo pedaço de grama que caiu do vestido de Anne sobre o carpete. Naquele momento, Anne se sentiu miseravelmente culpada, mas, por fim, a senhora White se comprometeu a doar uma quantia razoável, assinou e doou dois dólares.

— Ela doou, mas fez isso para evitar que tivéssemos de voltar para buscar o dinheiro — Diana comentou, depois que elas saíram de lá. A senhora White recolheu todos os jornais, antes que elas acabassem de desamarrar o cavalo, e, enquanto se dirigiam ao portão, as duas a viram, muito ocupada, varrendo cuidadosamente o hall. — Ouvi dizer que a senhora White era a mulher mais asseada do mundo, e, depois disso, acredito piamente — Diana declarou, dando vazão à gargalhada reprimida, assim que estavam sozinhas.

— Fico feliz por ela não ter filhos — Anne afirmou solenemente. — Seria indescritivelmente terrível para eles, se tivesse.

Na residência da família Spencer, a senhora Isabella Spencer as deixou arrasadas, pois falou mal de todos os habitantes de Avonlea. O senhor Thomas Boulter se recusou a doar qualquer quantia, porque o Salão, quando foi criado, vinte anos antes, não foi construído no local que ele havia aconselhado. A senhora Esther Bell, que era a saúde em pessoa, passou meia hora descrevendo todas as suas dores e tristezas, e contribuiu com cinquenta centavos, porque não estaria lá, na mesma época do ano seguinte, para fazer isso — não, ela já estaria em seu túmulo.

Mas, a pior das recepções que Anne e Diana tiveram foi na casa de Simon Fletcher. Quando elas abriram o portão, viram dois rostos espiando pela janela da varanda. Mas, embora elas tivessem batido e esperado paciente e persistentemente, ninguém veio até a porta, e as duas garotas, decididamente irritadas e indignadas, foram embora do jardim do senhor Fletcher. Anne admitiu que começava a ficar desanimada. Porém, depois daquela visita frustrada, a sorte mudou. Em seguida, vieram vários lares da família Sloane, nos quais elas obtiveram contribuições generosas, e, daquele ponto até o final do percurso, correu tudo bem, com apenas uma contrariedade ocasional. A última visita foi na casa de Robert Dickson, perto da ponte sobre o Lago das Águas Brilhantes. Ali, elas ficaram para o chá, apesar de estarem perto de casa: não queriam correr o risco de ofender a senhora Dickson, que tinha a reputação de ser uma mulher muito sensível.

Enquanto estavam lá, a senhora James White veio fazer uma visita.

— Estou vindo da residência de Lorenzo — ela anunciou. — Neste exato momento, ele é o homem mais feliz e orgulhoso de Avonlea. O que vocês acham disto? Tem um menino novinho lá... e, depois de sete filhas, agora, finalmente, um filho é um grande acontecimento, posso garantir.

Anne passou imediatamente a prestar muita atenção no que ouvia e, quando as duas amigas deixaram a casa de Robert Dickson, ela falou:

— Vou diretamente à residência de Lorenzo White.

— Mas ele mora na estrada de White Sands, e está muito distante do nosso caminho — protestou Diana. — Além disso, Gilbert e Fred vão visitá-lo.

— Eles não irão lá antes do próximo sábado, e, até lá, já vai ser tarde demais — disse Anne, determinada. — Lorenzo White já vai ter se acostumado com a novidade. Ele é terrivelmente sovina, mas vai contribuir para qualquer campanha neste momento. Não devemos perder uma oportunidade de ouro como esta, Diana.

O resultado justificou a previsão de Anne. O senhor White as encontrou no quintal, sorrindo como o sol em um domingo de Páscoa. Quando Anne pediu uma doação, ele concordou entusiasticamente.

— Claro, claro! Vou doar um dólar a mais do que a maior doação que vocês já tiveram até agora.

— Então serão cinco dólares... o senhor Daniel Blair doou quatro — Anne falou, ligeiramente temerosa, mas Lorenzo não exitou.

— Está bem... está aqui. Bem, quero que vocês entrem em minha casa. Tem algo que vale a pena ver... Algo que poucas pessoas viram até agora. Apenas venham e me digam sua opinião.

— O que vamos dizer, se o bebê não for bonito? — Diana sussurrou, apreensiva, enquanto seguiam o empolgado Lorenzo, rumo ao quarto do recém-nascido.

— Oh, com certeza vamos encontrar algum outro elogio para fazer — Anne respondeu tranquilamente. — Sempre há um, quando se trata de bebês.

Contudo, o recém-nascido era bonito, e o senhor White sentiu que seu dinheiro valeu o encantamento sincero das garotas pelo pequeno e rechonchudo bebê. Mas é preciso dizer que essa foi a primeira, última e única vez em que Lorenzo White doou alguma coisa.

Naquele fim de tarde, mesmo cansada, Anne fez mais um esforço pelo bem público de Avonlea: atravessou os campos para pedir ao senhor Harrison uma doação para a campanha da Sociedade para Melhorias. Ele estava, como de costume, fumando seu cachimbo na varanda, com Ginger a seu lado. A bem da verdade, o senhor Harrison morava na estrada para Carmody, mas Jane e Gertie, que não tinham nenhuma relação com ele — só o conheciam através de relatos duvidosos —, pediram a Anne que pedisse sua contribuição para o projeto.

Porém, o homem recusou-se a doar um centavo que fosse, e todos os argumentos de Anne foram em vão.

— Ora, achei que o senhor aprovava nossa sociedade — ela lamentou.

— E aprovo... de verdade... mas minha aprovação não é tão grande a ponto de interferir no meu bolso, Anne.

— Mais algumas experiências como as de hoje me deixariam tão pessimista quanto a senhorita Eliza Andrews., disse Anne ao seu reflexo no espelho da parede do sótão.

CAPÍTULO VII

SENSO DE DEVER CUMPRIDO

Anne inclinou-se para trás, na cadeira, e suspirou. Estava sentada diante de uma mesa cheia de livros didáticos e exercícios de alunos, mas as folhas cuidadosamente escritas que estavam diante dela, não apresentavam nenhuma ligação com estudos ou trabalhos de escola.

— O que aconteceu? — perguntou Gilbert, que tinha chegado à porta aberta da cozinha exatamente no momento do suspiro. Anne ficou emburrada e empurrou os papéis escritos para debaixo de algumas redações de alunos, de modo que eles ficaram fora do alcance da vista de Gilbert.

— Nada demais. Só estou tentando escrever alguns de meus pensamentos, como o professor Hamilton me aconselhou, mas o resultado não me agradou. Eles parecem tão tolos e desinteressantes quando escritos com tinta preta sobre o papel branco. As ideias são como as sombras... não se pode colocá-las em uma gaiola... são coisas tão imprevisíveis... e mudam tão facilmente... Mas talvez, um dia, eu aprenda o segredo, se continuar tentando. Não tenho muito tempo livre, você sabe. Quando acabo de corrigir exercícios e composições dos meus alunos, nem sempre tenho vontade de escrever meus próprias composições.

— Você está se saindo maravilhosamente na escola, Anne. Todas as crianças te adoram — Gilbert falou, sentando-se no degrau de pedra.

— Não, nem todas. Anthony não gosta, e nunca vai gostar, de mim. E o que é pior: ele não me respeita... não, não tem nenhuma consideração por mim. Simplesmente me trata com desprezo; e não me importo de confessar a você que isso me chateia. Não é que ele seja um menino mau... é apenas peralta; mas não é muito pior do que alguns outros. Anthony raramente me desobedece; no entanto, faz o que peço com um ar de desprezo e tolerância, como se não valesse a pena discutir o assunto; caso contrário, ele me questionaria... Isso tem um efeito nocivo sobre as outras crianças. Já tentei conquistá-lo de todas as maneiras, e estou começando a temer que nunca vou conseguir. Quero ganhar sua afeição, porque, afinal, ele é um menino bastante gracioso, embora seja um Pye, e eu poderia gostar dele, se ele permitisse.

— Talvez isso seja apenas consequência do que ele ouve em casa.

— Não completamente. Anthony é um garoto independente e toma suas próprias decisões. Antes de mim, ele sempre teve homens como professores, e afirma que mulheres não são boas mestras. Bem, vamos ver o que a paciência e o afeto podem conseguir. Gosto de vencer dificuldades, e lecionar é, sem dúvida alguma, um trabalho muito interessante. Além disso, Paul Irving compensa tudo o que falta nos outros alunos. Aquela criança é um verdadeiro encanto, Gilbert, e um gênio também. Estou convencida de que o mundo ainda vai ouvir falar dele — Anne afirmou, com grande convicção.

— Gosto de lecionar também. Antes de tudo, porque é um bom treinamento. Sabe, aprendi muito mais nessas semanas em que venho ensinando os jovens de White Sands do que durante todos os anos em que frequentei a escola. Parece que todos nós estamos nos saindo bastante bem, Anne. Ouvi dizer que as pessoas de Newbridge gostam de Jane; e penso que a população de White Sands está razoavelmente satisfeita com este seu humilde servo aqui... todos, exceto o senhor Andrew Spencer. Ontem à noite, encontrei a senhora Peter Blewett em meu caminho para casa, e ela me disse que achava que era seu dever me informar que o senhor Spencer não aprova meus métodos.

— Você já percebeu — Anne perguntou, reflexiva — que, quando as pessoas dizem que é seu dever lhe contar determinada coisa, você pode se preparar para ouvir algo desagradável? Por que será que elas parecem nunca achar que é um dever lhe contar as coisas boas que ouvem sobre você? A senhora H. B. Donnell foi até a escola outra vez, ontem, e disse que pensava ser dever dela informar que a senhora Harmon Andrew, não concorda que eu leia contos de fadas para as crianças; e que o senhor Rogerson acha que Prillie não está aprendendo aritmética tão rapidamente quanto deveria. Ora, se Prillie passasse menos tempo olhando para os meninos, ela poderia ter um resultado melhor. Estou quase certa de que Jack Gillis faz as operações aritméticas durante a aula para ela, apesar de eu nunca ter sido capaz de pegá-los com a mão na massa.

— Você conseguiu reconciliar o filho promissor da senhora Donnell com seu nome sagrado?

— Sim — Anne sorriu. — Mas foi uma tarefa muitíssimo difícil. A princípio, quando o chamava de Saint Clair, ele não prestava a menor atenção, até eu falar duas ou três vezes; e quando os colegas o cutucavam, ele me olhava tão magoado que era como se eu o tivesse chamado de John ou Charlie, e ele não tivesse como adivinhar que era com ele que eu estava falando. Então, um dia, pedi que ele ficasse na escola depois da aula, e lhe expliquei tudo amavelmente. Falei que sua mãe queria que eu o chamasse de Saint Clair, e que eu não podia agir contra a vontade dela. Ele entendeu o que eu disse... é um garoto muito sensato... e concordou que eu o chamasse de Saint Clair, mas deixou claro que vai "acabar com a raça" de qualquer um dos colegas que fizer isso. É claro que tive de repreendê-lo outra vez, agora por usar essa linguagem grosseira. Desde então, eu o chamo de Saint Clair, mas os meninos o chamam de Jake, e tudo fica bem. Ele me disse que quer ser carpinteiro, mas a senhora Donnell quer que eu faça dele um professor universitário.

Mencionar à universidade deu uma nova direção aos pensamentos de Gilbert, e, por algum tempo, eles conversaram sobre seus planos e desejos — seriamente, honestamente, esperançosamente, como os jovens adoram conversar, enquanto o futuro ainda é um caminho não percorrido, cheio de maravilhosas possibilidades.

Gilbert tinha decidido que seria um médico.

— É uma profissão maravilhosa! — falou entusiasticamente. — Um indivíduo tem de lutar por alguma coisa durante sua vida... Alguém não definiu, uma vez, o homem como "um animal lutador"?

Pois eu quero lutar contra a doença, a dor e a ignorância... que estão todas relacionadas. Quero cumprir minha cota de trabalho honesto e verdadeiro nesse mundo, Anne... Acrescentar um pouco à quantidade de conhecimentos que os homens bons vêm acumulando, desde o começo da humanidade. As pessoas que viveram antes de mim fizeram tanto por nós que quero mostrar minha gratidão fazendo algo por aqueles que vão viver depois de mim. Sinto que esta é a única forma de cumprir nossas obrigações como seres humanos.

— Eu queria acrescentar um pouco de beleza à vida... — Anne falou sonhadoramente. — Não desejo exatamente contribuir para que as pessoas saibam mais, apesar de achar que essa é a ambição mais nobre; mas eu adoraria fazer com que elas vivessem momentos mais prazerosos, por minha causa, sentissem pequenas alegrias ou tivessem pensamentos felizes, que jamais existiriam, se eu não tivesse nascido.

— Acho que você vem cumprindo essa missão a cada dia — Gilbert afirmou, com admiração. E ele estava certo. Anne era uma filha da luz, por natureza. Quando passava por alguém, deixando um sorriso ou uma palavra, era como se aquilo fosse o brilho de um raio de sol; pelo menos, temporariamente, a pessoa via sua própria vida como algo maravilhoso, digno e promissor.

Por fim, Gilbert se levantou, contra sua vontade.

— Então, agora preciso ir até a casa da família MacPherson. Moody Spurgeon chegou da Queen's Academy hoje, para passar o domingo aqui, e deve ter trazido um livro que o professor Boyd prometeu me emprestar.

— E eu tenho de preparar o chá de Marilla. Ela foi ver a senhora Keith esta tarde e logo vai estar de volta.

Quando Marilla chegou, o chá já estava pronto. O fogo aconchegante na lareira da sala de jantar, um vaso de samambaias, salpicadas de geada e de folhas vermelho bordo, enfeitavam a mesa, e um delicioso aroma de presunto e torradas perfumava o ar. Contudo, Marilla afundou-se em sua cadeira e suspirou profundamente.

— Marilla, seus olhos estão irritados? Sua cabeça não dói? — Anne perguntou ansiosamente.

— Não, só estou um pouco cansada... e preocupada. Temo por Mary e suas crianças... ela vem piorando...não vai durar muito tempo mais. E não sei o que será dos gêmeos.

— O tio deles não se manifestou?

— Sim, Mary recebeu uma carta dele. Está em um acampamento, trabalhando no corte de árvores, e "agitando o lugar", seja lá o que isso quer dizer. De qualquer modo, ele diz que é impossível assumir as crianças antes da primavera, quando espera estar casado e ter um lar para onde levá-las. Ele acha que Mary deve pedir a um de seus vizinhos que fique com os gêmeos durante o inverno. Entretanto, ela me disse que é incapaz de fazer isso. Mary nunca teve uma boa relação com as pessoas de East Grafton... Em resumo, Anne, tenho certeza de que Mary quer que eu fique com aquelas crianças... Ela não falou isso, mas estava em seus olhos.

— Oh! — Anne bateu palmas, emocionada. — E é claro que a senhora vai ficar com eles, não vai, Marilla?

— Ainda não resolvi — ela respondeu, ligeiramente seca. — Não tomo decisões precipitadas, como você costuma fazer, Anne. Parentesco de terceiro grau não é uma ligação muito próxima. Além disso, ter duas crianças de seis anos para cuidar é uma responsabilidade apavorante... E gêmeos, ainda por cima.

Marilla achava que gêmeos eram duas vezes pior do que as outras crianças.

— Gêmeos são intrigantes... pelo menos, quando se trata de apenas um par deles — Anne afirmou. — Só quando são dois ou três pares é que fica difícil. E acho que ter algo para diverti-la, enquanto estou na escola, seria muito bom para a senhora.

— Não creio que haveria muita diversão nisso... Acho que teria muito mais preocupação e aborrecimento do que qualquer outra coisa, isso sim. Não seria tão arriscado se ao menos eles tivessem a idade que você tinha, quando decidi criá-la. Eu não me preocupo tanto com Dora, ela parece ser uma menina boa e tranquila. Porém aquele Davy é levado.

Anne adorava as crianças, e seu coração ansiava pelos gêmeos de Mary Keith. Sua lembrança da própria infância de abandono, sem amor nem atenção, ainda estava muito viva. Sabia que o único ponto vulnerável de Marilla era sua devoção inflexível ao que ela acreditava ser seu dever, e Anne direcionou habilmente seus argumentos nesse sentido.

— Se Davy é levado, isso é mais um motivo para ele receber, agora, uma boa educação, não acha, Marilla? Se não ficarmos com essas crianças, não iremos saber quem ficará, nem a que espécie de influências elas vão ser submetidas. Imagine se os vizinhos de porta da senhora Keith, a família Sprott, fiquem com eles. A senhora Lynde fala que Henry Sprott é o homem mais profano que já existiu, e que não podemos acreditar em uma só palavra do que seus filhos dizem. Não seria terrível permitir que os gêmeos aprendessem coisas assim? Ou, então, suponha que eles fiquem com a família Wiggins. A senhora Lynde afirma que o senhor Wiggins vende tudo o que tem em casa, e que possa ser vendido; e que alimenta a família somente com leite desnatado. Você não gostaria que seus parentes morressem de fome, mesmo sendo primos de terceiro grau, gostaria? Tenho a impressão, Marilla, de que é nosso dever adotar essas crianças.

— Creio que sim — Marilla concordou, resignada. — Ouso até dizer que vou contar a Mary que resolvi ficar com elas. E você não deveria manter essa expressão de felicidade, Anne. Afinal, vai ser uma boa quantidade de trabalho extra. Não posso nem pensar em costurar, por causa dos meus olhos; portanto, é você que vai ter de fazer e consertar as roupas deles. E nós duas sabemos que você não gosta nada de costurar.

— Detesto — Anne falou calmamente —, mas, se a senhora vai ficar com aquelas crianças por um senso de dever, eu certamente posso costurar para eles, por um senso de dever também. É bom as pessoas fazerem coisas que não gostem, porém com certa ponderação.

CAPÍTULO VIII

MARILLA ADOTA GÊMEOS.

A senhora Rachel estava sentada de frente para a janela da cozinha, tricotando uma colcha, igual aquele dia, muitos anos antes, quando Matthew Cuthbert desceu a colina trazendo o que ela batizou de "órfã importada". Entretanto, aquilo tinha acontecido durante a primavera; agora, era o final do outono. Não havia folhas nas árvores dos bosques, e os campos estavam áridos e pardos. O sol havia começado a se pôr, esplendidamente roxo e dourado, por trás das florestas escuras, a oeste de Avonlea, e uma charrete, puxada por um velho cavalo, descia tranquilamente a colina. A senhora Rachel observava tudo com grande interesse.

— Lá está Marilla, voltando do funeral — ela disse ao marido, recostado na espreguiçadeira da cozinha. Àquela altura, Thomas Lynde passava mais tempo nessa cadeira reclinável, do que ela costumava antes, mas a senhora Rachel, que era tão sagaz em relação a tudo o que acontecia fora da própria casa, ainda não havia percebido isso. — E vem trazendo os gêmeos com ela... sim, vejo Davy se inclinando sobre o para-lama, tentando agarrar a cauda do pônei, e Marilla puxando-o de volta. Dora está sentada comportadamente, com a postura mais correta que se pode desejar de uma criança. Essa menina sempre dá a impressão de que acabou de ser passada e engomada. Bem, sem dúvida nenhuma, a pobre Marilla vai ter muito o que fazer durante o inverno. Porém, em tais circunstâncias, não acho que lhe restava qualquer outra opção a não ser ficar com esses gêmeos; e conta com Anne para ajudá-la. A moça está empolgadíssima com tudo isso, e é preciso reconhecer que ela possui uma verdadeira habilidade para lidar com crianças. Meu Deus, parece que não passou nem mesmo um dia desde, que o pobre Matthew trouxe Anne para casa, e todos riram da ideia de ver Marilla educar uma menina... E, agora, ela está trazendo gêmeos de apenas 6 anos de idade para criar. Enquanto vivermos, nãao estaremos livres de surpresas.

O velho cavalo grande trotou sobre a ponte no vale da família Lynde, e, em seguida, ao longo da alameda de Green Gables. Marilla tinha uma expressão bastante séria no rosto. Haviam percorrido pouco mais de quinze quilômetros desde East Grafton, e, durante toda a viagem, Davy Keath pareceu dominado por uma necessidade de se movimentar. Estava além da capacidade de Marilla, fazer com que ele permanecesse sentado e quieto, e ela ficou o tempo todo aflita, receando que ele caísse sobre a traseira da charrete e quebrasse o pescoço, ou despencasse por cima do para-lama e acabasse debaixo das patas do cavalo. Desesperada, ela tinha ameaçado darlhe boas chicotadas quando chegassem a Green Gables. Ao escutar isso, Davy subiu no colo de Marilla, ignorando totalmente as rédeas, lançou os braços rechonchudos ao redor de seu pescoço, e lhe deu um abraço bem forte.

— Não acredito que esteja falando a verdade — disse, dando um beijo estalado e afetuoso na bochecha enrugada de Marilla. — A senhora não parece uma pessoa que chicoteia um garotinho só porque ele não consegue ficar parado. Então não achava terrivelmente difícil ficar quieta, quando estava com minha idade?

— Não. Sempre obedecia quando me mandavam sossegar — Marilla respondeu, tentando falar severamente, embora sentisse o coração amolecer com os carinhos impulsivos de Davy.

— Suponho que é porque a senhorita era menina — Davy argumentou, enquanto voltava para seu assento, depois de outro abraço. — A senhora foi uma menina, um dia, eu imagino, mesmo que seja bastante estranho pensar nisso. Dora consegue ficar sentada e quieta... mas eu não vejo graça nenhuma nisso. Acho que a vida de uma menina deve ser muito monótona. Olhe aqui, Dora, vou te animar um pouco.

A maneira de Davy para "animar" a irmã era prender seus cachos entre os dedos e dar um puxão. No mesmo instante, Dora deu um grito agudo e estridente e começou a chorar.

— Como você pode ser um garoto tão perverso, no mesmo dia em que sua mãe foi enterrada? — Marilla indagou, indignada.

— Ora, ela estava contente por morrer — Davy falou, em tom de confidência. — Eu sei, porque ela me disse isso. Não aguentava mais estar doente. Conversamos muito, na noite antes de sua morte. Ela me contou que a senhora ia nos trazer, Dora e eu, para passarmos o inverno em sua casa, e falou que eu deveria ser um bom menino. E vou ser bom, mas não posso ser bom tanto agitado quanto quieto? E ela disse também que eu deveria sempre defender Dora e ser gentil com ela. É o que vou fazer.

— Você pensa que puxar o cabelo de sua irmã é ser gentil com ela?

— Bem, não vou deixar mais ninguém puxar os cachos dela — Davy respondeu, cerrando os punhos e fechando a cara. — Ai de quem tentar! Não doeu tanto assim... ela só chorou porque é uma menina. Fico feliz de ser um menino, mas não gosto de ser um gêmeo. Quando a irmã de Jimmy Sprott se queixa, ele simplesmente diz: "Sou mais velho que você, por isso sei mais"; aí, ela sossega. Mas não posso falar assim com Dora, e, então, ela continua pensando diferente de mim. A senhora poderia me deixar guiar o cavalo um pouco, já que sou homem...

Marilla se sentiu aliviada enquanto percorria a alameda de Green Gables, onde o vento do anoitecer dançava com as folhas amareladas que ainda restavam. Anne estava esperando no quintal para encontrá-los, e tirar as crianças da charrete. Dora se deixou ser beijada, mas Davy respondeu às boas-vindas de Anne, com um de seus abraços calorosos e anunciou animadamente: Sou o senhor Davy Keith!

Durante o jantar, Dora se comportou como uma pequena dama, mas os modos de Davy deixaram muito a desejar.

— Estou com tanta fome que não tenho tempo para comer educadamente — ele se justificou,quando Marilla o repreendeu. — Dora não está nem com a metade de minha fome. Pense em todo o exercício que fiz, no caminho até aqui. Além disso, este bolo está delicioso e cheio de ameixas. Faz muito, muito tempo mesmo, desde a última vez em que comemos bolo lá em casa, porque mamãe estava doente demais para fazer um, e a senhora Sprott dizia que o máximo que ela podia fazer era nosso pão. E a senhora Wiggins nunca põe nenhuma ameixa nos bolos que prepara. Posso comer mais um pedaço?

Marilla teria recusado, mas Anne cortou uma segunda fatia generosa para ele. Entretanto, não deixou de lembrá-lo de que deveria dizer "obrigado" por aquilo. Davy mal sorriu para ela e deu uma grande mordida no bolo. Quando já havia terminado de comer, falou:

— Se você me der mais um pedaço, vou dizer "obrigado" por isso.

— Não, você já comeu bolo o suficiente — Marilla falou, em um tom que Anne já conhecia e que Davy logo aprenderia que era definitivo.

Davy, então, piscou para Anne, inclinou-se sobre a mesa, tirou da mão de Dora seu primeiro pedaço de bolo — no qual ela só havia dado uma pequena e graciosa dentada — e, abrindo a boca o máximo que conseguiu, pôs a fatia inteira lá dentro. Os lábios de Dora tremeram, e Marilla ficou muda de horror. Anne imediatamente exclamou, com seu melhor ar de professora:

— Oh, Davy, bons rapazes não fazem essas coisas!

— Eu sei que não — o menino respondeu, assim que pôde falar –, mas não sou um cavalheiro.

— Nem quer ser? — Anne perguntou, chocada.

— Claro que quero. Mas não posso ser um cavalheiro enquanto eu não crescer.

— Ora, é claro que pode — Anne se apressou a dizer, achando que aquela era uma oportunidade para plantar uma boa semente. — Você pode começar, sim, a ser um cavalheiro, quando ainda é pequeno. E cavalheiros nunca tomam coisas das mãos de damas... nem esquecem de dizer "obrigado"... e não puxam o cabelo de ninguém!

— Eles não se divertem, isso é que é — Davy afirmou, com franqueza. — Acho que vou esperar até ficar adulto, para, então, me tornar um cavalheiro.

Resignada, Marilla cortou outro pedaço de bolo para Dora. Naquele momento, ela não se sentia capaz de lidar com Davy. Havia tido um dia duro, tanto pelo funeral quanto pela longa jornada, e, nessas circunstâncias, ela olhava para o futuro com um pessimismo que era digno de Eliza Andrews.

Os gêmeos não eram visivelmente parecidos, embora ambos fossem louros. Dora tinha cachos longos e sedosos que nunca saíam do lugar. Já o cabelo de Davy era uma grande quantidade de pequenos cachos, sempre despenteados, que se amontoavam sobre toda a cabeça. Os olhos castanhos de Dora eram doces e mansos; os de Davy, tão travessos e dançantes quanto os de um elfo. O nariz de Dora era reto; o de Davy, bem arrebitado. A boca de Dora era delicada e propositalmente discreta; a de Davy estava sempre sorridente; e, além disso, o garoto tinha uma covinha em uma bochecha e nenhuma na outra, o que lhe dava uma aparência engraçada, meio desalinhada, mas, ao mesmo tempo, cativante, quando ele ria. Alegria e a travessura estavam à espreita em cada canto de seu pequeno rosto.

— É melhor eles irem para a cama agora — disse Marilla, que achou que essa era a maneira mais fácil de pôr um fim naquela situação. — Dora vai dormir comigo, Anne, e você pode acomodar Davy no sótão do oeste. Você não tem medo de dormir sozinho, não é, Davy?

— Não, mas não vou para a cama tão cedo — ele respondeu tranquilamente.

— Ah, vai! Vai, sim! — isso foi tudo que Marilla, exausta, falou; porém, havia algo em seu tom de voz que intimidou até mesmo o travesso Davy, levando-o a subir a escada, obedientemente.

— Quando ficar adulto, a primeira coisa que vou fazer é passar uma noite inteira acordado, só para ver como é — ele confidenciou a Anne.

Nos anos seguintes, Marilla nunca pensou naquela primeira semana da permanência dos gêmeos em Green Gables sem sentir um arrepio. Não que ela tenha sido realmente muito pior do que as outras que se seguiram, mas parecia ter sido, por causa da novidade. Raramente houve um minuto, durante o dia, em que Davy não estivesse fazendo uma travessura ou planejando uma. Entretanto, sua primeira arte em público foi no domingo de manhã, dois dias após sua chegada a Green Gables. Anne vestiu Davy para irem à igreja, enquanto Marilla cuidava de Dora. No início, o garoto se recusou categoricamente a lavar o rosto.

— Marilla me lavou ontem... e a senhora Wiggins me esfregou bastante, com um sabão duro, no dia do funeral. Isso é suficiente por uma semana. Não entendo por que as pessoas têm de ficar tão terrivelmente limpas. Ficar sujo é muito melhor!

— Paul Irving lava o rosto todos os dias, sozinho, e sem ninguém mandar — Anne falou espertamente.

Davy estava morando em Green Gables, por pouco mais de quarenta e oito horas, mas já adorava Anne e odiava Paul Irving, a quem ele tinha ouvido a jovem tecer elogios entusiásticos já no dia seguinte ao de sua chegada. Se Paul Irving lavava o rosto todos os dias, então estava decidido: ele, Davy Keith, faria isso também, mesmo se lhe custasse a própria vida. O mesmo argumento o motivou a se submeter docilmente aos outros procedimentos de toalete, de modo que, depois de tudo feito, ele ficou um garotinho realmente muito bonito, e Anne sentiu um orgulho quando o acompanhou até o banco da família Cuthbert, na igreja de Avonlea.

Até certo momento, Davy se comportou bem, ocupado em observar secretamente todos os meninos menores que estavam ao alcance de sua vista e se perguntar qual deles seria Paul Irving. Os dois primeiros hinos e a leitura da Bíblia decorreram normalmente. O senhor Allan estava fazendo sua prece quando a agitação começou.

Lauretta White estava sentada na frente de Davy, com a cabeça ligeiramente inclinada, o cabelo louro preso em duas tranças compridas, entre as quais era possível ver uma parte tentadora de seu pescoço alvo, quase todo coberto por um babado de renda. Lauretta era uma criança de 8 anos de idade, gordinha e de aparência tranquila, que havia se comportado obedientemente na igreja, desde a primeira vez em que sua mãe a levou lá, quando ela ainda era um bebê de seis meses.

Davy enfiou a mão no bolso... tirou uma lagarta peluda, que se contorcia para todos os lados. Marilla viu tudo e tentou segurá-lo, mas já era tarde demais: Davy soltou a lagarta no pescoço de Lauretta!

No meio da oração do senhor Allan, todos ouviram uma série de gritos agudos e estridentes. O pastor se calou, chocado, e abriu os olhos. Todos os fiéis levantaram a cabeça imediatamente. Lauretta White se sacudia em seu banco, puxando freneticamente seu vestido, para cima e para baixo.

— Oh... mamãe... mamãe... ai... tira isso... ai... tira... esse garoto maldoso jogou isso nas minhas costas... ai... mamãe... está descendo cada vez mais... ai... ai... ai...

A senhora White se levantou e, com uma expressão amarrada no rosto, levou Lauretta — histérica e se retorcendo sem parar — para fora da igreja. Seus gritos foram se distanciando gradualmente, e o senhor Allan retomou sua prece. No entanto, todos sentiram que a cerimônia tinha sido um fracasso naquele dia. E, pela primeira vez em toda a sua vida, Marilla não prestou atenção no sermão; quanto a Anne, permaneceu sentada, imóvel, com as bochechas vermelhas, cor de escarlate, de tanto constrangimento.

Assim que entraram em casa, Marilla colocou Davy na cama e ordenou que ele passasse o resto do dia lá. E, em vez do almoço, permitiu que ele fizesse apenas um lanche bem simples: pão e leite. Anne levou a bandeja até o quarto do garoto e ficou sentada tristemente a seu lado, enquanto ele comia calmamente, sem dar nenhum sinal de arrependimento. Porém, os olhos tristes de Anne o deixou preocupado.

— Imagino — ele disse, pensativo — que Paul Irving não jogaria uma lagarta no pescoço de uma menina dentro da igreja, não é?

— Realmente, ele nunca faria isso — Anne respondeu, melancólica.

— Bem, então, de alguma forma, eu sinto pelo que fiz — Davy admitiu. — Mas era uma lagarta tão grande e atraente... Peguei o bichinho em um dos degraus da escada, quando a gente entrava na igreja. Achei uma pena desperdiçar aquela lagarta. Ora, Anne, não foi divertido ouvir a menina berrar?

Na quinta-feira à tarde, a Sociedade de Ajuda Humanitária da igreja se reuniu em Green Gables. Quando terminou a aula, Anne voltou apressadamente para casa, pois sabia que Marilla precisaria de toda a assistência que pudesse oferecer. Dora, asseada e elegante em seu vestido branco, bem engomado e com uma delicada faixa preta na cintura, estava sentada com as integrantes da Sociedade de Ajuda Humanitária, na sala de estar, falando recatadamente apenas quando alguém se dirigia a ela, ou mantendo silêncio; ou seja, comportando-se como uma criança modelo. Davy, alegremente sujo, fazia tortas de barro lá fora, ao lado do celeiro.

— Dei permissão a ele para fazer isso — Marilla tinha explicado, conformada, para Anne. — Achei que assim o manteria distante de uma travessura pior. Ali, o máximo que pode acontecer é ele ficar imundo. Vamos terminar nosso chá, antes de chamá-lo para tomar o dele. Dora pode sentar-se à mesa conosco, mas eu jamais deixaria Davy sentar-se conosco aqui, na presença de todas as pessoas da Sociedade de Ajuda Humanitária.

Quando Anne foi chamar as visitas para a mesa, ela percebeu que Dora já não estava mais na sala. A senhora Jasper Bell contou que Davy tinha vindo até a porta da frente e chamado a irmã para ir lá fora. Uma consulta apressada a Marilla, na despensa, resultou na decisão de deixar que os gêmeos comessem juntos, mais tarde.

O chá estava terminando quando a sala de jantar foi invadida por uma criança desolada. Todos olharam para ela: Marilla e Anne, horrorizadas; as pessoas da Sociedade, perplexas. Poderia ser Dora aquela criatura indescritível, com o cabelo e o vestido encharcado, deixando pingar a água que escorria sobre o tapete novo de Marilla?!

— Dora! O que houve com você? — Anne exclamou, lançando um olhar culpado para a senhora Jasper Bell, cuja família era conhecida, por ser a única no mundo na qual acidentes nunca aconteciam.

— Davy me fez andar sobre a cerca do chiqueiro — Dora se queixou. — Eu não queria, mas ele me chamou de "bebezinho medroso". Então, eu subi na cerca e caí dentro da pocilga. Meu vestido ficou todo sujo, e os porcos ainda passaram por cima de mim. Minha roupa estava horrorosa, mas ele disse que, se eu fosse para perto da bomba de água, ele ia deixar tudo limpo novamente; eu fui, e ele jogou muita água em cima mim, mas não fiquei nem um pouquinho mais limpa; e meu vestido, minha linda faixa preta e meus sapatos, todos novos, se destruiram.

Anne fez as honras da casa, durante o resto da refeição, enquanto Marilla, no andar de cima, limpava e vestia Dora com suas roupas velhas. Depois, Davy foi mandado para a cama, sem direito a nenhuma comida. Quando o sol estava se pondo, Anne foi até o quarto do garoto e falou com ele deveria se sentir muito mal por causa da conduta, naquela tarde.

— Eu também lamento, agora, o que fiz — Davy reconheceu —, mas o problema é que nunca me arrependo das coisas que faço, até ser tarde demais. Dora se recusou a me ajudar a fazer as tortinhas de barro, porque estava com receio de sujar suas roupas, e isso me deixou louco. Suponho que Paul Irving não faria a irmã dele caminhar sobre uma cerca, se soubesse que ela ia cair, não é?

— Não, ele nunca sequer sonharia com uma coisa desse tipo. Paul é um perfeito cavalheiro.

Davy fechou os olhos e pareceu meditar sobre isso, por algum tempo. Em seguida, se aproximou de Anne e colocou os braços em volta do pescoço dela, aconchegando seu pequeno rosto vermelho no ombro da moça.

— Anne, você gosta de mim um pouquinho, mesmo sabendo que não sou um bom menino como é o Paul?

— Sim, certamente — Anne respondeu com sinceridade. Por algum motivo, era impossível não gostar de Davy. — Porém, gostaria ainda mais se você não fosse tão desobediente.

— Eu... fiz outra arte hoje... — Davy confessou, com a voz abafada. — Estou arrependido agora, mas tenho um medo horrível de contar. Não vai ficar zangada, vai, Anne? E nem contará para Marilla, não é?

— Não sei, Davy. Talvez eu tenha de contar para ela. Mas acho que posso prometer que não vou falar nada, se você prometer que não vai fazer isso de novo, seja lá o que for que tenha feito.

— Prometo. Nunca mais. De qualquer maneira, é bem provável que eu não encontre mais nenhum desses, pelo menos até o fim do ano. Este estava na escada do porão.

— Davy, afinal, o que foi que você fez?

— Coloquei um sapo na cama de Marilla. Você pode ir ao quarto dela e tirar, se quiser. Mas fale a verdade, Anne, não ia ser engraçado deixar o sapo lá?

— Davy Keith! — com um salto, Anne foi pelo corredor até o quarto de Marilla. A roupa de cama estava ligeiramente atrapalhada. Ela jogou as cobertas para trás, às pressas, ali estava um sapo, debaixo do travesseiro, olhando para ela.

— Como levarei essa coisa horrorosa daqui? — murmurou, sentindo um calafrios. Ah, a pá da lareira surgiu como uma solução, e a moça correu para buscá-la, enquanto Marilla estava ocupada na despensa. Não foi nada fácil descer a escada com o sapo, pois ele saltou para fora da pá três vezes, e, em uma delas, Anne achou que o havia perdido no hall. Quando a moça conseguiu, por fim, colocá-lo no pomar de cerejeiras, suspirou profundamente, com grande alívio, e falou para si mesma:

— Se Marilla soubesse disso, ela nunca mais se sentiria segura para deitar em sua própria cama. Estou tão contente por aquele pequeno pecador ter se arrependido a tempo! Oh, lá está Diana, em sua janela, fazendo um sinal para mim. Que bom, estou mesmo precisando de alguma diversão, já que, com Anthony Pye na escola e Davy Keith em casa, meus nervos já suportaram muito em um só dia.

CAPÍTULO IX

UMA QUESTÃO DE COR DO SALÃO.

A velha insuportável, senhora Rachel Lynde, esteve aqui hoje, insistindo para que eu fizesse uma doação, para um carpete na sacristia — o senhor Harrison se queixou, irado. — Detesto aquela mulher mais do que qualquer outra pessoa que conheço. Ela tem a capacidade de condenar um sermão inteiro, com texto, comentários e prática, em apenas seis palavras, e atirar sobre você, como se fosse um tijolo.

Anne, que estava sentada em um canto da varanda — apreciando o encantamento de um vento do oeste que soprava suavemente sobre um campo recém-arado, durante um crepúsculo prateado de novembro, e criando uma doce melodia entre os abetos retorcidos, para lá do jardim —, virou seu rosto sonhador sobre o ombro.

— O problema é que o senhor não compreende a senhora Lynde, e ela, por sua vez, não entende o senhor — explicou. — É exatamente isso o que acontece, sempre que as pessoas não gostam umas das outras. Eu também não gostei da senhora Lynde, quando a conheci, mas assim que a compreendi, foi como se eu tivesse aprendido a entendê-la.

— Para algumas pessoas, a senhora Lynde pode não satisfazer, mas não fiquei comendo bananas, só porque disseram que gostariam delas, se fizesse isso — o senhor Harrison rosnou. — Quanto a compreendê-la, o que entendo é que aquela velha é, comprovadamente, uma grande intrometida; e eu disse isso a ela.

— Oh, o senhor deve ter ferido profundamente os sentimentos da senhora Lynde — Anne lamentou, em tom de reprovação. — Como pôde fazer uma coisa dessas? Eu também disse coisas horríveis a ela, há muito tempo, mas foi quando perdi meu controle emocional. Eu jamais falaria aquilo deliberadamente.

— Era a mais pura verdade, e acredito que devemos dizer a verdade.

— Mas o senhor não diz toda a verdade — Anne fez objeção. — Só falou a parte desagradável da verdade. Por exemplo, já me disse uma dúzia de vezes que meu cabelo é vermelho, mas nunca falou que tenho um nariz bonito.

— Suponho que saiba disso, sem que seja necessário alguém lhe dizer — ele retrucou, Senhor Harrison.

— Sei também que tenho cabelo ruivo, embora ele esteja muito mais escuro do que era antes. Portanto, o senhor não precisava ressaltar isso.

— Ora, ora, vou tentar não mencionar mais isso, já que a senhorita é tão sensível. É preciso que me desculpe, Anne. Tenho o hábito de ser muito franco, e as pessoas não deveriam se importar com isso.

— Mas é impossível ignorar. E não acho que o fato de ser um hábito justifica alguma coisa. O que o senhor pensaria, se alguém saísse por aí espetando as pessoas com alfinetes e agulhas, e dizendo "Perdão, você não deve se importar com isso, é só um hábito que tenho"? Acharia que essa pessoa é louca, não acharia? Quanto a falar com a senhora Lynde que ela é bisbilhoteira, até concordo que talvez ela seja. Mas o senhor também lhe disse que ela tem um coração muito generoso e sempre ajuda os pobres? Que nunca disse uma só palavra sobre quando Timothy Cotton roubou um pote de manteiga da leiteria dela e falou com a esposa que tinha comprado o pote? E que, na primeira vez, depois disso, que as duas se encontraram, a senhora Cotton ainda reclamou que a manteiga tinha gosto de nabo, e a senhora Lynde simplesmente respondeu que lamentava.

— É, imagino que ela tenha algumas qualidades boas — o senhor Harrison admitiu, relutante. –A maioria das pessoas tem. Eu mesmo tenho algumas, embora a senhorita possa nunca ter suspeitado disso. Porém, de todo jeito, não vou doar nem mesmo um centavo para a compra do tal carpete. Parece que todos vivem pedindo dinheiro por aqui. A propósito, como vai seu projeto de pintura do salão de Avonlea?

— Esplendidamente. Tivemos uma reunião da Sociedade para Melhorias em Avonlea na última sexta-feira, à noite, e descobrimos que já conseguimos dinheiro suficiente para pintar o Salão e, também, para refazer o telhado. A maior parte dos habitantes de Avonlea fez doações generosas, senhor Harrison.

Anne era uma jovem de alma doce e bondosa, mas podia destilar sutilmente algum veneno, se a ocasião requerisse.

— Qual é a cor que vocês escolheram?

— Optamos por um lindo verde. O telhado vai ser vermelho escuro, naturalmente. O senhor Roger Pye vai comprar a tinta na cidade, hoje ainda.

— Quem vai fazer a pintura?

— O senhor Joshua Pye, de Carmody. Ele já está acabando de colocar as telhas. Tivemos que contratá-lo, porque, em cada lar de um casal Pye que visitamos — o senhor sabe que eles são quatro, não sabe? Pois é, todos disseram que não doariam um centavo sequer, a não ser que Joshua fizesse o serviço. Juntos, doaram uma boa quantia, e achamos que era dinheiro demais para perdermos, apesar de algumas pessoas terem afirmado que não deveríamos nos submeter à vontade dos Pye. A senhora Lynde sempre fala que eles tentam controlar tudo.

— A questão principal é: esse Joshua vai fazer um bom trabalho? Se fizer, não vejo que diferença existe entre o nome dele ser Pye ou Pudding.

— Ele tem fama de bom trabalhador, embora digam também que é um homem muito esquisito. Quase nunca fala.

— Então é bem peculiar mesmo — o senhor Harrison falou secamente. — Ou, pelo menos, as pessoas daqui devem pensar assim. Nunca fui muito falante, até me mudar para Avonlea; aqui, tive de começar a conversar mais, por uma questão de autodefesa; caso contrário, a senhora Lynde teria cismado que sou mudo e promovido uma campanha para que me ensinassem a língua dos sinais. A senhorita ainda não está indo embora, está?

— Tenho de ir. Preciso fazer umas costuras para Dora esta noite. Além disso, a essa hora, Davy provavelmente está partindo o coração de Marilla com alguma travessura nova. A primeira coisa que ele disse hoje de manhã foi: "Para onde vai a escuridão, Anne? Eu quero saber". Respondi que ela ia para o outro lado do mundo, mas, depois do café da manhã, ele declarou que não era verdade, que a escuridão ia para dentro do poço. Marilla me contou que o pegou inclinado sobre a beirada do poço, quatro vezes, hoje, tentando alcançar a escuridão.

— Esse moleque é um pestinha — o senhor Harrison afirmou. — Veio aqui ontem e arrancou seis penas da cauda de Ginger, enquanto eu estava no celeiro. O pobre pássaro está deprimido, desde então. Essas crianças devem ser um grande problema para vocês.

— Tudo o que vale a pena vem acompanhado de algum problema — Anne afirmou, secretamente determinada a perdoar a próxima arte de Davy, fosse qual fosse, já que ele havia se vingado de Ginger por ela.

O senhor Roger Pye, trouxe a tinta para casa naquela noite, o senhor Joshua Pye — um homem rude e carrancudo — começou a fazer a pintura no dia seguinte, e não foi perturbado durante a realização de seu trabalho. O clube ficava em um lugar chamado de "estrada de baixo", e, no final do outono, essa via ficava sempre molhada e cheia de lama. Então, as pessoas que iam a Carmody viajavam pela "estrada de cima", que, apesar de mais longa, estava em melhores condições, naquela época. Como o salão estava cercado por bosques de abetos, que era praticamente invisível, a menos que se estivesse bem perto dele, o senhor Joshua Pye trabalhou na solidão e na independência tão caras a seu coração reservado.

Na sexta-feira à tarde, ele terminou a pintura e foi para sua casa, em Carmody. Logo após sua partida, a senhora Rachel Lynde foi até o Salão, enfrentando a lama da estrada de baixo, motivada pela curiosidade de ver como ele tinha ficado, depois de pintado. E, quando fez a curva rodeada por abetos, ela viu.

O que a senhora Lynde viu, a afetou de uma maneira estranha. A mulher soltou as rédeas, ergueu as mãos, e exclamou:

— Meu Deus! Em seguida, ficou imóvel, observando, como se não acreditasse em seus próprios olhos. Por fim, começou a rir quase histericamente. — Deve ter havido algum erro... só pode ser isso. Eu sabia que aquela gente como os Pye ia fazer alguma trapalhada.

A senhora Lynde voltou para casa, parando as diversas pessoas que encontrava na estrada para contar sobre a pintura do salão. A notícia se espalhou como pólvora. No fim do dia, Gilbert Blythe, debruçado sobre um livro de estudo, em casa, ouviu a novidade do empregado de seu pai, e correu ofegantemente até Green Gables, acompanhado, em parte do caminho, por Fred Wright. Os dois encontraram Diana Barry, Jane Andrews e Anne Shirley, desconsoladas, no portão de Green Gables, sob os grandes salgueiros desfolhados.

— É claro que não é verdade, é, Anne?

— Sim, é verdade — Anne respondeu, parecendo a musa de uma tragédia. — A senhora Lynde passou aqui, quando voltava de Carmody, para me contar. Oh, isso é simplesmente horrível! Qual é a utilidade de tentar melhorar alguma coisa?

— O que é que é terrível? — perguntou Oliver Sloane, que chegava exatamente naquele momento, carregando uma caixa que tinha trazido da cidade para Marilla.

— Você ainda não sabe, Oliver? — Jane indagou, irritada. — Bem, é o seguinte: Joshua Pye pintou o clube de azul, em vez de verde... um azul bem forte e brilhante... aquele tom que usam para pintar charretes e carrinhos de mão. E a senhora Lynde afirmou que é a cor mais medonha que já viu, ou imaginou, em um imóvel, especialmente quando combinado ao telhado vermelho. Fiquei desolada quando ouvi isso, que qualquer um poderia me derrubar com uma simples pena. É de partir o coração, depois de todos os problemas que enfrentamos.

— Como é que um erro desses pôde acontecer? — Diana lastimou.

A culpa desse desastre impiedoso acabou recaindo sobre os Pye. Os melhoradores haviam decidido usar as tintas da marca Morton-Harris, e as latas dessas tintas eram numeradas de acordo com uma cartela de cores. O comprador escolhia, na cartela, o tom da cor que queria, e fazia o pedido pelo número que o acompanhava. O número 147 correspondia ao tom de verde escolhido e, quando o senhor Roger Pye mandou seu filho, John Andrew, avisar aos melhoradores que ele estava indo à cidade e compraria a tinta deles, eles pediram a John Andrew que era dissesse para seu pai comprar a de número 147. John Andrew afirmou o tempo todo que fez isso, mas o senhor

Roger Pye declarou, com a mesma veemência, que John Andrew tinha falado 157; desse modo, a situação não foi além desse impasse.

Naquela noite, houve um profundo pesar em todas as casas de Avonlea em que morava um melhorador. A tristeza em Green Gables era tão intensa que até Davy ficou comovido. Anne chorava sem parar e nada a consolava.

— Preciso chorar, mesmo tendo quase 17 anos, Marilla — ela soluçou. — Isso é um verdadeiro martírio! Parece um presságio do fim da Sociedade para Melhorias. Todos vão rir de nós até o fim de nossas vidas!

Entretanto, na vida real, como nos sonhos, as coisas frequentemente acontecem ao contrário do previsto. Os habitantes de Avonlea não riram; estavam muito zangados. Haviam doado dinheiro para a pintura do Clube e, por isso, se sentiram amargamente lesados pelo erro. A indignação pública concentrou-se em Roger e John Andrew Pye; afinal, um dos dois era o responsável pela troca de números. Quanto a Joshua Pye, certamente era um tolo nato, já que, quando abriu as latas e viu a cor da tinta, não suspeitou de que algo estivesse errado. Porém, quando foi questionado, ele retrucou que o gosto das pessoas de Avonlea em relação às cores não lhe dizia respeito, não tinha nada a ver com sua própria opinião; e alegou que havia sido contratado para pintar o clube, e não para falar sobre a cor da tinta, e que, sendo assim, deveria ser pago por seu trabalho.

Então, após consultar o senhor Peter Sloane, que era juiz, os melhoradores, apesar de amargurados, lhe entregaram a quantia combinada.

— Vocês vão ter de pagar — Peter explicou. — Não podem responsabilizá-lo pelo erro, pois ele argumenta que ninguém jamais lhe informou qual tinha sido a cor escolhida; apenas lhe entregaram as latas de tinta e, falaram que ele já poderia executar o trabalho. Mas não posso deixar de dizer que isso é uma vergonha desonrosa; sem dúvida nenhuma, aquele salão ficou extremamente horrível.

Os melhoradores mal-sucedidos esperavam que, depois daquele resultado, os moradores de Avonlea tivessem mais preconceitos contra eles do que nunca. Contudo, a solidariedade das pessoas fez com que ficassem a favor da Sociedade para Melhorias: elas acharam que o pequeno grupo, tão entusiasmado e cheio de boas intenções, que havia trabalhado duramente para atingir sua meta, tinha sido traído. A senhora Lynde os aconselhou a continuar a lutar por seus objetivos e mostrar aos Pye que realmente existem pessoas no mundo que conseguem realizar coisas sem fazer trapalhadas. O Major Spencer enviou uma mensagem a eles, dizendo que mandaria arrancar todos os tocos de árvore ao longo da estrada em frente à sua fazenda, e, no lugar deles, plantaria grama, tudo às suas próprias custas. E a senhora Hiram Sloane apareceu na escola um dia e, com ar de mistério, chamou Anne na varanda para lhe dizer que, se a Sociedade quisesse fazer um canteiro de gerânios na encruzilhada, na primavera, não precisavam temer que sua vaca invadisse o local: ela não deixaria o animal ultrapassar os limites seguros. Até o senhor Harrison deu umas risadinhas, reservadamente, e demonstrou sua simpatia.

— Esqueça, Anne, a maioria das tintas descora e fica mais pálida a cada ano; e aquele azul já é tão horroroso quando novo, que provavelmente vai descorar e ficar menos feio. Além disso, o telhado foi refeito e pintado corretamente. Agora, quando chover, todos vão poder frequentar o Salão, sem ficar ensopados por causa das goteiras. Seja como for, sua Sociedade conseguiu realizar uma grande melhoria.

— Porém, o Salão azul brilhante de Avonlea vai se tornar motivo de piada em todos os povoados vizinhos — Anne lamentou amargamente. E foi isso realmente o que aconteceu.

CAPÍTULO X

DAVY EM BUSCA DE UMA EMOÇÃO.

Voltando da escola para casa, pela Trilha das Bétulas, em uma tarde de novembro, Anne se sentiu novamente convencida de que a vida era uma coisa muito maravilhosa. O dia tinha sido bom, tudo havia corrido bem em seu pequeno reino. Saint Clair Donnell não tinha brigado, por causa de seu nome, com nenhum dos outros meninos; o rosto de Prillie Rogerson estava tão inchado, devido a uma dor de dente, que ela não havia tentado, nem uma vez, flertar com os garotos a seu redor; Barbara Shaw tinha se envolvido em apenas um incidente: derramou uma caneca de água sobre o assoalho; e Anthony Pye sequer foi à escola.

— Como este mês de novembro tem sido maravilhoso! — exclamou Anne, que nunca tinha abandonado o hábito infantil de falar consigo mesma. — Geralmente, novembro é um mês tão desagradável... É como se o ano tivesse descoberto subitamente que está ficando velho e não pudesse fazer nada, a não ser sofrer e chorar por isso. Esse ano está envelhecendo graciosamente, do mesmo jeito que uma digna senhora idosa, que sabe que pode manter seu charme apesar das rugas e do cabelo grisalho. Temos sido presenteados com dias adoráveis e crepúsculos deliciosos. Essa última quinzena está bastante tranquila, e até mesmo Davy tem sido quase bem-comportado. Penso sinceramente que ele está se tornando uma pessoa muito melhor. Como os bosques estão calmos hoje! Nenhum ruído, exceto o murmúrio suave do vento na copa das árvores! Parece a rebentação das ondas em uma praia distante. Como eu gosto dos bosques! Oh, árvores, como vocês são bonitas! Amo cada uma de vocês como a um amigo querido!

Anne parou de caminhar, abraçou uma bétula jovem e beijou seu tronco de cor parda. Diana, contornando uma curva no caminho, viu o abraço e riu.

— Anne Shirley, você só finge ser adulta, não é? Acho que, quando está sozinha, ainda é a mesma menininha que sempre foi.

— Bem, ninguém pode perder o hábito de ser uma garotinha — Anne argumentou alegremente. Você sabe, fui uma menina por 14 anos e tenho sido adulta há pouco menos de três... Tenho certeza de que sempre vou me sentir uma criança, quando estiver em um bosque. Essas caminhadas de volta da escola para casa são quase o único tempo que tenho para sonhar, exceto a meia hora, mais ou menos, antes de adormecer, à noite. Fico tão ocupada lecionando, estudando e ajudando Marilla a cuidar dos gêmeos que não tenho outros momentos para imaginar coisas. Você não sabe como são esplêndidas as aventuras que vivo, por algum tempo, todas as noites, depois que vou para a cama, no sótão do leste. Sempre imagino que sou algo muito brilhante, triunfante e maravilhoso: uma grande prima donna, ou uma enfermeira da Cruz Vermelha, ou uma rainha. Ontem à noite, eu era uma rainha. É verdadeiramente magnífico imaginar que você é uma rainha. Podemos ter todas as diversões que existem, sem precisarmos lidar com os inconvenientes. E podemos, também, deixar de ser uma rainha no momento em que quisermos, o que é impossível na vida real. Porém, aqui no bosque, prefiro imaginar coisas bem diferentes... Sou uma dríade, uma fada morando dentro do tronco de um pinheiro antigo; ou um pequeno elfo marrom da floresta, escondido sob uma folha enrugada. Aquela bétula branca que você me viu abraçar é minha irmã. A única diferença é que ela é uma árvore e eu sou uma garota, mas isso não é uma diferença significativa. Aonde você está indo, Diana?

— Irei à casa dos Dickson. Prometi ajudar Alberta a cortar seu novo vestido. Será que você poderia descer até lá, no final da tarde, Anne, e voltar para casa comigo?

— Acho que posso... já que Fred Wright está fora de Avonlea; ele foi à cidade, não é? — Anne respondeu com uma expressão demasiadamente ingênua.

Diana enrubesceu, balançou a cabeça e saiu andando. Contudo, não pareceu ter ficado ofendida.

Anne realmente pretendia descer até a casa dos Dickson, naquele fim de tarde, para se encontrar com Diana, mas não fez isso. Quando chegou a Green Gables, ela se deparou com uma situação que afastou qualquer outro pensamento de sua mente: Marilla a esperava em frente à casa... uma Marilla apavorada.

— Anne, Dora está sumida!

— Dora está sumida? — Anne olhou para Davy, que se balançava pendurado no portão, e percebeu diversão em seus olhos. — Davy, você sabe onde ela está?

— Não sei — o menino respondeu enfaticamente. — A última vez em que vi Dora foi durante o almoço, eu juro.

— Estive fora de casa a tarde — Marilla falou. — Thomas Lynde passou mal subitamente, e Rachel mandou me chamar com urgência. Quando saí, Dora brincava com sua boneca na cozinha, e Davy fazia tortas de barro atrás do celeiro. Só voltei para casa meia hora atrás... e não encontrei a menina em lugar nenhum. Davy afirma que não a viu, até então.

— E não vi — o menino confirmou solenemente.

— Ela tem de estar por perto — Anne disse. — Dora nunca iria muito longe ainda mais sozinha... todos sabem como ela é tímida. Talvez tenha adormecido em algum dos cômodos da casa.

Marilla balançou a cabeça.

— Já procurei pela casa toda. Mas pode ser que esteja em algum dos barracões aqui fora.

Seguiu-se uma busca minuciosa. Cada canto da casa, do terreno, dos barracões foi examinado cuidadosamente por aquelas duas pessoas aflitas. Anne perambulou pelos pomares e pelo Bosque Assombrado, chamando por Dora. Marilla pegou uma vela e explorou o porão. Davy as acompanhou, uma de cada vez, e demonstrou muita criatividade, sugerindo lugares onde a menina poderia estar. Por fim, as duas se encontraram no pátio.

— É a coisa mais misteriosa que já vi — Marilla lamentou.

— Onde mais será que ela poderia estar? — Anne perguntou com misericórdia.

— Quem sabe Dora caiu no poço? — Davy sugeriu animadamente.

Anne e Marilla se entreolharam, aterrorizadas. Esse pensamento tinha estado na cabeça de ambas durante toda a busca, mas nenhuma delas ousou expressá-lo em palavras.

— Ela... ela pode ter caído — Marilla sussurrou.

Anne, sentindo-se fraca e desanimada, foi até a beira do poço e olhou para dentro dele. O balde estava lá, sobre a prateleira onde sempre ficava. Lá no fundo, havia um pequeno brilho de água parada. O poço da família Cuthbert era o mais profundo de Avonlea. Se Dora... Contudo, Anne não pôde enfrentar essa ideia; apenas estremeceu e se afastou imediatamente.

— Vá correndo buscar o senhor Harrison — Marilla ordenou, torcendo as mãos.

— Nem o senhor Harrison, nem John Henry estão por aqui... eles foram à cidade hoje. Vou chamar o senhor Barry.

O senhor Barry voltou com Anne, trazendo um rolo de corda, em cuja extremidade estava amarrado um instrumento semelhante a uma garra: era uma parte do que, um dia, havia sido uma ferramenta usada para cavar a terra. Marilla e Anne ficaram por perto, geladas e trêmulas de medo e horror, enquanto o pai de Diana vasculhava o poço. Davy, novamente dependurado no portão, observava o grupo, com uma expressão que indicava um prazer enorme.

Finalmente, o senhor Barry balançou a cabeça, aliviado.

— Lá dentro ela não está. Entretanto, é muito esquisito esse sumiço da menina. Ouça, rapaz, tem certeza de que não tem ideia de onde sua irmã poderia estar?

— Já falei uma dúzia de vezes que não sei — Davy respondeu, com ar ofendido. — Talvez um mendigo tenha aparecido aqui e roubado Dora.

— Que idiotice! — disse Marilla, ríspida, mas contente de ter se livrado de seu terror em relação ao poço. — Anne, você acha que ela pode ter ido até a casa do senhor Harrison? Desde que você a levou lá, Dora não parou de falar sobre aquele papagaio...

— Duvido que ela se aventuraria a ir tão longe sozinha, mas vou verificar — Anne falou.

Ninguém estava olhando para Davy naquele exato momento, ou teria visto que uma mudança muito nítida ocorrera em sua expressão facial. Discretamente, ele se desvencilhou do portão e correu, o mais depressa que suas pernas gorduchas permitiram, para o celeiro. Anne atravessou o campo às pressas, rumo à propriedade do senhor Harrison, embora não estivesse muito esperançosa. A casa estava trancada, e as persianas, fechadas. Não havia nenhum sinal de vida por ali. Ela foi até a varanda e gritou o nome de Dora.

Ginger, que estava na cozinha, berrou e xingou, em um ataque súbito de ferocidade. E, entre os berros do papagaio, Anne distinguiu um choro muito triste, que vinha do quintal, de um barracão, que o senhor Harrison usava para guardar ferramentas. Imediatamente, ela voou para a porta do depósito, abriu-a rapidamente e viu uma pequena pobre mortal, com o rosto manchado de lágrimas, sentada desconsoladamente sobre um barril de pregos virado para cima.

— Oh, Dora! Que susto você nos deu! Como foi que veio parar aqui?

— Davy e eu viemos ver Ginger — ela soluçou —, mas não conseguimos ver o papagaio. Então, Davy chutou a porta, e Ginger xingou. Depois, meu irmão me trouxe aqui, saiu correndo e trancou a porta. Eu não consegui abrir. Gritei muitas vezes, fiquei com muito medo... Oh, estou com tanta fome e com tanto frio! Achei que você nunca ia chegar, Anne!

— Davy? — Em seguida, a moça não disse mais nada. Apenas levou Dora para casa, com o coração partido. Sua felicidade por haver encontrado a criança sã e salva foi sufocada pela dor que o comportamento de Davy lhe causou. A maldade de prender Dora em um depósito de ferramentas até poderia ser perdoada; entretanto, o garoto foi falso e mentiroso. Essa era a terrível verdade, e Anne não tinha como fechar os olhos para isso. Naquele momento, ela seria capaz de sentar e chorar bastante, de pura decepção. A moça já amava Davy — com uma ternura que nem ela mesma havia imaginado, até então —, e descobrir que ele era culpado de uma falsidade premeditada a machucou insuportavelmente.

Marilla ouviu a história de Anne quieta, uma atitude que não era um bom sinal para Davy. O senhor Barry riu e as aconselhou a serem severas com o menino. Depois que ele foi embora, Anne acalmou e aqueceu a chorosa Dora, lhe deu seu jantar, e a pôs na cama. Em seguida, voltou para a cozinha, exatamente quando Marilla entrava, muito zangada, trazendo, ou melhor, puxando, o relutante Davy, com teias de aranha pelo corpo, pois ela tinha acabado de achá-lo escondido no canto mais escuro do estábulo. Embora sua expressão facial demonstrasse certa vergonha, havia um brilho cinzento em seus olhos, como se soubesse que havia agido mal e seria punido por isso, mas também que, mais tarde, ele e Anne dariam risadas por causa de sua façanha.

Mas, nenhum sorriso disfarçado nos olhos cinzentos de Anne correspondeu às suas respostas, como teria acontecido caso se tratasse apenas de uma mera travessura. Havia outra coisa no olhar da moça: algo... feio e assustador.

— Como você pôde se comportar dessa forma, Davy? — ela perguntou pesarosamente.

O garoto se mexeu, impaciente.

— Só fiz aquilo por diversão. Tudo tem estado tão calmo por aqui, há tanto tempo, que achei que seria divertido dar um bom susto em vocês. E foi mesmo!

Apesar do medo e de um pouco de remorso, Davy sorriu ao se lembrar dos acontecimentos. — Mas você foi falso o tempo todo, Davy — Anne falou, mais pesarosa do que nunca.

Davy pareceu pouco confuso.

— O que é ser mentiroso? Quer dizer falar uma mentira, uma lorota?

— Quer dizer inventar uma história que não tem nada de verdadeiro e insistir nela.

— É obvio que contei — Davy falou com toda a franqueza. — Se eu não fizesse isso, vocês não teriam ficado apavoradas. Eu tive de contar.

Subitamente, Anne foi tomada por uma aflição, pela qual havia passado e à exaustão pela busca desesperada de Dora. A atitude insensível de Davy foi o fim. Duas grandes lágrimas brotaram em seus olhos.

— Oh, Davy, como você pôde? — ela perguntou, com a voz trêmula. — Não sabe o quanto isso foi errado?

O menino ficou espantado. Anne estava chorando... ele tinha feito Anne chorar! Imediatamente, uma grande onda de remorso profundo e verdadeiro inundou seu pequeno coração. Davy correu até ela, atirou-se em seu colo, colocou os braços ao redor de seu pescoço e desatou a chorar.

— Eu não sabia que era tão errado inventar e insistir em falsidades — soluçou. — Como você queria que eu soubesse? Todos os filhos da senhora Sprott faziam isso o tempo todo, todos os dias, e também juravam que diziam a verdade. Acho que Paul Irving nunca faz isso, e eu, que me esforço tanto para ser tão bom quanto ele, decepcionei você... Nunca mais vai me amar, não é, Anne? Mas você podia ter me falado que isso era tão errado. Estou muito arrependido por ter feito você chorar, Anne, e nunca vou me comportar dessa maneira outra vez.

Davy escondeu o rosto no ombro da moça e chorou incessantemente. Anne, em um feliz ímpeto de compreensão, o abraçou com força e, por cima do cabelo encaracolado do menino, olhou para Marilla.

— Ele não sabia o quanto é errado inventar e contar mentiras, Marilla. Acho que devemos perdoá-lo por isso, desta vez, se ele nos prometer que nunca mais vai se comportar assim novamente.

— Não vou mais fazer isso, nunca mais, agora que sei que é tão feio — Davy assegurou, entre soluços. — Se, algum dia, me pegar falando uma lorota, pode... — o garoto procurou mentalmente um castigo apropriado — pode me esfolar vivo, Anne.

— Não diga "lorota", Davy; fale "falsidade", "mentira" — a professora ensinou.

— Por quê? — ele indagou, acomodando-se confortavelmente e olhando para Anne com o rosto tomado pelas lágrimas e um ar intrigado. — Por que "lorota" é pior do que "mentira"? Eu quero saber.

— É um termo vulgar. E crianças não devem usar termos vulgares.

— Tem uma quantidade enorme de coisas que não se deve fazer — Davy concluiu, com um suspiro. — Nunca imaginei que tinha tantas. É uma pena ser errado falar lor... mentira, porque é uma coisa tão útil... Mas, já que é assim, nunca mais vou falar. Como vai me castigar pelo que fiz dessa vez? Eu quero saber.

Anne lançou um olhar suplicante para Marilla.

— Não quero ser muito dura com a criança — Marilla disse. — Suponho que nunca lhe ensinaram que é errado mentir, e aqueles filhos da senhora Sprott nunca foram companhias apropriadas para ele. A pobre Mary estava doente demais para educá-lo adequadamente, e presumo que não se pode esperar que um garoto de 6 anos de idade saiba coisas desse tipo por instinto. Portanto, vamos ter de partir do princípio de que ele não sabe nada sobre o que é certo ou errado, e começar lá do início. Porém, ele vai ter de ser punido por prender Dora naquele depósito, e não consigo pensar em outro castigo que não seja mandá-lo para a cama sem jantar. Mas, oh, Anne, já fizemos isso tantas vezes... Você pode sugerir algo diferente? Penso que, com toda essa imaginação que tem, deve ser capaz de mencionar alguma coisa.

— O problema é que punições são horríveis, e eu gosto de imaginar coisas agradáveis — Anne explicou, afagando Davy. — Já existem tantas coisas ruins neste mundo, que não faz sentido inventar mais nenhuma.

Como de costume, Davy foi mandado para a cama, e instruído a permanecer lá até o meio-dia seguinte. Ficou evidente que ele refletiu sobre tudo o que acontecera, pois, quando Anne subiu para o sótão, um pouco mais tarde, ela o ouviu chamar seu nome em voz baixa. Ao entrar no quarto de Davy, ela encontrou o menino sentado na cama, com os cotovelos sobre os joelhos e o queixo apoiado nas mãos.

— Anne — ele disse solenemente —, falar loro... mentiras é errado para todo mundo? Eu quero saber.

— Sim, de certo.

— Para uma pessoa adulta também?

— Sim, claro.

— Então — ele falou, decidido —, Marilla é má, pois ela fala. E ela é pior do que eu, porque eu não sabia que isso era errado, mas ela sabe.

— Davy Keith, Marilla nunca falou uma mentira em toda a sua vida — Anne retrucou, indignada.

— Falou, sim. Ela me disse, na terça-feira passada, que alguma coisa muito ruim aconteceria comigo, se não fizesse minhas preces todas as noites. Então, não orei por mais de uma semana, só para ver o que aconteceria... e nada mudou — ele concluiu, indignado.

Anne reprimiu uma enorme vontade de rir, certa de que isso seria fatal para a educação do garoto e, em seguida, tratou seriamente de defender a reputação de Marilla.

— Ora, Davy Keith — falou, enfaticamente — uma coisa muito ruim aconteceu realmente com você, hoje mesmo.

Davy pareceu cético.

— Suponho que você esteja falando sobre eu ser mandado para a cama, sem jantar — ele disse, com desdém —, mas isso não é tão ruim. É lógico que não gosto, mas já fui mandado para a cama tantas vezes, desde que vim morar aqui, que já estou me acostumando. E saiba que vocês não economizam nada, quando me deixam sem jantar, porque eu como duas vezes mais no café da manhã.

— Eu não estava me referindo a você ter sido mandado para a cama. Estava falando sobre o fato de ter sido falso hoje. Ouça, Davy — Anne se inclinou sobre o pé da cama e balançou o dedo indicador firmemente diante o culpado —, inventar mentiras e insistir nelas é quase a pior coisa que pode lhe acontecer... quase a pior. Portanto, como pode ver, o que Marilla falou é verdade.

— Pensei que algo ruim seria um evento emocionante — Davy protestou, contrariado.

— Marilla não pode ser culpada pelo que você pensou. Coisas ruins não são nada emocionantes. Frequentemente, elas são muito desagradáveis e ridículas.

— Mas foi engraçado ver você e Marilla olhando para o fundo do poço... — argumentou Davy, abraçando os joelhos.

Anne manteve uma expressão sombria no rosto, até chegar ao andar de baixo. Então, se jogou sobre o sofá da sala e riu até não poder mais.

— Gostaria que você me contasse a piada — Marilla falou, ligeiramente injuriada. — Não vi nada engraçado hoje.

— Você vai rir quando ouvir isso — Anne garantiu. E Marilla riu mesmo, o que demonstrou o quanto seu temperamento tinha melhorado desde a adoção de Anne. Porém, ela logo suspirou profundamente.

— Suponho que eu não deveria ter dito isso a ele, embora eu tenha escutado um pastor falar a mesma coisa, uma vez. Mas Davy tinha me aborrecido bastante. Foi naquele dia em que você estava em um concerto em Carmody. Quando estava colocando o garoto na cama, ele me disse que não entendia qual era a utilidade de orar, antes de ficar suficientemente grande para ter alguma importância para Deus. Anne, não sei o que vamos fazer com essa criança. Nunca compreendi seu jeito de ser. Estou profundamente desencorajada.

— Oh, não diga isso, Marilla! Não se lembra de como eu era má, quando vim para Green Gables?

— Anne, você nunca foi má... nunca! Vejo isso agora, após haver aprendido o que é a verdadeira maldade. Você sempre se metia em encrencas terríveis, admito, mas sempre por um bom motivo. Davy é mau, pelo simples prazer de ser assim.

— Oh, não, acho que o caso dele também não é de maldade verdadeira — Anne discordou. — São só travessuras. E, a senhora sabe, aqui é tudo tranquilo demais para ele. O menino não tem outros garotos com quem se divertir, e precisa ocupar a mente com alguma coisa. Dora é tão quieta e bem-comportada que não serve para brincar com um menino. Eu realmente penso que é melhor deixar as crianças frequentarem a escola, Marilla.

— Não — Marilla falou, determinada. — Meu pai sempre dizia que nenhuma criança deve ficar confinada em uma escola, enquanto não completar sete anos de idade. E o senhor Allan fala a mesma coisa. Os gêmeos podem receber algumas lições em casa, mas só vão começar a ir à escola quando tiverem seus sete anos.

— Bem, sendo assim, temos de tentar corrigir Davy em casa — Anne se conformou, de bom grado. — Mesmo com todos os seus defeitos, ele é um garoto muito querido. Não consigo deixar de amá-lo. Marilla, talvez isto seja uma coisa horrível, mas, honestamente, gosto mais de Davy do que de Dora, por mais boazinha que ela seja.

— Não sei por que, mas eu também concordo — Marilla confessou —, e isso não é justo, pois Dora não nos causa nenhum problema. Não poderia haver criança melhor, e nós raramente nos lembramos de que ela está presente nesta casa.

— Dora é boazinha — Anne acrescentou. — Ela se comportaria extremamente bem, mesmo se não tivesse uma só alma para lhe dizer como agir. A menina já nasceu criada, e, por isso, não precisa de nós para ser educada. E eu acho — Anne concluiu, dizendo uma verdade fundamental — que sempre amamos mais as pessoas que precisam de nós. Davy precisa imensamente de nós duas.

— Certamente precisa de uma lição — Marilla concordou. — Rachel Lynde diria que é boa em açoitar.

CAPÍTULO XI

REALIDADES E FANTASIAS.

Anne escreveu a Stella Maynard, uma amiga da Queen's Academy: Ensinar é realmente um trabalho muito interessante. Jane costuma dizer que acha monótono, mas tenho outra opinião. Sempre algo divertido acontece praticamente todos os dias, e as crianças falam coisas tão cômicas! Jane me contou que castiga seus alunos, quando eles fazem brincadeiras engraçadas; deve ser por isso que ela acha que lecionar é monótono. Poe exemplo, hoje à tarde, o pequeno Jimmy Andrews estava tentando soletrar "salpicado", e não conseguiu. — Bem — ele disse, por fim — não sei soletrar a palavra "salpicado", mas sei o que ela significa.

— O que é? — perguntei.

— O rosto de Saint Clair Donnell, senhorita.

Sem dúvida, Saint Clair é muito sardento, mas eu sempre tento evitar que os colegas comentem a respeito... Afinal, já fui sardenta também, e me lembro perfeitamente de como me sentia. Entretanto, não acho que Saint Clair se importe, pois não foi esse o motivo pelo qual ele deu um soco em Jimmy, quando voltavam da escola para casa; foi porque ele o chamou de Saint Clair. Ouvi falar desse soco, mas não oficialmente, portanto, acho que vou ignorá-lo.

Ontem, tentava ensinar Lottie Wright a fazer adições. Falei: — Se você tivesse três balas em uma das mãos e duas na outra, o que você teria, no total? — A boca cheia de balas — Lottie respondeu seriamente.

Na aula de Ciências da Natureza, quando pedi que me dessem uma boa razão, pela qual não se deve matar sapos, Benjie Sloane disse: — Porque choveria no dia seguinte.

É muitíssimo difícil não sorrir, Stella! Tenho de guardar todas as minhas gargalhadas para quando chegar em casa. Então, Marilla reclama que fica nervosa ao escutar explosões de risadas estridentes, sem nenhuma causa aparente, vindas do sótão do leste. Ela diz que, uma vez, um homem em Grafton ficou louco, e que foi assim que tudo começou.

Você sabia que Thomas Becket foi canonizado como uma cobra? Segundo Rose Bell, foi assim... E ela disse também que William Tyndale foi quem escreveu o Novo Testamento. Já Claude White afirma que uma geleira é uma loja que vende sorvete!

Acredito que o que há de mais difícil em lecionar, e também o mais interessante, é conseguir que as crianças expressem seus pensamentos verdadeiros sobre as coisas. Em um dia de chuva forte, na semana passada, reuni todos os alunos ao meu redor, na hora do almoço, e tentei fazê-los conversar comigo exatamente como se eu fosse um deles. Pedi que me contassem o que mais queriam. Algumas das respostas foram bastante triviais: bonecas, pôneis e patins. Outras foram inegavelmente originais. Hester Boulter queria "usar o vestido de domingo todos os dias e comer sempre na sala de visitas". Hannah Bell queria "ser boa, sem precisar fazer nenhum esforço para isso". Marjorie White, de apenas 10 anos de idade, queria ser "uma viúva". Quando perguntei por que, ela explicou calmamente que, se não fosse casada, as pessoas a chamariam de solteirona; se tivesse um marido, ele mandaria nela; no entanto, como viúva, ela não correria o risco de acontecer nenhuma dessas duas coisas. O desejo mais extraordinário foi o de Sally Bell. Ela queria "uma lua de mel". Indaguei se ela sabia o que era isso, e Sally respondeu que achava que era um tipo de bicicleta sensacional, porque um primo dela, de Montreal, tinha viajado em uma lua de mel quando se casou, e ele sempre tinha as bicicletas mais modernas!

Houve também outro dia, em que perguntei qual era a maior travessura que já tinham feito. Não consegui que os mais velhos me contassem, mas os alunos do terceiro ano falaram com tranquilidade. Eliza Bell tinha colocado fogo, em um novelo de lã de sua tia. Perguntei se essa era a intenção dela, e a menina me disse que "não exatamente". Acendeu só uma ponta, para ver como queimava, mas o novelo inteiro se queimou em segundos. Emerson Gillis gastou, em balas, o dinheiro que deveria ter depositado na caixa de doações da Sociedade de Ajuda Humanitária. O pior crime de Annetta Bell foi "ter comido alguns mirtilos que ela colheu no cemitério". Quanto a Willie White, ele havia escorregado pelo telhado do estábulo das ovelhas, usando sua calça de domingo. Mas fui castigado por isso, pois tive de usar a calça, cheia de remendos, para ir à escola dominical durante todo o verão; e, quando somos punidos por algo que fizemos, não temos de nos arrepender daquilo, não é? — Willie disse.

Gostaria que você pudesse ver alguns textos que eles escrevem: gostaria tanto que decidi lhe enviar cópias de composições recentes de alguns alunos. Semana passada, falei com os do quarto ano que queria que eles me escrevessem uma carta, sobre qualquer coisa que quisessem, mas acrescentei, como sugestão, que poderiam me descrever algum lugar que visitaram, ou alguma coisa ou pessoa que conheceram. Disse que deveriam escrever as cartas em papéis próprios para correspondências, colocá-las em envelopes e endereçá-las a mim; tudo isso sem a ajuda de outras pessoas. Na sexta-feira de manhã, encontrei uma pilha de cartas sobre minha mesa; na noite daquele mesmo dia, entendi, mais uma vez, como lecionar tem seus prazeres, assim como seus desgostos. Aqueles textos compensaram muitas coisas. Eis a carta de Ned Clay, com o endereçamento, a ortografia e a gramática exatamente como escreveram.

Senhorita professora Shirley
Green Gables
p.e. Island

os pássaros,

Querida professora, vou escrever para a senhorita uma composição sobre pássaros. pássaros é animais muito úteis. meu gato pega pássaros. O nome dele é William mas papai o chama de tom. ele é muinto listrado e uma de suas orelhas congelô no inverno passado. senão fosse por isso ele ia ser um gato bonito. Meu tiu adotou um gato. Ele veio para sua casa um dia e se recuzou a ir embora e meu tiu fala que o gato esqueceu mais que a maiuria

das pessoas pensou. o bichinho dorme na sua cadera de balanço e minha tia fala que ele gosta mais do gato que de seus filhos. isso não está certo. temos de ser bons para os gatos e lhes dar leite, mas não devemos ser melhores para eles que para nossos filhos. isso é tudo que posso pençar agora então sem mais,
edward blake ClaY

A carta de Saint Clair Donnell é, como sempre, curta e objetiva. ele nunca desperdiça palavras. Não creio que ele tenha escolhido o assunto, ou acrescentado o pós-escrito, por malícia premeditada. Acho que foi só porque o garoto não tem muita imaginação.

Querida senhorita Shirley,
A senhorita nos disse para descrever alguma coisa diferente que vimos. Vou descrever o Salão de Avonlea. Ele tem duas portas, uma interna e outra externa. Tem seis janelas e uma chaminé. Tem duas extremidades e dois lados. Está todo pintado de azul metálico. Fica na estrada de baixo para Carmody. É a terceira construção mais importante em Avonlea. As outras são a igreja e a oficina do ferreiro. As pessoas fazem debates, palestras e concertos.
Cordialmente,
Jacob Donnell
P.S.: O salão foi pintado com uma tinta azul.

Annetta Bell escreveu uma carta muito extensa, o que me surpreendeu, já que escrever textos não é o seu forte; geralmente, eles são tão curtos como os de Saint Clair. Annetta é uma menina encantadora e tranquila, um modelo de bom comportamento, mas não possui sequer uma sombra de imaginação. Segue abaixo a carta dela:

Queridíssima professora,
Acho que vou escrever uma carta para lhe dizer o quanto te amo. Amo a senhorita com todo o meu coração, minha alma e minha mente... com tudo que há em mim para amá-la... e quero servi-la para sempre... isso seria meu mais alto privilégio. É por isso que me esforço tanto para ser uma boa aluna e aprender minhas lissões.

A professora é muito bonita. Sua voz é como música, e seus olhos são dois amores-perfeitos, molhados pelo orvalho. A senhorita é uma rainha majestosa. Seu cabelo é semelhante a fios de ouro ondulados. Anthony Pye diz que é vermelho, mas a senhorita não deve se importar com Anthony.

Só a conheço por apenas alguns meses, mas não consigo acreditar que houve um tempo em que não nos conhecíamos... enquanto a senhorita ainda não tinha entrado em minha vida, para abençoá-la e santificá-la. Sempre olharei para este ano como o mais maravilhoso de toda a minha vida, porque ele a trouxe para mim. Além disso, é o ano em que nos mudamos de Newbridge para Avonlea. Meu amor pela senhorita enriqueceu muito minha vida, e me manteve longe de muitos danos e maldades. Devo tudo isso à senhorita, minha mais querida professora.

Não esquecerei de como estava linda na última vez em que a vi, quando estava usando aquele casaco preto, e flores no cabelo. Vou enxergá-la daquela maneira até o fim de minha vida, mesmo quando estivermos velhas e grisalhas. Para mim, a senhorita será sempre jovem e primorosa, queridíssima professora. Penso na senhorita o tempo todo... ao amanhecer, ao meio-dia, ao entardecer. Eu a amo quando sorri e suspira... até mesmo quando parece desdenhar. Nunca te vi zangada, apesar de Anthony Pye dizer que sempre parece estar brava, mas não ligo se ficar irada com ele, porque aquele menino merece. Amo a senhorita com qualquer vestido... parece mais adorável a cada novo.

Queridíssima professora, boa noite. O sol se pôs e as estrelas estão reluzentes... estrelas que são tão brilhantes e esplendorosas quanto seus olhos. Beijo suas mãos e seu rosto, minha adorada. Que Deus a abençoe e proteja de todo o mal.

Com afeto,
Annetta Bell.

Essa carta me deixou verdadeiramente intrigada. Eu sabia que Annetta não poderia escrever algo parecido, nem mesmo se ela pudesse ter tanta imaginação. Quando cheguei à escola no outro dia, levei-a para uma caminhada até o riacho, durante o recreio, e pedi que me dissesse a verdade a respeito da carta. Annetta chorou e confessou tudo espontaneamente. Disse que nunca tinha escrito uma carta, e que não sabia como fazer isso, ou o que dizer. Porém, havia um pacote de cartas de amor na primeira gaveta da escrivaninha de sua mãe, que tinham sido escritas por um antigo namorado dela.

— Não eram de papai — Annetta soluçou —, eram de um jovem que estava se preparando para ser pastor e, portanto, sabia escrever cartas maravilhosas, mas, no final das contas, ela não se casou com ele. A menina afirmou que, na maior parte do tempo, não entendeu nada do que ele estava dizendo. E explicou: — Achei que as cartas eram tão doces que eu poderia simplesmente copiar pedaços delas, aqui e ali, para a senhorita. Escrevi "professora" onde ele tinha posto "namorada", acrescentei algumas ideias minhas, quando vieram ao meu pensamento, e mudei outras palavras. Por exemplo, troquei "humor" por "vestido". Não sabia o que significava "humor", mas achei que era algum tipo de roupa. Não imaginei que a senhorita perceberia a diferença entre uma coisa e outra. Não entendo como descobriu que a carta não era minha. A senhorita deve ser extremamente sábia, professora. Disse a Annetta que é muito errado copiar cartas de outras pessoas, e apresentá-las como se fossem suas, mas receio que ela só tenha se arrependido realmente de ter sido descoberta.

— E eu amo mesmo a senhorita, professora; só que o pastor escreveu isso primeiro. Amo a senhorita com todo o meu coração.

É muito difícil repreender quem quer que seja, em circunstâncias como essa.

Agora, segue a carta de Barbara Shaw. É impossível reproduzir os borrões do original.

Querida professora,

A senhorita falou que podíamos escrever sobre uma visita. Até hoje, só fiz uma visita. Fui à casa de minha tia Mary, no inverno passado. Minha tia Mary é uma mulher muito peculiar, e uma excelente dona de casa. Durante o chá, no primeiro dia que passei lá, derrubei um bule, e ele se espatifou no chão. Tia Mary disse que tinha possuído aquele bule desde o dia em que se casou, e que, até então, ninguém, nunca, tinha deixado que ele caísse. Depois, as-

sim que nos levantamos, pisei na barra do vestido dela e o babado da saia se soltou. Na manhã seguinte, quando acordei e fui lavar o rosto, bati, sem querer, o jarro de água na bacia, e quebrei os dois. Ainda por cima, virei uma xícara de chá na toalha de mesa, enquanto tomávamos o café da manhã. E, ajudando tia Mary com a louça do almoço, deixei cair um prato de porcelana, e ele se despedaçou. Na noite do mesmo dia, caí no andar de baixo e torci meu tornozelo; tive de ficar na cama por uma semana. Nesse período, ouvi tia Mary falar com tio Joseph que meu tombo tinha sido uma bênção, pois, se não fosse por ele, eu ia quebrar tudo que havia na casa. Por fim, quando fiquei melhor, estava na hora de vir embora. Não gosto muito de fazer visitas. Prefiro ir à escola, principalmente depois que cheguei em Avonlea.

Atenciosamente,
Barbara Shaw

E a carta de Willie White era assim:

Respeitada senhorita,

Quero lhe falar sobre minha Tia Muito Corajosa. Ela mora em Ontário e um dia ela saiu para ir ao celeiro e viu um cachorro no quintal. O cachorro não tinha nada que estar lá então ela pegou uma vara e bateu nele com força. Ela o levou até o celeiro e o prendeu lá. Logo depois apareceu um homem procurando um leão danado (pergunta: será que ele quis dizer "um leão domado"?) que tinha fugido de um circo. E aconteceu que o cachorro era um leão e minha Tia Muito Corajosa o tocou até o celeiro com uma simples vara. Foi uma maravilha ela não ter sido engolhida por ele, mas ela foi muito corajosa. Emerson Gillis falou que se ela pensou que era um cachorro ela não foi mais corajosa do que se fosse mesmo um cachorro. Mas Emerson está com inveja porque ele próprio não tem uma Tia Corajosa, só tem tios.

Guardei a melhor para o fim. Você ri de mim quando digo que Paul é um gênio; no entanto, tenho certeza de que a carta dele vai convencê-la de que ele é mesmo uma criança muito especial. Paul mora longe, perto do litoral, com sua avó, e não tem amigos... nenhum amigo de verdade. Você certamente lembra que nosso professor de Administração Escolar disse que não podemos ter "favoritos" entre nossos alunos, mas não posso deixar de amar Paul Irving mais do que a todos os outros. Entretanto,não acho isso prejudicial, pois todo mundo ama Paul; até a senhora Lynde disse que nunca poderia acreditar que um dia ainda iria se afeiçoar tanto a um americano.Os outros garotos da escola também gostam dele. Apesar de seus sonhos e fantasias, não há nada de fraqueza ou afetação nesse menino. Ele é bastante forte e se garante contra os adversários em todos os jogos; imagine que ele brigou com Saint Clair Donnell recentemente, porque Saint Clair falou que a bandeira do Reino Unido da Grã-Bretanha e Irlanda do Norte era muito mais bonita do que a bandeira dos Estados Unidos. O resultado da disputa foi um acordo mútuo para, a partir daquele momento, cada um respeitar o patriotismo do outro. Saint Clair diz que joga melhor, mas Paul diz que ganha mais frequentemente.

A carta de Paul:

Minha querida professora,

A senhorita nos disse que poderíamos escrever sobre alguém que conhecemos. Acho que as pessoas mais interessantes que conheço são meus amigos de pedra, e quero falar sobre eles para a senhorita. Nunca disse nada a ninguém a respeito deles, exceto para vovó e papai, mas gostaria que soubesse como eles são, porque entende as coisas. Existe um grande número de pessoas que não entendem as coisas e, portanto, não há razão para contar-lhes.

Meus pequenos amigos de pedra moram na praia. Eu costumava visitá-los todo fim de tarde, antes da chegada do inverno. Agora, só vou poder ir na primavera, mas sei que eles vão estar lá, pois gente como aquela nunca muda... isso é o que existe de mais esplêndido nessas pessoas. Nora foi a primeira delas que conheci e, por isso, acho que é de quem mais gosto. Ela mora na Enseada dos Andrews, tem cabelo e olhos negros, e sabe tudo sobre sereias e espíritos da água. A senhorita precisa ouvir as histórias que ela conta. Existem, também, os Marinheiros Gêmeos. Eles não moram em lugar nenhum; navegam o tempo todo, mas sempre vêm até a praia, para conversar comigo. Formam um par de marujos divertidos, que já viram tudo no mundo... e até mais do que há no mundo. Sabe o que aconteceu, uma vez, com o Marinheiro Gêmeo mais jovem? Ele estava navegando e entrou em uma clareira da lua. A senhorita sabe, professora, que a clareira da lua é a trilha que a lua cheia cria na água, quando ela está nascendo atrás do mar. Bem, o Marinheiro Gêmeo mais jovem navegou pela clareira, até chegar na própria lua. Lá, ele deparou com uma pequena porta dourada, que ele abriu e, assim, pôde navegar dentro da lua, onde teve aventuras maravilhosas, mas esta carta ficaria muito extensa, se eu fosse contá-las aqui.

Existe, a Dama Dourada da Gruta, que um dia, achei uma gruta grande, perto da praia, e entrei nela. Pouco tempo depois, encontrei a Dama Dourada. O cabelo dela é dourado e comprido até os pés, e seu vestido é reluzente e deslumbrante, como se fosse de ouro vivo. Ela tem uma harpa dourada, e toca esse instrumento o tempo todo... é possível ouvir sua música a qualquer hora, se prestamos bastante atenção, mas a maioria das pessoas pensaria que era apenas o vento uivando entre as rochas. Nunca contei a Nora sobre a Dama Dourada. Tive medo de que isso pudesse ferir seus sentimentos. Ela já fica aborrecida quando eu converso por tempo demais com os Marinheiros Gêmeos...

Eu me encontrava com os Marinheiros Gêmeos nas Rochas Listradas. O Marinheiro Gêmeo mais novo é muito tranquilo e bem-humorado, mas o mais velho pode parecer terrivelmente feroz, às vezes. Tenho minhas suspeitas a respeito dele, e acho que ele seria um pirata, se tivesse essa oportunidade. Realmente, existe algo misterioso naquele marujo. Uma vez, eu o ouvi praguejar, e lhe falei que, se, algum dia, ele fizesse isso de novo, não precisaria mais vir à praia para conversar comigo, porque eu tinha prometido para minha avó que jamais seria amigo de alguém que praguejasse. Ele ficou bastante assustado, posso afirmar, e disse que, se eu o perdoasse, ele me levaria até o pôr do sol! Aí, no fim da tarde seguinte, quando eu estava sentado nas Rochas Listradas, o Gêmeo mais velho chegou velejando sobre o mar, em um barco encantado, e eu entrei nele. O barco tinha as cores do arco-íris, em tons perolados, como o interior das conchas de mexilhões, e a vela tinha o brilho da lua. Bem, navegamos diretamente para o pôr do sol. Pense nisto, professora: eu estive no pôr do sol! E como a senhorita imagina que ele é? Ora, é uma terra cheia de flores. Velejamos para um grande jardim, e as nuvens eram canteiros de flores. Em seguida, chegamos a um grande cais, todo dourado, e desembarcamos em um prado enorme, todo coberto de botões-de-ouro do tamanho de rosas. Permaneci lá por tanto tempo... pareceu quase um ano, mas o Gêmeo mais velho disse que foram apenas alguns minutos. Sabe, na terra do pôr do sol, o tempo passa bem mais rápido do que aqui.

Seu aluno amoroso,

Paul Irving

P.S.: É claro que nesta carta não digo a verdade, professora.

P.I.

CAPÍTULO XII

UM DIA DAQUELES

Tudo havia começado na noite anterior, com uma vigília interminável, devido a uma dor de dente horrorosa. Quando Anne se levantou, na manhã sombria de inverno, sentiu que a vida era tediosa, sem graça e sem sentido. Ela foi a escola completamente desanimada e com péssimo humor. Estava com a bochecha inchada, e o rosto doía. A sala de aula estava fria e enfumaçada, pois o fogo do aquecedor se recusava a queimar, e as crianças tremiam, amontoadas em pequenos grupos ao seu redor. Anne pediu para se sentarem nas suas carteiras, com um tom mais severo do que já tinha usado anteriormente. Anthony Pye caminhou vagarosamente até seu lugar, com o habitual jeito impertinente, e ela notou que estava sussurrando, qualquer coisa para o colega sentado a seu lado e, em seguida, olhou para ela e deu um sorrisinho irônico no rosto.

Nunca houve tantos lápis estridentes quanto naquela manhã, assim parecia para Anne. Quando foi à mesa de Anne para mostrar uma atividade, Barbara Shaw tropeçou no balde usado para jogar carvão do fogo, que resultou em um desastre. O carvão caiu e espalhou por toda a sala; sua lousa se espatifou em diversos pedaços e, quando ela se levantou, seu rosto estava todo manchado de pó de carvão, o que fez os meninos rolarem no chão de tanto rir.

Anne, que estava ouvindo a leitura de uma aluna do segundo ano, se virou imediatamente.

— Francamente, Bárbara — disse friamente —, se você não consegue se mover sem cair em cima de alguma coisa, é melhor permanecer em sua carteira. É absolutamente vergonhoso, para uma menina de sua idade, ser assim tão desastrada!

A pobre Bárbara cambaleou até seu lugar, e suas lágrimas, combinadas com o pó de carvão, produziram um efeito verdadeiramente horroroso. Nunca antes sua professora tão querida e compreensiva, havia se dirigido a ela daquela maneira, com aquele tom, o que consequentemente, deixou Barbara com o coração partido. A própria Anne sentiu um peso na consciência, mas isso só serviu para aumentar, ainda mais sua irritação. E a turma do segundo ano se lembra até hoje daquela aula de Leitura e, também, da aula de Aritmética a que foi submetida, depois dela.

Exatamente quando Anne estava ditando rispidamente as somas, Saint Clair Donnell chegou, disse ofegante:

— Você está meia hora atrasado, Saint Clair — a professora o repreendeu friamente. — Qual seria o motivo?

— Perdão, professora, tive de ajudar minha mamãe a preparar um pudim para o almoço, porque estamos esperando visita, e Clarice Almira está doente — foi a resposta do garoto, pronunciada de maneira perfeitamente respeitosa, mas que, ainda assim, provocou risadas entre os colegas.

— Sente-se em seu lugar e, como castigo pelo atraso, resolva os seis problemas da página 84, do seu livro de aritmética — Anne ordenou.

Saint Clair ficou estranhamente surpreso, com o tom da professora, mas foi humildemente para sua carteira e pegou a lousa. Depois, furtivamente, entregou um pequeno embrulho para Joe Sloane, do outro lado do corredor. Mas, Anne o pegou em flagrante, e chegou a uma conclusão desastrosa sobre aquele pacote.

Recentemente, a senhora Hiram Sloane, havia começado a fazer e vender bolinhos de nozes, com intuito de aumentar um pouco sua pequena renda familiar. Os bolos eram muito tentadores para as crianças, e Anne havia tido problemas com relação a isso, em semanas passadas. No caminho para a escola, os meninos gastavam, seus poucos trocados, nos bolinhos da senhora Hiram, levando-os para a sala e, se possívelmente, os comiam ou presenteavam os amigos, durante as suas aulas. Anne já havia prevenido que, se trouxessem mais bolinhos para a escola, eles seriam confiscados. No entanto, lá estava Saint Clair Donnell, diante de seus olhos, passando adiante um deles, embrulhado no papel listrado de azul e branco, que a senhora Hiram costumava usar.

— Joseph — Anne falou calmamente —, traga esse embrulho para mim.

Joe, perplexo e envergonhado, obedeceu. Era um menino gordinho, que sempre corava e gaguejava quando amedrontado. Nunca ninguém pareceu mais culpado do que o pobre Joe, naquele momento.

— Jogue o pacote no fogo — Anne mandou.

Joe ficou muito pálido.

— Po... po... po... por favor, se... se... senhorita — ele começou, mas ela o interrompeu:

— Faça o que estou dizendo, Joseph, sem mais uma palavra sobre isso!

— M... m... mas s... s... senhorita... i... i... isto é... — Joe gaguejou, desesperado.

— Joseph, você vai me obedecer ou não? — Anne perguntou.

Até um garoto mais ousado e mais seguro de si do que Joe Sloane ficaria intimidado pelo tom de voz da professora, e pelo brilho perigoso que estava em seus olhos. Aquela era uma Anne, que nenhum dos alunos jamais havia visto antes. No mesmo instante, Joe lançou um olhar aflito para Saint Clair e, em seguida, foi até o aquecedor, abriu a porta da frente, e jogou o embrulho azul e branco lá dentro, antes que Saint Clair, que havia se levantado às pressas, pudesse pronunciar uma palavra sequer. Em seguida, ele se afastou, no exato momento.

Por alguns momentos, os alunos aterrorizados da escola de Avonlea, não souberam se o que tinha ocorrido era um terremoto, ou uma erupção vulcânica. O pacote, aparentemente inofensivo, que Anne havia concluído precipitadamente ser bolinhos de nozes da senhora Hiram, estavam, cheio de traques e busca-pés que Warren Sloane havia encomendado na cidade, no dia anterior, e pedido ao pai de Saint Clair, para trazer ele. Eram para uma festa de aniversário, que Warren daria naquela noite. Os traques explodiram, causando um grande estrondo, e os busca-pés saíram com grande força pela porta do aquecedor, rodopiando loucamente por toda a sala, chiando e estalando. Anne desmoronou sobre sua cadeira, pálida de horror, e todas as meninas pularam, soltando gritos estridentes, para cima de suas carteiras. Joe Sloane ficou paralisado em meio ao alvoroço, e Saint Clair, rindo descontroladamente, andava de um lado para o outro no corredor. Prillie Rogerson desmaiou, e Annetta Bell ficou histérica.

Pareceu uma eternidade, mas, na realidade, foram apenas alguns minutos, antes que o último busca-pé se estourasse. Anne, tendo se recuperado do susto, levantou-se e abriu as portas e janelas, para deixar sair o gás e a fumaça que tomavam conta da sala. Depois, ajudou as meninas a voltarem a consciência de Prillie, onde Barbara Shaw, desejando desesperadamente ser útil, derramou um balde de água gelada — na verdade, muito congelada — sobre o rosto e os ombros de Prillie, antes que alguém pudesse detê-la.

Passou-se uma hora até que a tranquilidade fosse restaurada; mas foi uma tranquilidade que se resumia a silêncio, pois todos puderam notar que nem a explosão tinha mudado o estado de espírito da professora. Ninguém, exceto Anthony Pye, se atreveu a sussurrar uma só palavra. Ned Clay deixou seu lápis chiar acidentalmente, quando fazia uma soma; seu olhar e o de Anne se cruzaram, e o garoto desejou que o chão se abrisse diante dele e o engolisse. Na aula de Geografia, os alunos foram apresentados a um continente inteiro, e com tanta rapidez, que ficaram sem entender. A aula de Gramática, compreendeu uma análise sintática tão minuciosa que quase os enlouqueceu. A seguir, Chester Sloane soletrou "cheiroso" com z, e terminou sentindo que nunca mais superaria tamanha vergonha, nem neste mundo, nem em outro.

Anne sabia que tinha se ridicularizado, e que aquele incidente seria motivo de risadas, em todas as mesas de chá, mas isso só fez com que ela ficasse ainda mais irada. Se estivesse mais calma, poderia ter enfrentado a situação com uma boa gargalhada, mas, naquele momento, isso era totalmente impossível; portanto, simplesmente a ignorou, com frieza e desdém.

Quando Anne voltou do almoço, todas as crianças estavam, como de costume, sentadas em seus lugares, e cada rosto, voltado para seu livro, exceto o de Anthony Pye, que observava Anne furtivamente, e cujos olhos negros brilhavam de ansiedade e ironia. Então, ela abriu sua gaveta, em busca de giz, e lá de dentro pulou um camundongo vigoroso, que correu sobre a mesa e saltou para o chão.

Anne gritou e deu um pulo para trás, como se tivesse visto uma cobra, e Anthony Pye riu; e riu alto, de uma forma que todos ouviram.

Depois, o silêncio imperou — um silêncio aterrorizante e incômodo. Annetta Bell teve dúvida sobre ficar histérica novamente ou não, principalmente porque não sabia exatamente para onde o rato havia ido. Porém, achou melhor não. Quem poderia ter algum consolo em um ataque de histeria, quando tinha uma professora tão vermelha, e com um olhar tão furioso, na sua frente?

— Quem pôs aquele camundongo dentro de minha gaveta? — Anne perguntou; sua voz era baixa, mas, mesmo assim, fez um arrepio percorrer a espinha de Paul Irving. O olhar de Joe Sloane encontrou ao dela, e, como se sentiu, da raiz do cabelo à sola do pé, responsável, o garoto gaguejou:

— Na... na... não fu... fu... fui eu... pro... pro... professora, n... n... não f... f... fui eu.

Anne não deu nenhuma atenção ao pobre Joseph, mas olhou fixamente para Anthony Pye, que retribuiu o olhar impassivel.

— Anthony Pye, foi você?

— Sim, fui eu — o menino respondeu insolentemente.

Imediatamente, ela pegou a vara que usava para apontar o que queria que os alunos vissem, e que ficava sobre sua mesa. Era um pedaço, comprido e pesado, de vara dura.

— Venha cá, Anthony!

Aquele estava longe de ser o castigo mais severo que Anthony Pye já havia recebido. Anne — até mesmo enfurecida, naquele momento — jamais puniria impiedosamente uma criança com força física. Porem, a vara acertou seu alvo profundamente, que, por fim, a arrogância de Anthony foi vencida: ele estremeceu e as lágrimas vieram a seus olhos.

Com a consciência pesada, a professora largou a vara e mandou o menino rebelde voltar para sua carteira. Em seguida, sentou diante de sua mesa, sentindo-se envergonhada, arrependida e amargamente atormentada. Seu acesso de raiva tinha passado, e ela daria tudo para encontrar alívio em suas lágrimas. Ora, então todas as teorias das quais se vangloriava não foram suficientes? Afinal, tinha acabado de açoitar um de seus alunos... Oh, como Jane ficaria triunfante! E quantas risadinhas irônicas o senhor Harrison daria! Mas o pior de tudo, o pensamento mais amargo de todos, era: havia perdido sua última chance de conquistar Anthony Pye. A partir de agora, ele nunca mais gostaria dela.

Às custas do que alguém um dia chamou de "esforço hercúleo", Anne reprimiu suas lágrimas até chegar a Green Gables, no fim da tarde. Lá, se fechou no sótão e chorou, sobre os travesseiros, com remorso, desapontamento e vergonha; chorou por tanto tempo, que Marilla ficou alarmada, invadiu o quarto e insistiu em saber qual era o problema.

— O problema, Marilla, é com minha consciência — ela soluçou. — Oh, hoje foi um dia horrível! Estou tão envergonhada de mim mesma! Perdi minha calma e bati em Anthony Pye.

— Fico feliz em ouvir isso — disse Marilla, em tom de aprovação. — É o que você já deveria ter feito há muito mais tempo.

— Não, não, Marilla! E não sei como vou poder ficar frente a frente com aquelas crianças novamente. Sinto que me humilhei ao máximo. A senhora não imagina o quanto fiquei zangada, detestável e má. Não consigo esquecer a expressão nos olhos de Paul Irving... ele parecia tão surpreso e decepcionado... Não, Marilla, me esforcei tanto para ser paciente e conquistar o afeto de Anthony Pye... e, hoje, acabou tudo...

Marilla passou a mão, calejada pelo ombro, sobre o cabelo brilhante e despenteado da moça, com uma ternura comovente. Quando o choro de Anne abrandou, ela disse, em um tom bem mais gentil, do que era habitual:

— Você leva as coisas muito a sério, Anne. Todos nós cometemos erros... mas as pessoas se esquecem deles. E dias horríveis existem para todo mundo. Quanto a Anthony Pye, por que se preocupar por ele, se ele não gostar de você? Ele é o único.

— Não posso evitar, Marilla. Quero que todos me amem; dói muito quando alguém não gosta de mim. E, agora, Anthony nunca vai me amar. Oh, fui uma arrogante hoje. Vou lhe contar toda a história.

Marilla ouviu a história inteira e, se sorriu em certas partes dela, Anne nunca vai saber. No final, falou, determinada:

— Bom, esqueça isso. Esse dia já acabou e amanhã será outro dia, sem erros ainda, como você mesma costumava dizer. Venha comigo, desça e coma. Vamos ver se uma boa xícara de chá com aqueles quitutes de ameixa que fiz hoje, não irão animá-la.

— Quitutes de ameixa não são remédio para um espírito enfermo — Anne respondeu, desconsolada.

Entretanto, Marilla pensou que era um bom sinal a moça já haver se recuperado, a ponto de adaptar sua imaginação.

De fato, a mesa de jantar, com os rostos iluminados dos gêmeos e os quitutes de ameixa de Marilla — dos quais Davy comeu quatro — realmente a animaram um pouco. Anne dormiu bem naquela noite e, ao acordar, constatou que ela própria e o mundo haviam se transformado. Tinha caído uma neve suave, porém espessa, durante todas as horas de escuridão, e a linda brancura, brilhando ao sol gelado, parecia um manto de caridade lançado sobre todos os erros e humilhações do passado.

Toda manhã é um novo começo, e em cada manhã, o mundo é renovado...

Anne cantava enquanto se vestia.

Por causa da neve, ela teve de passar pela estrada para chegar à escola, e achou que certamente foi uma coincidência maliciosa encontrar Anthony Pye no caminho, assim que saiu da alameda de Green Gables. Anne se sentiu tão culpada, quanto se fosse ela quem tivesse feito travessuras. E, para sua indescritível surpresa, Anthony não só levantou seu gorro — o que nunca tinha feito antes —, como também falou amavelmente:

— Está difícil caminhar hoje, não está? Posso levar os livros para a senhorita, professora?

Anne lhe entregou os livros e, se perguntou se estava mesmo acordada. Anthony permaneceu em silêncio até chegarem à escola, e, quando pegou seus livros de volta, Anne sorriu para ele; não foi aquele sorriso "gentil", que tinha persistentemente oferecido a ele até a véspera do evento, mas, sim, uma súbita manifestação de boa camaradagem. Anthony sorriu de volta — ou melhor, se a verdade deve ser dita, Anthony mostrou os dentes. Embora essa não seja geralmente considerada uma atitude respeitosa, a professora sentiu repentinamente que, se ainda não havia conquistado o afeto de Anthony, tinha, por outro lado e de algum jeito, ganhado seu respeito.

No sábado, a senhora Lynde fez uma visita a Green Gables e confirmou isso.

— Bem, Anne, acredito que você venceu Anthony Pye... essa é a verdade. Ele disse que você tem algo de bom, afinal de contas, mesmo sendo uma mulher. E falou que aquele golpe de vara que você deu nele foi "mesmo tão bem feito, quanto o de um homem".

— Contudo, nunca passaria pela minha cabeça, poder conquistá-lo com um castigo físico — Anne respondeu, sentindo que seus ideais a haviam traído, de alguma forma. — Isso não me parece certo. Tenho certeza que minha teoria sobre ter paciência e ser afetuosa não podem estar errada.

— Pode ser, mas os Pye são uma exceção, a qualquer regra que possa existir; essa é a verdade — a senhora Rachel disse, com convicção.

Quando ouviu a história, o senhor Harrison afirmou:

— Eu sabia que a senhorita ira acabar fazendo isso!

Jane zombou dela impiedosamente.

CAPÍTULO XIII

UM PIQUENIQUE DE OURO

A caminho de Orchard Slope, Anne se encontrou Diana — elas iam para Green Gables —, exatamente onde a velha ponte de troncos, coberta por musgo, se estendia sobre o riacho, abaixo do Bosque Assombrado. As duas se sentaram na margem da Bolha da Dríade, onde as folhas das samambaias pequenas se desenrolavam como se fossem duendes verdes, de cabelos enrolados, acordando de uma soneca.

— Estava justamente indo até a casa, para convidá-la e pedir sua ajuda para meu aniversário, no sábado — Anne explicou.

— Seu aniversário? Mas seu aniversário foi em março!

— Não por culpa minha — Anne riu. — Se tivessem me consultado, nunca seria naquele mês. Eu teria escolhido nascer na primavera, claro. Deve ser maravilhoso, nascer junto com as flores de maio e as violetas. Sempre sentiríamos que somos uma espécie de irmãs adotivas. Porém, como não foi o que aconteceu, o melhor a se fazer agora é comemorar meu aniversário na primavera. Priscilla vai chegar no sábado, e Jane também vai estar em casa. Nós quatro podemos começar pelo bosque e, então, passar um dia de ouro, nos familiarizando com esta primavera. Nenhuma de nós ainda a conhece bem, mas ela vai estar por aí de novo, e vamos poder apreciá-la como em nenhum outro lugar. De qualquer modo, quero explorar todos aqueles campos e lugares desertos. Estou convicta de que existe por lá um grande número de recantos bonitos que nunca foram realmente vistos, embora possam ter sido olhados. Vamos fazer amizade com o vento, o céu e o sol, e trazer a primavera para casa, em nossos corações.

— Parece mesmo fascinante — Diana comentou, com alguma desconfiança, lá no fundo, sobre a magia existente nas palavras de Anne. — Mas ainda não está muito úmido em alguns lugares?

— Ora, podemos usar botas! — foi a concessão de Anne à praticidade de Diana. — Eu gostaria que você viesse a Green Gables bem cedo, no sábado, para me ajudar a preparar nosso lanche. Quero as guloseimas mais deliciosas que pudermos fazer... coisas que combinem com a primavera, você entende, não é? Tortinhas de geleia; biscoitos de champanhe; bolinhos com gotas de chocolate, glacê rosa e amarelo; e um bolo decorado com flores. Oh, e precisamos de sanduíches também, apesar de não serem muito poéticos.

O sábado amanheceu poético para um dia piquenique: um dia com sol, céu azul, clima morno, agradável e um vento alegre soprando pelos campos e bosques. Sobre cada planície e cada colina, havia um delicado manto verde salpicado de flores, como se fossem estrelas.

O senhor Harrison, trabalhando nos fundos de sua fazenda e sentindo um pouco da magia da primavera — apesar da meia-idade e de seu temperamento sério —, viu, à distância, quatro garotas, todas com uma cesta na mão, percorrendo o caminho entre a fronteira de seu campo e uma floresta de bétulas e abetos. E pôde ouvir o eco de suas risadas e vozes alegres.

— É tão fácil ser feliz em um dia como este, não acham? — Anne indagava, com sua filosofia "Anneística". — Vamos tentar fazer deste dia, um dia realmente dourado, meninas... um dia para o qual, no futuro, possamos sempre olhar com prazer! Vamos apreciar o que é belo e nos recusar a ver todo o resto... Oh, Jane, mande embora essa preocupação malvada! Você está pensando em algo que deu errado na escola, ontem?

— Como sabe? — Jane perguntou, abismada.

— Oh, conheço essa expressão em seu rosto... Já a vi muitas vezes. Mas tire isso da cabeça agora, por favor! Nada vai mudar até segunda-feira... ou, se mudar, melhor ainda. Oh, meninas, meninas, vejam aquele pequeno campo de violetas! Ali temos uma coisa para guardarmos na nossa galeria de imagens na memória. Quando eu tiver 80 anos de idade... se, algum dia, isso acontecer... vou fechar os olhos e, visualizar aquelas violetas, exatamente como as vejo agora. Este é o primeiro presente encantador que nosso dia está nos oferecendo!

— Se a sensação de um beijo pudesse ser vista, acho que ela se pareceria com uma violeta — Priscilla comentou.

Anne irradiou felicidade. — Estou tão contente porque você liberou seu pensamento, Priscilla, em vez de guardá-lo somente para si! O mundo seria um lugar bem mais interessante... embora ele já seja, muito interessante como é... se as pessoas manifestassem seus pensamentos verdadeiros.

— Seria difícil demais conviver com algumas pessoas — Jane falou sabiamente.

— Suponho que poderia ser mesmo, mas elas é que estariam erradas, por pensar coisas ruins. De qualquer modo, hoje nós podemos expressar todos os nossos pensamentos, pois só vamos ter os mais bonitos. Cada uma de nós pode dizer exatamente o que vier à sua cabeça. Isso é confessar. Olhem, aquela é uma trilha que eu nunca tinha visto antes. Vamos explorá-la!

Era um caminho sinuoso, tão estreito que elas tiveram de andar em fila; e, mesmo assim, os ramos dos abetos tocavam seus rostos. Sob essas árvores, havia almofadas aveludadas de musgos e, mais adiante, onde as árvores eram menores e menos presentes, o solo era rico em uma grande variedade de vegetação.

— Olhem que enorme quantidade de orelhas-de-elefante! — Diana exclamou. — Vou colher um buquê bem bonito. E as flores estão lindas!

— Como é possível essas coisas tão suculentas e graciosas terem um nome tão feio? — Priscilla questionou.

— É porque quem as nomeou pela primeira vez não tinha nenhuma imaginação, ou porque tinha imaginação demais — Anne explicou. — Oh, amigas, vejam aquilo!

"Aquilo" era uma poça, no centro de uma pequena clareira no bosque, exatamente onde a trilha acabava. Quando a primavera já estivesse mais avançada, ela estaria seca e, em seu lugar, haveria uma grande quantidade de samambaias. Entretanto, naquele momento, o que estava ali era uma área do solo, redonda como um prato, coberta de água plácida, clara e cintilante como um cristal; era rodeada por um anel de bétulas jovens e esguias e, em sua margem, havia pequenas samambaias.

— Como isso é encantador! — Jane exclamou.

— Vamos dançar em volta da poça, como se fôssemos ninfas da floresta — Anne decidiu, largando a cesta e estendendo os braços.

Contudo, a dança não foi bem-sucedida, pois o solo estava grudento, e as botas de Jane saíram de seus pés.

— Você não pode ser uma ninfa da floresta se estiver usando botas — foi sua conclusão.

— Bem, antes de irmos embora daqui, temos de dar um nome a este lugar — Anne falou, dando-se por vencida pela lógica incontestável dos fatos. — Cada uma vai sugerir um nome e, em seguida, vamos fazer um sorteio. — Diana?

— "Poça das Bétulas" — Diana sugeriu prontamente.

— "Lago de Cristal" — disse Jane.

Anne, estando atrás das duas, implorou a Priscilla, com os olhos, que não se atrevesse a propor um nome como aqueles, e Priscilla respondeu ao desafio com "Vidraça Vibrante". A ideia de Anne foi "Espelho das Fadas".

Os nomes foram escritos em tiras de casca de tronco de bétula, com um lápis que a professora Jane tirou de seu bolso, e colocados no chapéu de Anne. Depois, Jane fechou os olhos e sorteou um deles.

— Lago de Cristal! — Jane leu, triunfante.

E "Lago de Cristal" ficou sendo o nome daquele lugar. Se pensou que o acaso havia pregado uma boa peça naquele local magnífico, Anne não disse nada.

Após atravessar a vegetação rasteira que havia mais adiante, as moças chegaram ao pasto dos fundos do senhor Sloane: um campo isolado e muito verde. Atrás dele, encontraram um caminho estreito que seguia pelo bosque, e concordaram em explorá-lo. A decisão foi recompensada por uma série de belas surpresas. Primeiro, contornando o pasto do senhor Sloane, havia um conjunto de cerejeiras silvestres, todas floridas. As garotas tiraram seus chapéus e enfeitaram a cabeça com guirlandas de flores lindas, delicadas e aveludadas. Depois, o caminho fazia uma curva e entrava em um bosque de abetos, tão espesso e escuro, que elas andaram em meio a uma penumbra semelhante ao crepúsculo, sem ver sequer um pedaço do céu ou um raio de sol.

— É aqui que os elfos do bosque moram — Anne sussurrou. — Eles são travessos e maliciosos, mas não podem nos fazer nenhum mal, porque são proibidos de praticar crueldades durante a primavera. Havia um nos observando, atrás daquele abeto velho e retorcido. E vocês não viram um grupo deles em cima daquele chapéu de cobra, pintado pelo qual passamos há pouco? As fadas boas sempre habitam locais ensolarados.

— Eu queria tanto que realmente existissem fadas... — Jane falou. — Não seria magnífico ter direito a três desejos realizados? Ou, até mesmo, apenas um? O que vocês pediriam, meninas, se pudessem ter um desejo realizado? Eu gostaria de ser rica, bonita e inteligente.

— Eu pediria para ser alta e esbelta — Diana afirmou.

— Eu ia querer ser famosa — foi a resposta de Priscilla.

Anne pensou em seu cabelo, mas logo descartou a ideia, por achá-la indigna.

— Eu gostaria que fosse primavera o tempo todo, e em todas as vidas e corações — ela declarou.

— Mas isso — Priscilla comentou — seria o mesmo que desejar que o mundo fosse como o paraíso.

— Apenas parte dele. Nas outras partes, haveria verão e outono... sim, e um pouco de inverno.Acho que quero campos cobertos de neve reluzente, às vezes, e geadas brancas também. Não concorda, Jane?

— Eu... eu não sei — a amiga respondeu, hesitante.

Jane era uma boa moça, um membro da igreja que tentava conscientemente atender às expectativas correspondentes a sua profissão, e acreditava em tudo o que lhe havia sido ensinado. Entretanto, nunca tinha pensado no paraíso por mais tempo do que o inevitável.

— Outro dia, Minnie May me perguntou se usaríamos nossos melhores vestidos todos os dias,quando estivéssemos no céu — Diana riu.

— E você não lhe disse que usaríamos? — Anne quis saber.

— Misericórdia, não! Eu falei que, lá, não estaremos pensando em vestidos, de jeito nenhum.

— Oh, eu acho que pensaremos sim... um pouco — Anne discordou honestamente. — Vai haver tempo suficiente para isso, na eternidade, sem precisarmos deixar de pensar em coisas mais importantes. Acredito que todas nós usaremos vestidos lindos... ou melhor, suponho que vestimentas seja uma palavra mais apropriada. No começo, vou querer usar cor-de-rosa, por alguns séculos... seria o tempo necessário para eu me cansar dessa cor, tenho certeza disso. Eu realmente adoro rosa, mas não posso usar nenhum tom, aqui, neste mundo.

Saindo do bosque de pinheiros, o caminho descia até uma pequena clareira ensolarada, onde uma ponte de troncos se estendia sobre um riacho. Em seguida, as amigas encontraram um glorioso bosque de faias, onde as folhas eram novas e profundamente verdes, o ar era transparente como um vinho dourado, e o solo, um mosaico de raios tremulantes de sol. Mais adiante, outra profusão de cerejas silvestres e um pequeno vale de abetos esguios. Depois, uma colina tão íngreme que as quatro quase ficaram sem fôlego ao escalá-la. Então, quando elas chegaram ao topo e se depararam com um espaço aberto, a surpresa mais encantadora as esperava.

De longe, estavam os "campos de trás" das fazendas que ficavam de frente para a estrada de cima, aquela que levava a Carmody. E, bem diante delas, cercado por faias e abetos, porém sem nada ao sul, havia um canto e, nele, um jardim — ou, melhor dizendo, o que havia sido, outrora, um jardim. Um muro de pedra já em ruínas, coberto de musgo e grama, o cercava. Ao longo do lado leste, tinha uma fileira de cerejeiras de pomar, brancas como um monte de neve recém caída. Vestígios de caminhos antigos e uma linha dupla de roseiras no meio do jardim ainda podiam ser vistos. Todo o resto do espaço era um manto de narcisos amarelos e brancos, florescendo generosa e graciosamente e balançando ao vento, sobre um tapete de exuberantes gramados verdes.

— Oh, que perfeição! — três das garotas exclamaram, praticamente ao mesmo tempo, enquanto Anne apenas observava, em um silêncio bastante expressivo.

— Como é possível ter existido um jardim assim, aqui atrás, no passado? — Priscilla perguntou, admirada.

— Deve ser o jardim de Hester Gray — Diana sugeriu. — Já escutei mamãe falar sobre ele, mas nunca o vi antes; nem imaginei que ele ainda existiria. Você já ouviu essa história, Anne?

— Não, mas me parece um nome conhecido.

— Oh, você o viu no cemitério. Ela está enterrada lá, naquele canto dos álamos. É aquela lápide pequena, marrom, com dois portões abertos esculpidos com as palavras: "À memória sagrada de Hester Gray, 22 anos de idade". Jordan Gray está enterrado bem ao lado dela, mas não há uma lápide para ele. Fico surpresa em saber que Marilla nunca lhe falou sobre isso, Anne. Mas entendo, pois, na verdade, essa história aconteceu trinta anos atrás, e todos já se esqueceram dela.

— Bem, se existe uma história, temos de saber qual é — Anne concluiu. — Vamos sentar aqui,entre os narcisos, e Diana vai nos contar tudo. Vejam, meninas, há centenas deles... as flores se espalharam por todos os lados. Parece que o jardim foi atapetado com o brilho do sol e o da lua, ao mesmo tempo. Esta foi uma descoberta valiosa! E pensar que vivi a menos de dois quilômetros deste lugar, por seis anos, e nem sabia de sua existência. Agora, conte a história, Diana.

— Há muito tempo — começou Diana —, esta fazenda pertencia ao velho senhor David Gray, mas ele não morava aqui, vivia onde Silas Sloane mora atualmente. Ele tinha um filho, Jordan, que foi trabalhar em Boston, certo inverno, e, enquanto estava lá, se apaixonou por uma moça chamada Hester Murray. Ela trabalhava em uma loja, mas não gostava de seu emprego. Hester tinha sido criada no campo e, sempre quisera voltar para a zona rural. Quando Jordan a pediu em casamento, ela disse que aceitaria, contanto que ele a levasse para morar em um local tranquilo, onde ela não veria nada além de campos e árvores. Então, ele a trouxe para Avonlea. A senhora Lynde falou que ele estava correndo um risco terrível, ao se casar com uma americana, e é certo que a moça era delicada demais e deixava muito a desejar como dona de casa. Mas mamãe conta que ela era muito bonita e meiga, e que Jordan reverenciava até o chão em que ela pisava. Bem, o senhor Gray deu esta fazenda para Jordan e construiu uma pequena casa aqui atrás, onde Hester e o marido viveram por quatro anos. Ela saía raramente, e quase ninguém a visitava, exceto mamãe e a senhora Lynde. Jordan ajeitou o jardim para a esposa, e ela o adorava; passava aqui a maior parte de seu tempo. Podia não ser uma boa dona de casa, mas tinha um talento especial para cuidar de flores. E, então, Hester ficou doente. Mamãe acha que ela já estava tuberculosa, antes mesmo de vir morar aqui. Porém, a senhora Jordan Gray nunca ficou de cama realmente; apenas foi enfraquecendo, dia após dia. O marido não quis ninguém para cuidar dela. Ele mesmo fez tudo sozinho, e mamãe diz que ele foi tão dedicado e afetuoso quanto uma mulher seria. Todos os dias, Jordan a cobria com um xale e a carregava para o jardim, onde ela se deitava em um banco, sempre feliz. Dizem que Hester costumava fazer Jordan se ajoelhar a seu lado, todas as noites e todas as manhãs, e orar junto com ela, para que, quando a hora chegasse, ela morresse no jardim. E suas preces foram atendidas. Um dia, Jordan a trouxe para fora, deitou-a no banco, colheu todas as rosas abertas e as espalhou sobre a esposa. Ela apenas sorriu para ele... fechou os olhos... e esse — Diana concluiu suavemente — foi seu fim.

— Oh, que história bonita! — Anne suspirou, secando as lágrimas.

— E o que aconteceu com Jordan? — Priscilla indagou.

— Ele vendeu a fazenda, depois da morte de Hester, e voltou para Boston. O senhor Jabez Sloane comprou a fazenda e transportou a pequena casa para a frente da estrada. Jordan morreu uns dez anos depois; seu corpo foi trazido para cá e enterrado ao lado da esposa.

— Não entendo por que ela quis morar aqui atrás, longe de tudo — disse Jane.

— Oh, eu posso entender isso facilmente — Anne falou, admirada. — Eu não desejaria a mesma coisa para sempre, porque, embora eu ame os campos e os bosques, adoro as pessoas também. Mas posso me colocar no lugar de Hester. Ela estava extremamente cansada do barulho, da cidade grande e das multidões de pessoas, sempre indo e vindo, sem se importar nem um pouco com ela. Queria fugir de tudo isso e morar em um local sossegado, agradável, perto das árvores e plantas, onde pudesse descansar. E conseguiu o que desejava, coisa que, em minha opinião, muito pouca gente conquista. Viveu quatro anos maravilhosos antes de morrer, quatro anos de perfeita felicidade. As pessoas deveriam ter inveja dela, ao invés de pena. Imaginem: fechar os olhos e adormecer, entre rosas, ao lado de quem você mais ama no mundo, sorrindo para você... Oh, parece ser lindo!

— Ela quem plantou aquelas cerejeiras ali — Diana acrescentou. — Hester falou com mamãe que nunca viveria para comer as cerejas, mas queria pensar que algo que ela plantou continuaria vivendo e contribuindo para fazer o mundo mais bonito, depois que ela morreu.

— Estou contente por termos percorrido este caminho — disse Anne, com os olhos brilhando. — Hoje é meu aniversário adotado, vocês sabem, e este jardim e sua história são meu presente. Sua mãe já contou, alguma vez, como era a aparência de Hester Gray, Diana?

— Não... só falou que ela era bonita.

— Fico muito contente, porque posso imaginar como ela era, sem ser prejudicada pelos fatos.Penso que Hester era muito baixa e esbelta, tinha cabelo escuro e levemente encaracolado, olhos castanhos grandes, doces e tímidos, e um rosto pequeno, pálido e ligeiramente melancólico.

As quatro deixaram suas cestas no jardim de Hester e passaram o resto da tarde perambulando pelos bosques e campos da redondeza, descobrindo muitos recantos e veredas. Quando sentiram fome, comeram seu lanche no lugar mais bonito de todos: a margem íngreme de um riacho borbulhante, onde bétulas brancas brotavam de uma relva alta e macia. Elas se sentaram perto das raízes e deram o devido valor às guloseimas de Anne; até mesmo os sanduíches foram muito apreciados pelos apetites jovens e vorazes, aguçados por todo o ar fresco e os exercícios físicos de que haviam desfrutado. Anne havia levado limonada e copos para suas convidadas, mas ela mesma preferiu beber água fresca do riacho, em uma xícara que moldou em um pedaço de casca de tronco de bétula. A xícara vazou, a água tinha gosto de terra, como acontece frequentemente com água de riacho durante a primavera, mas Anne achou que ela seria mais apropriada para a ocasião do que limonada.

— Olhem ali! Estão vendo aquele poema? — ela disse subitamente, estendendo o braço para apontar.

— Aonde? — Jane e Diana olharam, como se esperassem ver rimas escritas nas bétulas.

— Ali, na água... Aquele tronco velho, verde, coberto de musgo, com o riacho fluindo sobre ele, formando ondulações suaves, que parecem ter sido penteadas, e um único raio de sol caindo bem em cima dele, penetrando no poço... Oh, é o poema mais bonito que eu já vi!

— Eu chamaria de quadro — disse Jane. — Um poema tem versos e rimas.

— Oh, não, de jeito nenhum! — Anne balançou, decidida, a cabeça enfeitada com a grinalda de flores delicadas de cerejeira silvestre. — Os versos e as rimas são somente a aparência exterior do poema, e não o poema realmente, assim como seus babados e suas rendas não são você, Jane. O poema verdadeiro é a alma que está dentro dele... e aquela cena maravilhosa é a alma de um poema não escrito. Não é todo dia que podemos ver uma alma... mesmo que seja a de um poema.

— Como seria a aparência de uma alma... a alma de uma pessoa — Priscilla falou sonhadoramente.

— Acredito que seria como aquilo — Anne respondeu, apontando para um raio de sol passando entre os galhos de uma bétula. — Só que com outra forma e características diferentes, claro. Gosto de imaginar almas feitas de luz. Algumas são trêmulas e atravessadas por manchas cor-de-rosa, outras têm um brilho suave, como o da lua no mar, e há aquelas pálidas e transparentes, como a névoa ao amanhecer.

— Li, certa vez, que almas são como flores — Priscilla comentou.

— Então, sua alma é um narciso dourado — disse Anne. — A de Diana é uma rosa vermelha, bem vermelha... e a de Jane é uma flor de macieira: rosada, doce e saudável.

— E a sua é uma violeta branca, com traços roxos ao redor do miolo — Priscilla descreveu.

Jane sussurrou para Diana que realmente não conseguia entender sobre o que elas falavam. Diana saberia explicar?

As moças voltaram para casa sob a luz calma do crepúsculo dourado, com as cestas repletas de botões de narcisos do jardim de Hester. No dia seguinte, Anne levou alguns ao cemitério e colocou na sepultura dela. Os pássaros cantavam agradavelmente nos abetos, e os sapos coaxavam nos brejos. Todos os vales entre as colinas refletiam raios de luz das cores do topázio e da esmeralda.

— Bem, no final das contas, passamos um dia maravilhoso — Diana falou, como se não acreditasse que o quanto poderia ser.

— Foi o dia do piquenique de ouro — Priscilla concordou.

— Eu adoro os bosques — Jane expressou.

Anne ficou calada. Estava com o olhar bem distante, no céu do ocidente, pensando somente na pequena Hester Gray.

CAPÍTULO XIV

UM PERIGO EVITADO

Ao entardecer de sexta-feira, Anne se juntou à senhora Lynde, que estava voltando do correio para sua casa, e, como de praxe, muito atarefada com todos os afazeres da igreja e da sociedade.

— Estou vindo da casa de Timothy Cotton; fui ver se Alice Louise pode me ajudar, por alguns dias — a senhora Rachel falou. — Pude contar com ela na semana passada, e, embora Alice seja bastante lerda, é melhor do que nada. Porém, ela está doente e não vai poder vir. Timothy também está abatido; tosse e reclama o tempo todo. Ele está morrendo há dez anos, e vai continuar morrendo pelos próximos dez. Esse tipo de gente não consegue nem morrer e acabar logo com isso, não tem capacidade para levar nada até o fim, mesmo que seja ficar mal o suficiente para morrer. Os Cotton são uma família terrivelmente incapaz e preguiçosa. O que vai ser deles eu não sei, só Deus saberá.

A senhora Lynde suspirou, como se duvidasse até mesmo da sabedoria da Providência sobre o assunto.

— Marilla foi à cidade para ter seus olhos examinados, na terça-feira, não foi? O que o oftalmologista disse?

— Ficou muito satisfeito — Anne respondeu animada. — Disse que houve uma grande melhora; ele acha que o perigo de Marilla perder completamente a visão já passou. No entanto, falou também que ela nunca mais vai poder ler muito, nem fazer trabalhos manuais perfeitamente. Como estão os preparativos para o bazar?

As mulheres da Sociedade de Ajuda Humanitária da igreja estavam preparando uma feira, e a senhora Lynde era a peça principal da iniciativa.

— Estão indo muito bem... Oh, isso me lembrou de algo. A senhora Allan sugeriu que fizéssemos um estande semelhante a uma cozinha antiga, e servíssemos um jantar com feijões brancos cozidos no molho, rosquinhas fritas, tortas e coisas desse tipo. Estamos reunindo acessórios antigos trazidos de todos os lugares. A senhora Simon Fletcher vai nos emprestar os tapetes trançados de sua mãe, a senhora Levi Boulter vai ceder cadeiras antigas, e tia Mary pôs sua cristaleira à nossa disposição. Suponho que Marilla vá nos emprestar seus castiçais de bronze, estou certa? E queremos todos os pratos antigos que conseguirmos. A senhora Allan está especialmente interessada em, encontrar todos os pratos daquela autêntica porcelana azul do século dezoito. Contudo, parece que ninguém possui nenhum. Você sabe onde poderíamos achar?

— A senhorita Josephine Barry tem um. Vou escrever perguntando se ela pode emprestá-lo para a ocasião — Anne respondeu.

— Bem, eu gostaria muito que você fizesse isso, Anne. Imagino que o jantar vai ser daqui a duas semanas, mais ou menos. Tio Abe Andrews está prevendo chuvas e tempestades para esses dias, e isso é um sinal de que certamente teremos tempo bom.

Em pelo menos um aspecto, pode-se dizer que o citado "tio Abe" era como outros profetas: tinha pouca credibilidade em sua própria terra. Na verdade, ele era motivo de piada, pois muito poucas de suas previsões meteorológicas haviam sido confirmadas. O senhor Elisha Wright, por exemplo, que cultivava propositalmente a fama de ser o sábio da região, dizia que nenhum habitante de Avonlea se dava ao trabalho de procurar nos jornais de Charlottetown informações sobre o clima. Não; bastava perguntar ao tio Abe como seria o tempo no dia seguinte, e esperar o oposto. No entanto, tio Abe continuava a fazer suas previsões, sem nenhum constrangimento.

— Queremos realizar a feira antes das eleições — continuou a senhora Lynde —, pois assim, com certeza, os candidatos vão comparecer e gastar muito dinheiro. Os conservadores estão subornando eleitores aos montes e, portanto, podem ter a chance de gastar seu dinheiro honestamente, pelo menos uma vez.

Anne era uma conservadora convicta, por lealdade à memória de Matthew, mas não disse nada. Ela sabia bem que não era conveniente iniciar uma conversa sobre política com Rachel Lynde. Além disso, estava levando para Marilla uma carta postada em uma cidade da província de British Columbia.

— Provavelmente, é do tio dos gêmeos — ela disse ansiosamente, quando entregou a carta a Marilla. — O que será que ele está dizendo sobre as crianças?

— O melhor a fazer é abrir o envelope e ver — Marilla falou secamente; um observador mais atento poderia ter notado que ela também estava ansiosa, mas Marilla preferia morrer a demonstrar isso.

Anne abriu a carta e observou seu conteúdo, expressado em uma escrita razoavelmente desleixada e imperfeita.

— Ele diz que não pode pegar as crianças na primavera, passou a maior parte do inverno doente, e seu casamento foi adiado. Quer saber se podemos ficar com os gêmeos até o outono, quando vai tentar buscá-los. Vamos concordar, é claro, não é, Marilla?

— Não acho que exista outra coisa que possamos fazer — disse Marilla, com um ar ligeiramente sombrio, mas secretamente aliviada. — De qualquer forma, eles já não dão mais tanto trabalho — ou, então, nos acostumamos com essas crianças. Davy já melhorou bastante.

— Sem dúvida, sua conduta social está bem melhor — Anne afirmou cautelosamente, como se não pudesse dizer o mesmo de sua moral.

Anne tinha chegado da escola na noite anterior, e ficado sabendo que Marilla havia ido a uma reunião da Sociedade de Ajuda Humanitária. Dora dormia no sofá da cozinha, e Davy estava dentro do armário da sala, devorando alegremente o conteúdo de um pote da famosa conserva de ameixas amarelas de Marilla — a "compota das visitas", como ele costumava chamá-la —, o qual havia sido proibido de tocar. O menino pareceu estar muito arrependido quando Anne o repreendeu e o tirou imediatamente de lá.

— Davy Keith, não sabe que é muito errado você comer essa geleia, quando já foi informado várias vezes de que nunca deve mexer neste armário?

— Sim, sei que estava errado — Davy admitiu, constrangido —, mas essa geleia de ameixa é terrivelmente deliciosa, Anne. Eu só dei uma espiada, e ela estava tão bonita que pensei em provar só um pouquinho. Então, enfiei o dedo no pote — Anne suspirou profundamente — e lambi até ele ficar limpo. Estava tão mais deliciosa do que eu poderia pensar, que não foi possível resistir: peguei uma colher e comi e estou satisfeito.

Anne fez uma bronca daquelas, sobre o pecado de roubar conserva de ameixas que Davy que ficou com a consciência verdadeiramente pesada e prometeu, com beijos cheios de remorso, que nunca mais faria aquilo de novo.

— De qualquer maneira, vai haver muita geleia no céu, e isso serve de consolo — ele disse, conformado.

Anne reprimiu um sorriso que estava sendo ensaiado.

— Talvez haja... se desejarmos — falou. — Mas o que o fez pensar assim?

— Ora, está no catecismo — o menino respondeu.

— Oh, não! Não tem nada sobre geleias no catecismo, Davy.

— Pois eu digo que tem, sim — o garoto insistiu. — Está naquela parte que Marilla me ensinouno domingo passado. "Por que devemos amar a Deus?"; e a resposta é: "Porque ele nos cria, conserva e redime". "Conserva" é só uma forma sagrada de dizer "geleia".

— Preciso beber um pouco de d´água — Anne falou, rapidamente. Assim que voltou, gastou um tempo para explicar ao garoto que havia uma grande diferença no sentido nas palavras e nas suas interpretações, em se tratando de lições catequistas.

— Bem, pensei mesmo que era bom demais para ser verdade. — Davy disse, por fim, com um suspiro desanimador. — Além disso, eu não acredito que Ele acharia tempo para fazer compota, se vai ser como diz o hino. Não sei se quero ir para o céu. Não terá sábados normais lá, Anne?

— Sim, sábados e todos os outros tipos de dias serão bonitos. E cada dia no céu será mais bonito que o anterior, Davy — assegurou Anne, que estava bastante grata por Marilla não estar por perto, senão ficaria chocada. Marilla se preocupava muito em educar os gêmeos, de acordo com os princípios da doutrina cristã, e desencorajava toda e qualquer especulação fantasiosa a respeito deles. Ensinava a Davy e Dora, a cada domingo, um hino, uma questão do livro de catecismo e dois versos da Bíblia. Dora decorava e recitava tudo obediente e mecanicamente; e fazia isso com o mesmo interesse e entendimento que teria se fosse realmente uma máquina. Davy, ao contrário, tinha uma curiosidade inacreditável, e frequentemente fazia perguntas que deixavam Marilla trêmula de insegurança, quanto ao seu futuro.

— Chester Sloane falou que, quando estivermos no céu, iremos andar de um lado para o outro, usando vestidos brancos, e tocando harpa. E ele fala, também, que espera ir para lá somente quando ficar velho, porque talvez assim ele goste mais de morar no céu. Disse que deve ser horrível usar vestidos, e eu concordo. Por que os anjos homens não podem usar calças, Anne? Chester Sloane está interessado nessas coisas, porque querem que ele seja pastor. Ele tem de ser pastor, porque sua avó deixou dinheiro para ele estudar, mas Chester não pode pegar o dinheiro a não ser que se torne pastor. A avó dele pensava que ter um pastor na família era uma coisa espetacular. Ele não se importa muito, mas acharia melhor se pudesse ser ferreiro. Então, Chester quer se divertir o máximo que puder antes de virar pastor, pois não acredita que vá ter muita diversão depois. Eu não vou ser pastor. Vou ser comerciante, como o senhor Blair, e vou ter montes de balas e bananas na minha loja. E eu ia preferir tocar gaita, em vez de harpa. Você acha que deixariam, Anne?

— Creio que deixariam, se você quiser — foi tudo o que Anne pôde dizer seriamente, sem sorrir.

Naquela noite, a Sociedade para Melhorias se reuniu na casa do senhor Harmon Andrews, e a presença de todos os membros foi exigência, pois um assunto importante seria discutido. A Sociedade havia progredido muito, e realizado projetos maravilhosos. No início da primavera, o Major Spencer tinha cumprido sua promessa: retirou os tocos de árvores, preparou a terra e plantou grama ao longo da estrada em frente à sua fazenda. Uma dúzia de outros habitantes de Avonlea — alguns motivados pela determinação de não deixar que um Spencer ficasse à frente deles, outros incentivados pelos melhoradores, em suas próprias casas — tinham seguido o seu exemplo. Havia agora faixas compridas de relva macia, aveludada, onde antes só existiam vegetação rasteira e mato. Comparadas com essas, as fachadas das fazendas que não tinham sido melhoradas ficaram com uma aparência tão ruim que, secretamente envergonhados, seus proprietários decidiram se empenhar em reformá-las, na primavera seguinte. E o triângulo de terra onde as estradas para Carmody, Newbridge e White Sands se encontravam, tinha sido limpo e semeado: o canteiro de gerânios de Anne, a salvo de qualquer vaca invasora, já estava tudo pronto no Salão.

Considerando tudo, os melhoradores concluíram que estavam se saindo muito bem, mesmo levando em consideração o fato de que o senhor Levi Boulter, taticamente abordado por um comitê cuidadosamente selecionado para conversar sobre a casa velha e feia em sua fazenda de cima, tinha dito a eles, sem rodeios, que deixaria a construção que não seria alterada.

Na reunião especial, eles pretendiam fazer um requerimento destinado aos administradores da escola, pedindo humildemente, que fosse construída uma cerca ao redor do terreno da escola; além disso, planejavam discutir o plantio de algumas árvores ornamentais perto da igreja, se os recursos financeiros da Sociedade fossem suficientes, pois, como Anne ressaltou, não havia sentido em começar outra campanha para arrecadar fundos, enquanto o Salão permanecesse azul. Os melhoradores estavam reunidos na sala da casa da família Andrews, e Jane já estava de pé, pronta para iniciar o processo de seleção dos membros que ficariam encarregados de descobrir e informar o preço das tais árvores, quando Gertie Pye entrou subitamente, penteada no estilo pompadour e toda enfeitada. Gertie tinha o hábito de chegar atrasada — "para que sua entrada fosse mais impressionante", diziam as línguas fofoqueiras. Mas, nesse caso, a entrada de Gertie foi, sem dúvida, ostensiva, pois ela parou dramaticamente no meio da sala, levantou as mãos, revirou os olhos e exclamou:

— Acabei de ouvir uma coisa péssima! Vocês imaginam? O senhor Judson Parker vai alugar sua cerca, aquela que faz limite com a estrada, para uma empresa farmacêutica anunciar!

Foi a primeira vez que Gertie Pye atraiu para si toda a atenção, o que sempre havia desejado. Se ela tivesse jogado uma bomba entre os melhoradores, não teria causado tanto desconforto.

— É mentira — Anne exclamou perplexa.

— Foi exatamente o que eu disse, quando escutei isso pela primeira vez... vocês devem imaginar — Gertie afirmou, desfrutando daquela situação. — É claro que falei que não poderia ser verdade, que Judson Parker não teria a ousadia de fazer isso. Mas papai encontrou com ele, esta tarde, e perguntou se era verdade; e o senhor Parker confirmou sua intenção. Pensem bem! A fazenda dele fica na estrada para Newbridge, e vai ser perfeitamente medonho ver anúncios de pílulas e curativos ao longo de toda a cerca, não acham?

Os melhoradores certamente concordavam. Até os menos imaginativos de todos podia visualizar, o efeito grotesco de quase um quilômetro de cerca de madeira "enfeitada" com anúncios. Diante de tal perigo, todos os pensamentos sobre os terrenos da escola e da igreja desapareceram. As regras e os regulamentos foram esquecidos, e Anne, desesperada, parou imediatamente de escrever a ata da reunião. Todos falavam ao mesmo tempo, e o tumulto foi horrível.

— Oh, mantenham a calma e tentemos pensar em uma maneira de impedi-lo! — implorou Anne, que, por sinal, era a mais agitada de todos.

— Não sei como iremos impedi-los — Jane falou rispidamente. — Todo mundo conhece bem Judson Parker. Ele faria qualquer coisa por dinheiro. Não tem o mínimo de espírito comum e estético.

As perspectivas pareciam pequenas. Judson Parker e sua irmã eram os únicos Parker em Avonlea, de modo que nenhuma influência, por meio de conexões familiares, podia ser esperada. A irmã, Martha Parker, era uma mulher de idade avançada, que desaprovava os jovens, em geral, e os melhoradores, em particular. Judson era um homem alegre e persuasivo, tão dócil e gentil que era surpreendente o fato de ter tão poucos amigos. Talvez ele tivesse se dedicado demais às transações comerciais, o que raramente contribui para a popularidade de alguém. Tinha a reputação de ser muito "esperto", e a opinião geral era de que ele não tinha muitos princípios.

— Se Judson Parker tiver uma chance de "ganhar um centavo que seja", como ele mesmo tem o hábito de dizer, jamais a perderá — Fred Wright exclamou.

— Não existe ninguém que exerça alguma influência sobre ele? — Anne perguntou, desesperada.

— Ele costuma visitar Louisa Spencer, em White Sands — sugeriu Carrie Sloane. — Talvez ela possa convencê-lo a não alugar a cerca.

— Não, ela não — Gilbert falou enfaticamente. — Conheço bem Louisa Spencer. Ela "não acredita" em sociedades para melhorias de comunidades, mas acredita, e muito, em dólares e centavos. É mais provável que ela o encoraje a fazer isso, do que o contrário.

— A única coisa a ser feita é eleger um comitê para visitá-lo, e cautelosamente protestar — disse Julia Bell —, e vocês devem enviar meninas, pois, ele dificilmente seria educado com os meninos. Mas eu não vou, então não adianta ninguém me indicar.

— É melhor mandar a Anne sozinha — disse Oliver Sloane. — Se alguém pode convencer Judson, esse alguém é Anne.

Anne protestou. Ela até estava disposta a ir e falar com o senhor Parker; porém, precisava de outras pessoas com ela, para "apoio moral". Portanto, Diana e Jane foram escolhidas para acompanhá-la e apoiá-la moralmente, e os melhoradores se dispersaram, indignados, zumbindo como abelhas zangadas. Anne ficou tão preocupada que só adormeceu quando o sol começava a raiar, e sonhou que os administradores haviam construído uma cerca ao redor do terreno da escola e pintado sobre toda a sua superfície: "Experimente as pílulas roxas".

O comitê visitou Judson Parker, na tarde seguinte. Anne advogou contra seu plano nefasto, e Jane e Diana, valentemente, lhe deram apoio moral. Ele foi cordial, amável, lisonjeiro; prestou-lhes vários elogios pela delicadeza dos girassóis na encruzilhada e, afirmou que se sentia muito mal em recusar um pedido de jovens tão encantadoras. Entretanto, falou, elas tinham de compreender que "negócios são negócios": ele não podia permitir que o sentimento fosse um obstáculo, "nestes tempos tão difíceis".

— Mas ouçam o que farei — ele acrescentou, com uma piscada de olhos claros. — Vou exigir que usem apenas cores bonitas e de bom gosto... vermelho, amarelo, e outras assim. E vou dizer a eles que não devem usar azul, de jeito nenhum.

Derrotado, o comitê se retirou, pensando coisas que não seria adequado dizer aqui.

— Fizemos tudo o que podíamos, e agora devemos simplesmente confiar o futuro à Providência — Jane afirmou, imitando inconscientemente o tom e o modo de falar da senhora Lynde.

— Será que o senhor Allan poderia fazer algo? — Diana sugeriu.

Anne negou balançando a cabeça.

— Não, não adiantaria incomodar e preocupar o senhor Allan, seu bebê está tão doente. Judson escorregaria tão facilmente, quanto fez conosco, embora tenha passado a frequentar a igreja com bastante regularidade atualmente. Mas está fazendo isso unicamente porque o pai de Louisa Spencer é um senhor idoso que dá muita importância a esse tipo de comportamento.

— Judson Parker é o único morador de Avonlea que pensaria em alugar sua cerca — Jane lamentou, resignada. — Nem Levi Boulter ou Lorenzo White, avarentos como são, jamais se atreveriam a fazer isso. Ambos teriam o mínimo de respeito pela opinião pública.

De fato, ao tomar conhecimento de seus planos, a opinião pública condenou a atitude de Judson Parker, mas isso não ajudou muito: ele dava risadinhas, quando estava a sós, e não se importou com que os outros diziam. Na reunião seguinte da Sociedade, os melhoradores estavam tentando se resignar à ideia de ver a parte mais bonita da estrada para Newbridge desfigurada por propagandas, quando Anne se levantou calmamente, assim que o presidente pediu os relatórios dos comitês, e anunciou que o senhor Judson Parker lhe havia solicitado que informasse à Sociedade que ele não alugaria sua cerca para a empresa farmacêutica.

Jane e Diana trocaram olhares, como se fosse difícil de acreditar no que haviam acabado de ouvir. As regras de etiqueta da Sociedade, que, em geral, eram rigorosamente respeitadas, proibiam que seus membros manifestassem abertamente sua curiosidade durante as reuniões, mas, assim que o encontro foi encerrado, Anne foi assediada com perguntas sobre o que tinha feito Judson Parker mudar seus planos. Disse apenas que ele, a havia cercado na estrada, no fim da tarde anterior, e informado que tinha decidido satisfazer a vontade da Sociedade para Melhorias em Avonlea, em relação a não alugar suas cercas para a companhia farmacêutica. Isso foi tudo o que Anne falou, naquele momento e posteriormente; e era a mais pura verdade. Contudo, quando Jane Andrews, durante a volta para casa, confidenciou a Oliver Sloane sua convicção inabalável de que havia mais coisas, por trás da misteriosa mudança de planos de Judson Parker, do que Anne havia revelado, ela também estava dizendo a verdade.

Sendo assim, Anne tinha ido à casa da velha senhora Irving, na estrada da praia, e voltado por um atalho que a levou primeiro a atravessar os campos baixos do litoral e, depois, a um bosque de faias abaixo da propriedade de Robert Dickson, passando por uma pequena trilha que chegaria na estrada principal, acima do Lago das Águas Brilhantes, conhecido por pessoas sem imaginação como "o lago de Barry".

Dois homens estavam sentados em suas charretes encostadas ao lado da estrada, no cruzamento com a trilha que Anne seguia. Um deles era Judson Parker; o outro, Jerry Corcoran, um homem de Newbridge, contra quem — como a senhora Lynde dizia ironicamente — "suspeito nunca ficou provado". Ele era um representante comercial de implementos agrícolas, e um personagem notório nos assuntos políticos. Tinha um dedo seu — algumas pessoas diziam que eram todos os dedos — em cada negociação política feita na região; e, como o Canadá estava às vésperas de uma eleição geral, ele se ocupava, já havia muitas semanas, em angariar votos, em todo o condado, para o candidato de seu partido. Exatamente no momento em que saía de trás de uns galhos de faia, Anne escutou Jerry Corcoran dizer:

— Se você votar em Amesbury, Parker... bem, tenho aquela promissória que você assinou quando comprou aquelas ferramentas agrícolas, na primavera. Ora, suponho que gostaria de tê-la de volta, não é?

— Bo... bom... já que está colocando as coisas dessa maneira... — Judson falou lentamente, com um sorriso de satisfação — penso que vou fazer isso. Afinal, nestes tempos tão difíceis, um homem precisa cuidar de seus próprios interesses.

Nesse momento, ambos viram Anne, e a conversa foi interrompida abruptamente. Ela os cumprimentou com frieza — somente com um aceno de cabeça — e continuou a andar, com o queixo ligeiramente mais erguido do que habitualmente. Logo, Judson Parker a alcançou.

— Aceita uma carona, Anne? — perguntou amigavelmente.

— Não, obrigada — a moça respondeu educadamente, porém com um desdém que atingiu até mesmo a consciência, nada sensível de Judson Parker. O rosto do homem ficou vermelho, e ele puxou as rédeas, com raiva. Porém, no momento seguinte, considerações sensatas o repreenderam. Olhou, ansioso, para Anne, enquanto ela caminhava firmemente, sem desviar os olhos do caminho. Será que tinha ouvido a oferta inequívoca de Corcoran, e sua totalmente explícita aceitação da proposta? Maldito seja Jerry Corcoran! Se não consegue expressar em frases menos perigosas o que quer dizer, vai se meter em encrenca, qualquer dia desses. E maldita seja essa professora ruiva, com essa mania de sair repentinamente de bosques de faias, quando não tinha nada que estar fazendo por lá!

Julgando o que Anne poderia ter escutado — e, como geralmente acontece com as pessoas que fazem isso, se enganando —, Judson Parker concluiu que, se ela realmente tivesse escutado aquela conversa, contaria para todos os moradores da ilha. É verdade que o senhor Parker não dava muito valor à opinião pública, mas ficar conhecido como aquele que aceitou um suborno seria vexatório; e, caso isso chegasse, algum dia, aos ouvidos de Isaac Spencer, adeus para sempre a todas as esperanças de conquistar Louisa Jane, com suas promissoras perspectivas de se tornar a herdeira de um fazendeiro abastado. Afinal, Judson Parker sabia que o senhor Spencer olhava para ele com certa desconfiança e, sendo assim, não podia correr nenhum risco.

— Espere, Anne! Eu estava mesmo querendo falar com você sobre aquele pequeno problema que discutimos outro dia. Depois de pensar melhor, decidi não alugar minha cerca para aquela empresa. Uma Sociedade para Melhorias, com metas como as de vocês, precisa ser encorajada.

— Obrigada — disse Anne, um pouco mais calorosamente.

— E... e... você não precisa mencionar a ninguém aquela minha pequena conversa com Jerry, não é?

— Não tinha intenção de fazer isso — Anne respondeu, agora friamente de novo —, pois tenha a certeza de que veria anúncios pintados em todas as cercas de Avonlea, se evitar isso dependesse de barganhas com pessoas capazes de vender seus votos.

— Claro... claro! — Judson concordou, acreditando que os dois estavam se entendendo perfeitamente. — Não imaginei mesmo que teria. Logicamente, eu estava apenas blefando. Jerry... ele pensa que é extremamente inteligente e esperto. Não tenho nenhuma intenção de votar em Amesbury. Vou votar em Grant, como sempre fiz... você vai ver isso, quando tivermos o resultado da eleição. Eu só testei Jerry, para saber até onde ele iria. E está tudo bem com relação à cerca... você pode dizer isso aos melhoradores.

— São necessários todos os tipos de pessoas para constituir o mundo, como sempre ouvi dizer, mas acho que alguns poderiam ser evitados — Anne falou com seu reflexo no espelho do sótão, naquela noite. — De qualquer modo, eu nunca mencionaria aquela coisa vergonhosa a uma alma sequer, e, portanto, minha consciência está tranquila quanto a isso. Realmente não sei a quem, ou a que, agradecer por esse desfecho. Eu não fiz nada para causá-lo, e é difícil acreditar que a Providência empregue medidas que homens políticos como Judson Parker e Jerry Corcoran usam.

CAPÍTULO XV

O INÍCIO DAS FÉRIAS

Anne fechou a escola. Era um final de tarde tranquilo e brilhante, com ventos que sussurravam nos abetos bordos ao redor do pátio, e as sombras estavam longas e preguiçosas na beira dos bosques, Anne trancou a porta da escola e colocou a chave no bolso, com um suspiro de satisfação. O ano letivo havia terminado, ela havia sido convidada para lecionar no próximo, com muitas manifestações de aprovação — exceto por parte do senhor Harmon Andrews, que lhe disse que ela deveria usar o açoite mais frequentemente —, e dois deliciosos meses de férias muito merecidas acenavam sedutoramente para ela. Anne se sentia em paz com o mundo e consigo mesma, enquanto descia a colina, com sua cesta de flores na mão. Desde que as primeiras flores de maio apareceram, ela não havia deixado, nem uma vez, de fazer sua visita semanal ao túmulo de Matthew. Todos os outros habitantes de Avonlea, com exceção de Marilla, já tinham se esquecido do quieto, tímido e sem importância Matthew Cuthbert. Contudo, sua lembrança ainda estava muito presente no coração de Anne, e assim seria para sempre. Ela nunca poderia esquecer o velho e bondoso senhor, que foi a primeira pessoa a lhe dar o amor e compaixão, que sua infância de abandono não havia lhe dado.

Abaixo na colina, um garoto estava sentado em uma cerca, à sombra dos abetos: um menino de olhos grandes e sonhadores e semblante bonito e sensível. Ele desceu da cerca e, sorrindo, se juntou a Anne; mas havia vestígios de lágrimas em seu rosto.

— Acreditei que poderia esperar a senhorita, professora, pois eu sabia que iria para o cemitério — ele disse, pegando a mão dela.

— Também vou até lá... para colocar este buquê de gerânios na sepultura do vovô Irving, a pedido da vovó. E olhe, professora, vou pôr estas rosas brancas ao lado do túmulo de vovô, em memória de minha mãe... pois não posso ir até o túmulo dela, para colocá-las. Mas a senhorita não acha que ela vai saber que fiz isso?

— Sim, tenho certeza de que vai, Paul.

— Sabe, professora, hoje faz exatamente três anos que minha mãe morreu. É muito, muito tempo, mas ainda dói do mesmo jeito... e eu sinto tanta falta dela quanto sentia no começo. Às vezes, parece que simplesmente não vou conseguir suportar uma dor tão grande.

A voz de Paul ficou fraca e seus lábios tremeram. Ele baixou o olhar na direção das rosas brancas, na esperança de que sua professora não notasse as lágrimas em seus olhos.

— E, mesmo assim — Anne falou mansamente —, você não desejaria que parasse de doer... não desejaria esquecer sua mãezinha, mesmo que isso fosse possível.

— Não, não desejaria mesmo... É justamente desse jeito que eu me sinto. A senhorita compreende tão bem, professora! Ninguém me entende tão bem... nem a vovó, embora ela seja tão boa. Papai me compreende bastante bem, mas não posso falar muito com ele sobre minha mãe, porque isso faz com que ele se sinta muito mal. Quando ele põe a mão no rosto, sei que é hora de parar de falar sobre ela. Pobre papai! Deve estar terrivelmente solitário longe de mim. Imagine, ele não tem mais ninguém agora, a não ser uma governanta, e acha que empregadas não são boas para criar meninos. Papai fica muito tempo longe de casa, cuidando dos negócios. Avós são melhores, depois das mães. Um dia, quando eu já estiver criado, vou voltar a morar com papai, e nunca mais vamos ficar longe.

Paul falou com Anne sobre seus pais, e ela sentiu como se os tivesse conhecido. Imaginou que a mãe do menino, certamente muito parecida com ele, no temperamento e no caráter; e visualizou Stephen Irving como um homem bastante reservado, porém com sentimentos profundos e ternos, que mantinha escrupulosamente escondidos do mundo.

— É difícil familiarizar com papai — Paul havia dito uma vez. — Eu mesmo só o conheci direito depois que minha mãe morreu. Mas ele é legal, depois que o conhecemos bem. Eu o amo mais do que tudo no mundo; depois, vem vovó Irving, e, em seguida, a senhorita, professora. Eu a amaria em segundo lugar, depois de papai, se não fosse meu dever amar vovó nessa posição, porque ela está fazendo muito por mim. A senhorita sabe, professora. Porém, eu gostaria que ela deixasse a lamparina em meu quarto até eu adormecer. Ela a leva embora assim que me põe na cama, porque acha que não devo ser covarde. Eu não tenho medo, só prefiro ficar no claro. Minha mãe sempre se sentava a meu lado e segurava minha mão, até eu cair no sono. Suponho que ela tenha me mimado demais. Mães fazem isso, na maioria das vezes, a senhorita sabe como é.

Não sabia, apesar de poder imaginar. Pensou tristemente em sua mãezinha, a mãe que a achava "perfeitamente bela", que estava enterrada ao lado de seu marido tão jovem, em uma sepultura que não era visitada. Anne não se lembrava de sua mãe e, por essa razão, estava sentindo inveja de Paul.

— Meu aniversário é na próxima semana — Paul disse, enquanto subiam a colina bordo, desfrutando o brilho do sol de junho —, e papai me escreveu dizendo que está me enviando um presente que ele pensa que vou gostar mais do que qualquer outra coisa que ele pudesse me dar. Acho que o presente já chegou, pois vovó está mantendo trancada a gaveta da estante da sala, e isso é novidade. Quando perguntei por que, ela me olhou com um ar misterioso e disse que meninos não devem ser curiosos demais. Fazer aniversário é muito emocionante, não concorda, professora? Vou fazer 11 anos. Olhando para mim, a senhorita acreditaria? Vovó diz que eu sou muito pequeno para minha idade, e que isso é porque não como mingau o suficiente. Eu me esforço o tanto que posso, mas vovó me dá porções tão generosas... Vovó não é nada mesquinha, isso eu posso garantir. Desde que a senhorita e eu tivemos aquela conversa sobre fazer as preces, naquele dia em que estávamos voltando da escola dominical, professora... quando disse que devemos orar por todas as nossas dificuldades... tenho feito minhas preces todas as noites, pedindo a Deus que me dê a graça de conseguir comer todo o meu mingau na manhã seguinte. Mas até hoje não fui capaz, nenhuma vez, e se é porque recebo graça de menos ou mingau demais, realmente ainda não sei. Vovó fala que papai foi criado com mingau e, sem dúvida, no caso dele, isso deu certo; a senhorita precisa ver os ombros de papai... Então, às vezes — Paul concluiu com um suspiro —, eu acho, de verdade, que o mingau vai me matar.

Anne deu um sorriso, já que Paul não estava olhando. Todos os moradores de Avonlea sabiam que a velha senhora Irving criava seu neto de acordo com os bons e velhos princípios morais.

— Não vamos esperar que isso, meu querido — ela disse, animada. — Como estão seus pessoas de pedra? O Gêmeo mais velho continua se comportando bem?

— Tem de se comportar — o menino respondeu. — Sabe que não serei amigo dele, se não for assim. Ele é realmente mal, acredito.

— E Nora já sabe sobre a Dama Dourada?

— Não, mas acho que está suspeitando. Estou certo que ela me espionou, quando fui até a gruta. Não ligo, se ela ficar sabendo... é somente para seu bem, que não quero que descubra... ficará magoada. Mas se ela está querendo descobrir, não tenho como evitar.

— Se fosse até a costa com você uma noite, acha que eu poderia ver seus amigos também?

Paul balançou a cabeça seriamente.

— Não acho que a senhorita veria os meus amigos de pedra. Sou a única pessoa que consegue vê-los. Mas poderia ver os seus exclusivos amigos de pedra. A senhorita consegue. Somos ambos sonhadores. A senhorita sabe disso, professora — Paul acrescentou, apertando carinhosamente a mão dela. — Não é maravilhoso ser desse tipo, professora?

— Maravilhoso! — Anne concordou, enquanto seus brilhantes olhos acinzentados encontravam olhos azuis, também brilhantes.

Anne e Paul sabiam o quanto é maravilhoso o mundo, ao qual a imaginação pode nos levar, e os dois conheciam o caminho para esse mundo feliz. Lá, a rosa do contentamento floresce — e é imortal — em vales e riachos; as nuvens não escurecem o céu ensolarado; os sinos badalam docemente, e nunca saem do tom; e, sobretudo, há uma enorme quantidade de almas irmãs. O conhecimento da geografia desse reino — a leste do sol, a oeste da lua — é um dom inestimável, algo que não pode ser comprado em nenhum mercado, e que só pode ser um presente das fadas bondosas, ao nascermos; uma dádiva que os anos não podem transformar, nem são capazes tomá-la de nós. Sem dúvida, é melhor possuí-la, morando em um sótão, do de que viver em palácios, sem as ter.

O cemitério de Avonlea era um lugar solitário, coberto de relva. Entretanto, os "melhoradores" já tinham planos para ele, e, no início da última reunião da Sociedade, Priscilla tinha lido um artigo sobre cemitérios. A intenção era, em algum momento futuro, substituir a velha cerca de tábuas mofadas e tombadas por uma bela grade de arame, tirar o mato, cortar a grama e concerta os monumentos que estavam quebrados.

Anne colocou flores na sepultura de Matthew, em seguida, foi até o canto de álamos, coberto de sombras, onde estava Hester Gray. Desde o dia do piquenique, na primavera, Anne colocava flores em seu túmulo, sempre que visitava o de Matthew. No dia anterior, ela tinha voltado ao pequeno e deserto jardim, no bosque, e trazido de lá algumas das rosas de Hester.

— Pensei que gostaria delas mais do que outras, querida — ela falou docemente.

Anne ainda estava sentada lá, quando levantou os olhos, e viu a senhora Allan chegar. Então, as duas voltaram para suas casas.

A feição da senhora Allan não era o mesmo da moça recém-casada, que o pastor tinha trazido para Avonlea, cinco anos atrás. Havia perdido alguns de seus traços jovens e corados, e possuía linhas finas perto dos olhos e da boca. Uma pequena sepultura naquele mesmo cemitério era responsável por grande parte delas; e outras, mais novas, surgiram durante a recente doença, agora felizmente curada, de seu filho pequeno. Mas as covinhas da senhora Allan ainda eram tão doces e imprevisíveis como sempre foram, assim como os olhos, tão claros, brilhantes e sinceros; e o que seu rosto havia perdido de beleza juvenil, agora era compensado pela ternura e força conquistadas.

— Suponho que esteja ansiosa para chegar as férias, Anne — ela disse, enquanto saíam do cemitério.

Anne concordou com sinal de cabeça.

— Sim... Estou me sentindo como se tivesse um pedaço de doce debaixo da língua. Acredito que este verão será adorável. Uma das razões para isso é o fato de que a senhora Morgan visitar a ilha em julho, e Priscilla irá trazê-la a nossa ilha. Só de pensar, sinto um dos meus antigos "arrepios".

— Espero que aproveite muito as férias, Anne. Você trabalhou bastante, durante o ano todo, e foi muito bem.

— Oh, não sei. Melhorei muito poucos em vários aspectos! Não fiz tudo o que tinha planejado, quando comecei a lecionar, no outono. Não consegui corresponder a minhas espectativas.

— Nenhum de nós conseguimos sempre — disse a senhora Allan, com um suspiro. — Ora, Anne,você conhece o pensamento de Russell Lowell: "Pior não é o fracasso, mas, sim, ter ideais fracos". Precisamos ter ideais e tentar corresponder a eles, mesmo se nunca tivermos sucesso. Sem eles, a vida seria lamentável; já com eles, é esplêndida, maravilhosa. Nunca desista de seus sonhos, Anne.

— Vou tentar me lembrar. Mas preciso abrir mão da maior parte de minhas teorias — Anne disse, com um sorriso desapontado. — Eu tinha um conjunto de teorias mais bonitas que poderia imaginar, quando comecei a dar aulas na escola, mas cada uma delas falhou, de uma forma ou outra.

— Até mesmo a teoria sobre castigo corporal — a senhora Allan provocou.

Anne ficou chateada.

— Nunca vou me perdoar por ter castigado Anthony.

— Bobagem, querida, ele fez por onde. E precisava daquilo. Desde então, você não teve mais problemas com Anthony Pye, e agora, ele pensa que não há ninguém como você. Você conquistou o garoto, depois que a ideia de que "mulheres não são boas professoras" foi retirada de suas ideias.

— Ele pode até ter merecido, mas não é esse o ponto. Se eu tivesse resolvido calma e deliberadamente açoitá-lo, porque achei que era uma punição justa para ele. A verdade, senhora Allan, é que me deixei levar pela fúria e, por isso, bati no menino daquela forma. Não pensei se era justa...ou injusta. Mesmo que ele não merecesse, teria agido exatamente da mesmo forma. E é isso que me amargura.

— Bem, todos cometemos erros, querida, então, esqueça. Devemos nos arrepender de nossos erros e aprender com eles, mas nunca levá-los junto para o futuro. Gilbert Blythe está indo embora em sua bicicleta... de férias também, voltando para sua casa, acredito. Como estão progredindo em seus estudos?

— Bem. Planejamos terminar a obra de Virgílio, hoje à noite. Faltam apenas vinte versos, depois disso, só retomaremos os estudos em setembro.

— Você acredita que irá para uma faculdade?

— Ah, não sei — Anne olhou sonhadoramente para o horizonte distante. — Os olhos de Marilla nunca irão melhorar, mas, por outro lado, estamos muito gratas por saber que também não ficarão piores. Além disso, temos os gêmeos... não acredito que o tio vai realmente mandar buscá-los, algum dia. Talvez a faculdade esteja após a curva da estrada, mas ainda não cheguei na curva, e não penso muito sobre isso, para não ficar triste.

— Bem, eu gostaria de vê-la em uma universidade, Anne; contudo, se isso nunca acontecer, não fique triste. Afinal, podemos construir nossa felicidade onde quer que estejamos... a universidade só tornaria mais fácil. A vida pode ser grande ou pequena, de acordo com o que colocamos nela, e não com o que tiramos dela. Ela pode ser rica e plena aqui... ou em qualquer outro lugar... se soubermos como abrir nossos corações para sua riqueza e felicidade.

— Compreendo o que está querendo me dizer — disse Anne, meditando —, e tenho tanto a agradecer, tanto; meu trabalho, Paul Irving, os gêmeos queridos... e todos os meus queridos amigos. Sabe, senhora Allan, sou tão grata à amizade! Embelezam tanto a nossa vida!

— Não tenha dúvida, uma amizade sincera é algo muito confortante — a senhora Allan concordou. E devemos ter um ideal elevado a respeito dela, jamais machucá-la com qualquer falha na verdade ou na sinceridade. Receio que a palavra amizade seja, muitas vezes, degradada para se referir a um tipo de intimidade que nada tem a ver com uma amizade sincera.

— Sim, como a de Gertie Pye e Julia Bell. As duas são muito amigas, e vão a todos os lugares juntas, mas, pelas costas, Gertie está sempre difamando Julia, e todos pensam que ela tem inveja, pois gosta quando alguém critica Julia. Eu acho que é um sacrilégio chamar isso de amizade. Se temos amigos, devemos procurar ver apenas o que há de melhor neles, e lhes oferecer o melhor que há em nós, a senhora não acha? Sendo assim, a amizade é a coisa mais linda do mundo.

— A amizade é muito linda — a senhora Allan sorriu —, mas, um dia...

Ela se silenciou subitamente. No rosto pálido a seu lado, com seus olhos grandes e feições versáteis, ainda havia mais traços de uma menina do que de uma mulher. Até então, o coração de Anne conhecia apenas sonhos de amizade e desejos, e a senhora Allan não gostaria de afastá-la de sua doce inconsciência. Sendo assim, deixou que o futuro completasse aquela frase.

CAPÍTULO XVI

A ESSÊNCIA DA EXPECTATIVA DAS COISAS

Anne! — Davy exclamou, subindo no lustroso sofá de couro, na cozinha de Green Gables, onde Anne lia uma carta sentada —, estou com uma fome terrível. Você não faz ideia.

— Posso pegar um pedaço de pão com manteiga para você, daqui a um minutinho — ela respondeu, sem dar muita atenção; Era evidente que sua carta continha notícias interessantes, pois suas bochechas estavam rosadas como as flores no grande arbusto grandes, e seus olhos brilhavam, tanto quanto só os olhos de Anne seriam capazes.

— Mas não estou com fome de pão com manteiga — Davy reclamou, desgostoso. — Estou com fome de bolo de ameixa!

— Ah! — Anne sorriu, colocando de lado a carta e, lhe dando um abraço bem apertado –, esse é um tipo de fome que pode esperar, Davy. Você sabe que uma das regras de Marilla é de não comer nada entre as refeições, a não ser, pão com manteiga.

— Então, me dê um pedaço de pão... por favor.

Enfim, Davy tinha aprendido a dizer "por favor", mas sempre essas palavras vinham depois de reflexões. Quando Anne voltou com o pão, o garoto olhou com aprovação para a generosa fatia que ela trouxera.

— Você sempre põe muita manteiga, Anne. Marilla espalha só um pouquinho. O pão escorrega pela garganta muito mais facilmente quando tem um montão de manteiga.

A fatia "escorregou" realmente com muita facilidade, a julgar pela rapidez com que comeu. Em seguida, Davy deslizou do sofá para o chão, deu duas cambalhotas sobre o tapete, sentou-se e anunciou, determinado:

— Anne, já me decidi sobre o céu. Não quero ir para lá.

— Por que não? — a moça perguntou, séria.

— Porque o céu é no sótão de Simon Fletcher! E não gosto dele.

— O céu... no... no sótão de Simon Fletcher? — Anne titubeou, perplexa demais até para sorrir. — Davy Keith, quem lhe falou tão absurda ideia na sua cabeça?

— Milty Boulter falou que o céu é lá. Foi no domingo passado, na escola dominical. A lição era sobre os profetas Elias e Eliseu, e eu me levantei e perguntei à senhorita Rogerson onde era o céu. A senhorita Rogerson pareceu ofendida! De qualquer modo, ela já estava zangada, porque, quando tinha nos perguntado o que Elias deixou para Eliseu quando foi para o céu, Milty Boulter lhe respondeu "As roupas velhas", e todos rimos sem pensar. Eu queria que a gente pudesse pensar antes, e fazer depois; assim, a gente deixaria de fazer tantas bobagens. Mas acho que Milty não queria faltar ao respeito. Só não conseguiu pensar na resposta. Aí a senhorita Rogerson disse que o céu é onde Deus está, e falou que eu não deveria fazer perguntas assim. Milty me cutucou e disse bem baixo: "O céu está no sótão do tio Simon, e eu vou te explicar no caminho de nossa casa". Então, quando estávamos voltando da escola dominical, ele me explicou. Milty é muito bom para explicar as coisas. Mesmo quando ele não sabe nada sobre o assunto, ele inventa um monte de histórias, e a gente acredita como se fosse verdade. A mãe dele é irmã da senhora Simon, e ele foi com ela ao funeral, quando a prima, Jane Ellen, morreu. O Ministro disse que ela tinha ido para o céu, mas Milty viu que ela estava deitada no caixão, bem na frente de todos. Depois, ele achou que tinham carregado o caixão para o sótão. Bem, quando acabou, Milty e a mãe subiram para buscar o chapéu dela, e, ele perguntou para o Ministro onde era o céu e onde Jane Ellen estava. A mãe apontou para o teto e disse: "Lá em cima". Milty sabia que só tinha o sótão em cima do teto e, portanto, foi assim que ele descobriu tudo. Desde este dia, ele morre de medo de visitar seu tio Simon.

Anne colocou Davy em seu colo, e fez o melhor que pôde para esclarecer a complicação de entendimento teológico. Ela era mais preparada para essa tarefa do que Marilla, pois se lembrava da própria infância e tinha uma compreensão instintiva das ideias surpreendentes que crianças de 7 anos de idade têm, às vezes, sobre assuntos que são, obviamente, muito claros e simples, somente para os adultos. Anne tinha convencido Davy de que o paraíso não ficava no sótão de Simon Fletcher quando Marilla voltou do jardim, onde ela e Dora tinham colhido vagens de ervilhas. Dora era uma pequena alma diligente, e nunca estava mais feliz do que quando "ajudava" em várias pequenas tarefas adequadas aos seus dedos gordinhos. Alimentava as galinhas, pegava coisas que caíam no chão, secava pratos, levava e trazia muitos recados. Era asseada, confiável e observadora; nunca havia necessidade de ensiná-la, mais de uma vez, a fazer alguma coisa, e a menina jamais se esquecia de cumprir suas pequenas tarefas. Davy, ao contrário, era bastante desatento e esquecido. Entretanto, nascera com a grande virtude de se fazer amar, sendo claro que Anne e Marilla já o amavam mais.

Enquanto Dora descascava ervilhas, Davy fazia pequenos barcos com as vagens — mastros com palitos de fósforo, e velas de papel —, Anne contou a Marilla sobre conteúdo lindo de sua carta.

— Marilla, o que acha? Recebi uma carta de Priscilla, dizendo que a senhora Charlotte E. Morgan está na ilha e, se a quinta-feira ficar com bom tempo, elas pretendem visitar Avonlea. Devem chegar por volta do meio-dia, vão passar a tarde conosco e, antes do anoitecer, irão se hospedar no hotel de White Sands. Porque alguns dos amigos americanos da senhora Morgan estão hospedados lá. Marilla, isso não é empolgante? Mal posso acreditar que não estou sonhando!

— Posso assegurar, que a senhora Morgan é igualzinha a qualquer outra pessoa — Marilla respondeu sem entusiasmo, embora ela estivesse um pouco entusiasmada sim. A senhora Morgan era famosa, e uma visita dela não era um simples acontecimento. — Então elas virão para almoçar?

— Sim, Marilla! Posso, eu mesma, fazer todos os pratos do almoço? Quero achar que posso fazer algo pela autora de *O jardim dos botões de rosa,* mesmo sendo apenas preparar um almoço. A senhora não se importaria, não é?

— Meu Deus! Não gosto tanto assim de ficar perto de um fogo quente, em pleno verão, a ponto de ficar chateada porque você vai fazer isso em meu lugar. Seja bem-vinda à cozinha.

— Ah, muitíssimo obrigada! — Anne agradeceu, como se Marilla tivesse acabado de fazer um grande favor. — Vou fazer o menu hoje mesmo, à noite.

— É melhor você não querer inventar — Marilla advertiu, um pouco apreensiva pelo som esnobe da palavra menu. — Você pode acabar se enrolando.

— Ah, não vou fazer nenhuma comida refinada, se a senhora se refere a tentar preparar comidas que não estamos acostumas a servir em ocasiões festivas — Anne garantiu. — Isso seria muita prepotência, embora eu saiba que não possuo tanto bom senso e equilibrio emocional, quanto uma garota de 17 anos e professora deveria ter, não sou ingênua a tal ponto. Porém, quero que tudo seja tão perfeito e delicioso quanto for possível. Davy, tire essas vagens nos degraus da escada da cozinha, alguém pode escorregar! De entrada uma sopa leve... a senhora sabe que faço uma sopa de cebola adorável; prato principal, duas aves assadas. Até escolhi os dois galos. Sinto uma grande afeição por aqueles galos, que são de estimação, desde que a galinha cinza chocou só os dois... bolinhas de penugem amarelas. No entanto, sei que um dia eles teriam de ser sacrificados, e certamente não poderia haver uma ocasião mais adequada do que essa. Mas, Marilla, não serei capaz de matá-los... nem mesmo pelo bem da senhora Morgan. Vou ter de pedir a John Henry Carter para vir até aqui e fazer isso por mim.

— Eu faço — Davy disse —, desde que Marilla segure as pernas, pois acho que vou precisar de minhas duas mãos para manejar a machadinha. É estranho ver as aves pulando depois que suas cabeças são cortadas!

— Os acompanhamentos serão ervilhas, feijão, batatas com creme e salada de alface — Anne concluiu. Já a sobremesa, tortas de limão com merengue, café, queijo e biscoitos champanhe. Farei as tortas e os biscoitos amanhã, além de ajustar o vestido de musselina branca. Tenho que avisar Diana esta noite, pois ela vai querer preparar o dela também. As heroínas da senhora Morgan estão vestidas de musselina branca, na maioria das vezes, e Diana e eu já tínhamos decidido que era o que usaríamos, se algum dia tivéssemos a oportunidade de nos encontrar com ela. Vai ser uma homenagem tão linda, não acha,

Marilla? Davy, querido, você não pode enfiar as cascas de ervilhas nas frestas do chão! Convidarei também o senhor e a senhora Allan e a senhorita Stacy, pois estavam ansiosos para conhecer a senhora Morgan. É uma ótima coincidência, ela nos visitar quando a senhorita Stacy está aqui em Avonlea. Davy, querido, não coloque as vagens na água do balde... vá brincar com elas no cocho dos cavalos, lá fora! Oh, torcerei para que quinta-feira seja um dia bonito! Acho que vai ser, porque tio Abe disse, ontem à noite, quando visitou o senhor Harrison, que choveria praticamente a semana toda.

— É um bom sinal — Marilla concordou.

Ao cair daquela noite, Anne se dirigiu a Orchard Slope para contar a novidade a Diana, que também ficou muito ansiosa, e as duas discutiram sobre o assunto, sentadas na rede na sombra do grande salgueiro do jardim dos Barry.

— Oh, Anne, será que posso ajudá-la a preparar o almoço? — Diana suplicou. — Você sabe que minha salada de alface é esplêndida.

— É claro que pode — Anne falou animada. — E quero também que me ajude com a decoração. Pretendo fazer da sala de visitas, um caramanchão muito florido, e a sala de jantar será enfeitada com rosas silvestres. Oh, eu espero que dê certo. As heroínas da senhora Morgan nunca se metem em encrencas, nem ficam em desvantagem; além disso, são sempre confiantes, seguras de si e ótimas donas de casa. Você lembra que Gertrude, em *Dias em Edgewood,* que cuidava da casa para seu pai quando tinha apenas 8 anos? Eu mal sabia fazer qualquer coisa, nesta idade, exceto tomar conta de crianças. A senhora Morgan deve saber tudo sobre garotas, já que escreveu tanto sobre elas; e quero realmente que ela tenha uma boa opinião a nosso respeito. Já imaginei tudo, de várias maneiras diferentes, como ela é, o que vai dizer e o que falarei. E estou angustiada com meu nariz, Diana! Tem sete sardas, como pode ver. Apareceram depois do piquenique da Sociedade para Melhorias, porque saí e fiquei muito tempo exposta ao sol, sem chapéu. Mas seria ingratidão ficar preocupada com elas, quando eu deveria estar grata por não estarem espalhadas sobre todo o rosto, como era no passado. Porém, assim mesmo, queria que não estivessem... todas as heroínas da senhora Morgan têm uma pele tão linda... Não consigo me lembrar de nenhuma delas que tivesse sardas.

— Essas suas não são notáveis facilmente — Diana a confortou. — Experimente passar suco de limão sobre elas, antes de ir para a cama.

No dia seguinte, Anne fez suas tortas e biscoitos, ajustou o seu vestido de musselina e varreu e tirou o pó de todos os cômodos — um procedimento totalmente desnecessário, pois a casa de Green Gables já estava, como sempre, tão limpa e arrumada quanto Marilla fazia questão de mantê-la. Mesmo assim, Anne achou que um simples grão de poeira, em uma casa que teria a honra de receber uma visita de Charlotte E. Morgan, seria um desleixo. A moça limpou até o armário de bagunças, debaixo da escada, apesar de não existir nem a mais remota possibilidade de sua convidada ilustre ver o interior.

— Quero sentir que tudo está na mais perfeita ordem, mesmo sabendo que ela não vai ver este armário — Anne explicou a Marilla. — Sabe, em seu livro *Chaves Douradas*, a senhora Morgan faz com que suas duas heroínas, Alice e Louisa, adotassem como lema os versos de *Longfellow*:

Nos primórdios da arte,
os construtores erguiam, com todo o zelo,
cada detalhe e invisível parte,
pois os olhos dos deuses veem tudo.

— Com isso, elas sempre varriam as escadas, e nunca se esqueciam de varrer debaixo das camas. Eu ficaria com a consciência pesada se soubesse que este armário estava desarrumado, enquanto a senhora Morgan estivesse na casa. Desde que lemos *Chaves douradas*, em abril deste ano, Diana e eu adotamos aqueles versos como nosso lema também.

Na mesma noite, John Henry Carter e Davy sacrificaram os dois galos brancos. Anne os preparou em seguida; era uma tarefa sempre muito desagradável para ela, mas que, no caso, estava glorificada, a seus olhos, pelo destino que as aves roliças teriam.

— Não gosto de depenar — disse a Marilla —, mas não é bom, não sermos obrigados a pôr nossa alma naquilo que nossas mãos estão fazendo? Na prática, preparei os galos com minhas mãos; porém, em minha imaginação, simplesmente vagarei pela Via Láctea.

— O que penso disso é que você deixou muito mais penas espalhadas sobre o chão do que de costume — Marilla comentou.

Depois, Anne pôs Davy na cama e fez com que ele prometesse se comportar perfeitamente bem no dia seguinte.

— Se amanhã eu for tão bom menino quanto posso ser, durante o dia todo, você me deixa ser tão ruim quanto eu gosto, no dia seguinte? — Davy perguntou.

— Eu não poderia prometer — Anne respondeu. — Entretanto, prometo levar você e Dora a um passeio de barco a remo, no lago; podemos desembarcar na margem do outro lado, atravessar as dunas e fazer um piquenique.

— Trato feito! Vou me comportar muito bem, pode apostar, Anne. Eu tinha pensado em ir até a casa do senhor Harrison e usar minha espingarda de brinquedo nova para atirar ervilhas em Ginger, mas posso fazer isso outro dia, não tem problema. Acho que amanhã vai ser como um domingo, mas um piquenique na praia deve compensar isso.

CAPÍTULO XVII

UM CAPÍTULO CHEIO DE ACIDENTES

Anne se levantou três vezes naquela noite, e fez peregrinações até a janela para ter certeza que a previsão de tio Abe, não se confirmaria.

Finalmente o dia amanheceu, perolado e acetinado, com um céu cheio de brilho e esplendor, e o grande dia havia chegado.

Logo depois do café da manhã, Diana apareceu com uma cesta de flores em um dos braços, e seu vestido de musselina sobre o outro: afinal, não era uma boa ideia vesti-lo antes que os preparativos para o almoço fossem concluídos. Enquanto isso não acontecia, ela usou seu vestido informal, de tecido estampado rosa, e um avental de linho assustadora e maravilhosamente cheio de pregas e babados. E como Diana estava elegante, bonita e rosada!

— Você está encantadora! — Anne elogiou, admirando.

Diana suspirou.

— Anne, terei quee alargar todos os meus vestidos... de novo! Estou pesando quase dois quilos a mais do que em julho. Aonde isso vai parar? As heroínas da senhora Morgan são todas altas e esbeltas...

— Bem, vamos deixar as preocupações e pensar em nossas alegrias — Anne sugeriu, alegremente. — A senhora Allan costuma dizer que sempre que pensamos em algo que é preocupante para nós, devemos pensar também em alguma coisa boa, que compense aquilo. Assim, se você está um pouquinho acima do peso, pense que possui as mais belas covinhas. E se meu nariz é sardento, sei que o formato é belo. Diana, olhe bem, você acha que o suco de limão fez diferença?

— Sim, creio que sim — Diana afirmou, com ar crítico. Então, muito animada, Anne se dirigiu para o jardim, que estava repleto de sombras suaves e oscilantes luzes douradas.

— Temos que decorar a sala de visitas. Há bastante tempo, pois Priscilla disse que chegariam por volta do meio-dia e meia. Portanto, serviremos o almoço à uma hora.

Naquela momento poderia até ter duas garotas mais felizes e entusiasmadas em algum lugar do Canadá ou dos Estados Unidos, mas duvido. Cada corte da tesoura, que soltava uma rosa, peônia ou jacinto parecia cantarolar: "A senhora Morgan vem aqui hoje". Anne se perguntava como o senhor Harrison conseguia ceifar o feno, no campo do outro lado da alameda, como se nada estivesse para acontecer.

A sala de visitas de Green Gables era bastante formal e sombrio, com móveis marrons, cortinas rendadas e engomadas, estofados cobertos com mantas brancas, sempre dispostas em ângulos eretos, exceto quando se prendiam nos botões das roupas de convidados. Nem mesmo Anne havia conseguido dar mais vida e leveza àquele lugar, pois Marilla nunca permitiu qualquer alteração. Contudo, é maravilhoso o que fazem as flores, se lhes damos oportunidade: quando Anne e Diana terminaram seu trabalho, a sala estava irreconhecível.

Um jarro grande e azul, cheio de rosas, enfeitava a mesa cuidadosamente lustrada. A superfície preta da chaminé estava enfeitada com rosas e samambaias; os cantos escuros de ambos os lados da lareira estavam iluminados com jarros cheios de peônias carmesim brilhantes, e o vão parecia em chamas, repleto de papoulas amarelas. Além disso, havia, em cada prateleira da estante, papoulas amarelas. Todo esplendor de cores e formas — misturado com a luz do sol, que atravessava as videiras de madressilva do lado de fora das janelas, criando sombras dançantes sobre as paredes e o chão — tinha transformado a sala, geralmente triste e sombria, no verdadeiro "caramanchão" da imaginação de Anne, e até causado admiração em Marilla, que entrou pensando em criticar, mas ficou para elogiar o trabalho das duas meninas.

— Agora, precisamos arrumar a mesa — Anne falou, com um tom semelhante ao de uma cerimonialista, prestes a realizar alguma cerimônia sagrada. — Vamos pôr uma grande variedade de rosas silvestres no centro, e uma única rosa na frente do prato de cada um, com exceção da senhora Morgan: em frente ao prato dela, vamos colocar um buquê especial de botões — uma menção a *O jardim de botões de rosa,* você sabe.

Estava posta a mesa na sala de jantar, com a toalha de linho mais bonita de Marilla e o que ela possuía de melhor em porcelana, cristal e prata. Nem é preciso dizer, claro, que cada peça colocada sobre a mesa havia sido previamente lavada e polida, até atingir o mais alto grau de perfeição em limpeza, brilho e perfeição.

Anne e Diana foram para a cozinha, onde aromas apetitosos estavam impregnado no ambiente e emanavam do forno, pois as aves já estavam dourando esplendidamente. Anne preparou as batatas, e Diana se dedicou às ervilhas e ao feijão. Depois, enquanto Diana, sozinha na despensa, compunha a salada de alface, Anne, cujas bochechas já começavam a ficar muito vermelhas e brilhantes, tanto pelo entusiasmo quanto pelo calor do fogo, cozinhou um molho especial para os galos, descascou e picou as cebolas para a sopa, e, por fim, bateu o merengue para as tortas de limão.

O que fazia Davy durante todo esse tempo? Estaria fazendo sua promessa de se comportar? De fato, estava. Para dizer a verdade, ele havia insistido em permanecer na cozinha, pois sua curiosidade o levou a querer ver tudo o que acontecia por ali. E, como ficou sentado tranquilamente em um canto, muito ocupado em desfazer os nós de um pedaço de rede de pesca que tinha trazido de sua mais recente visita à praia, que ninguém se opôs.

Às onze e meia, a salada de alface estava pronta, os círculos dourados das tortas de limão estavam cobertos de merengue, tudo o que deveria borbulhar ou chiar, por causa do fogo, estava preparado.

— É melhor nos vestirmos, agora — Anne falou —, já que elas devem estar aqui ao meio-dia, mais ou menos. Precisamos almoçar pontualmente às 13 horas, porque a sopa tem de ser servida assim que estiver pronta.

Foram meticulosos os ritos de asseio e embelezamento no sótão, naquele final de manhã. Anne observou ansiosamente para seu nariz, no espelho, e se alegrou ao ver que as sardas não estavam, de modo algum, salientes, graças ao suco de limão ou, talvez, ao rubor pouco frequente em suas bochechas. Quando as duas moças ficaram prontas, tinham uma aparência tão doce, feminina e bela quanto a das heroínas da senhora Charlotte E. Morgan.

— Espero realmente, no fundo do meu coração, ser capaz de dizer alguma coisa, de vez em quando — Diana declarou, ansiosa. — Não quero ficar sentada, parada, como se fosse uma muda. Todas as heroínas da senhora Morgan conversam tão encantadoramente bem! Tenho medo de ficar calada o tempo todo e dar a impressão de que minha língua está amarrada. Oh, e sei também que vou acabar dizendo "vi ela". Depois das aulas da senhorita Stacy, eu raramente falo isso, mas, em momentos emocionantes, o erro escapa de minha boca. Anne, se eu disser "vi ela" diante da senhora Morgan, vou morrer de vergonha. E será tão ruim quanto não ter o que falar.

— Estou tensa por vários motivos — Anne disse —, mas creio que eu não esteja com medo de não falar nada.

E, para lhe fazer justiça, não estava mesmo.

Com um avental bem grande, Anne cobiru seu glorioso vestido de musselina e desceu para terminar a sopa. Marilla já tinha se aprontado e vestido as crianças também, e parecia mais animada do que nunca. Ao meio-dia e meia, a senhorita Stacy e Allan chegaram. Tudo corria muito bem, mas Anne começou a ficar apreensiva. Certamente, já havia passado da hora de Priscilla e a senhora Morgan chegarem. A moça fazia caminhadas frequentes até o portão, e olhava ansiosamente para a alameda, quanto na história de Barba Azul, espiava pela janela da torre.

— E imaginem se elas não vierem...? — perguntou lastimando.

— Nem pense nisso, seria cruel — retrucou Diana, que, no entanto, estava começando a ter dúvidas desconfortáveis sobre o assunto.

— Anne — Marilla chamou, vindo da sala —, a senhorita Stacy quer ver o prato de porcelana azul da senhorita Barry.

Rapidamente, Anne buscou o prato no armário da sala de jantar. Conforme prometeu à senhora Lynde, tinha escrito para a senhorita Barry, de Charlottetown, pedindo a louça emprestada. A senhorita Barry, grande amiga de Anne, emprestou o prato rapidamente, junto com uma carta na qual recomendava muito cuidado com ele, pois havia custado uma pequena fortuna. O prato tinha cumprido sua função na feira da Sociedade de Ajuda Humanitária, e devolvido ao armário de Green Gables, já que Anne não confiava em mais ninguém, a não ser ela mesma, para levá-lo de volta a cidade.

Ela trouxe o prato cuidadosamente até a porta da frente, onde seus convidados apreciavam a brisa fresca que vinha do riacho, e ele foi examinado e admirado. Então, quando Anne já tinha o prato nas mãos novamente, ouviu-se um terrível estrondo e, em seguida, vindos da despensa, ruídos de vidro se quebrando. Marilla, Diana e Anne correram para lá, sendo que a última parou apenas o tempo suficiente para colocar o precioso prato rapidamente sobre o segundo degrau da escada.

Ao chegar à despensa, elas se depararam com um espetáculo verdadeiramente devastador: um garoto pequeno, com ar de culpa, descendo com dificuldade da mesa, com seu blusão para ocasiões especiais, estava generosamente lambuzado de creme e, sobre a mesa, repousavam os destroços, despedaçados, do que tinham sido duas lindas tortas de limão cobertas de creme.

Davy tinha desfeito os nós da rede de pesca e enrolado os fios de modo a criar uma bola. Em seguida, tinha ido à despensa para colocá-la na prateleira acima da mesa, onde já mantinha umas vinte bolas similares que, até onde se sabe, não serviam a nenhum propósito útil a não ser propiciar a alegria da posse. Davy tinha de subir na mesa, em um ângulo perigoso, para alcançar a prateleira, algo que já havia sido proibido por Marilla de fazer, desde uma frustrada tentativa anterior, que foi um fracasso. O resultado, dessa vez, foi desastroso. O garoto resvalou e despencou diretamente sobre as tortas. Seu blusão limpo ficou arruinado para aquela ocasião, e as tortas, para sempre. No entanto, uma perda geralmente acaba sendo bom para alguém e, por fim, os porcos foram os únicos quem se beneficiaram.

— Davy Keith! — Marilla exclamou, sacudindo-o pelos ombros —, eu não proibi você de subir novamente na mesa? Não foi?

— Eu esqueci — Davy resmungou. — A senhora me diz para não fazer tanta coisa, que não consigo me lembrar de todas elas.

— Então, vá para seu quarto e fique lá até depois do almoço! Talvez você consiga organizar as coisas em sua memória e lembrar do que não pode fazer, durante esse tempo. Não, Anne, não interceda! O garoto não está sendo castigado porque estragou suas tortas de limão... isso foi um acidente. Estou punindo Davy pela desobediência, em subir a mesa. Vá, menino, agora!

— Sem almoço? — ele reclamou.

— Você pode descer, depois que o almoço terminar, e comer na cozinha.

— Está bem — Davy respondeu, um pouco aliviado. — Sei que Anne vai guardar uns bons ossos para mim, não vai, Anne? Você sabe que não caí sobre as tortas de propósito. Diga, Anne, já que elas estão destruídas mesmo, eu não poderia levar uns pedaços lá para cima?

— Nada de torta de limão para você, senhor Davy! — Marilla exclamou, levando-o para o corredor.

— O que vamos servir como sobremesa? — Anne perguntou, olhando tristemente para os destroços das tortas.

— Pode pegar um pote de morangos em conserva — Marilla falou, consoladora. — Ainda tem bastante merengue na tigela, para acompanhar o morango.

O relógio chegou a uma hora... e nada de Priscilla ou da senhora Morgan voltarem. Anne estava angustiada. Tudo estava certo para servir, cada prato havia sido calculado com exatidão, e a sopa estava exatamente como uma sopa de cebola deve estar, mas ninguém podia garantir que permaneceria assim por muito mais tempo.

— Tudo indica que elas não vêm mais — disse Marilla.

Anne e Diana procuraram conforto nos olhos uma da outra.

Com meia hora de atraso, Marilla veio novamente da sala.

— Meninas, vamos almoçar. Todos estamos com fome, e não faz sentido esperarmos mais. Priscilla e a senhora Morgan não vêm, está claro, e aguardá-las não vai nos consolar.

Anne e Diana começaram a servir o almoço, mas todo o deleite da performance e entusiasmo haviam desaparecido.

— Não vou conseguir comer — Diana, lamentou.

— Eu também não. Mas, pela senhorita Stacy e pelo senhor e a senhora Allan, espero que corra tudo bem.

Quando serviu as ervilhas na travessa, Diana experimentou um pouco, e uma expressão bastante peculiar surgiu em seu rosto.

— Anne, você colocou açúcar nas ervilhas?

— Sim — Anne respondeu, enquanto espremia as batatas —, coloquei uma colher cheia de açúcar. Sempre fazemos isso. Você não gosta?

— Mas coloquei uma colher cheia também, antes de levá-las ao forno.

Anne soltou as batatas e experimentou as ervilhas. Então, fez uma cara feia.

— Está horrível! Nunca me passou pela cabeça que você adicionaria açúcar aqui, pois sei que sua mãe nunca põe. Por milagre, me lembrei de colocar... sempre esqueço... então, adicionei uma colher bem cheia...

— Muitas cozinheiras em uma só cozinha acontece isso — disse Marilla, que havia escutado a conversa, com uma ligeira expressão de culpa no rosto. — Jamais imaginei que você se lembraria do açúcar, Anne, pois tenho certeza de que isso nunca aconteceu antes, por isso, eu adicionei uma colher cheia...

Os convidados que estavam na sala, escutaram gargalhadas vindas da cozinha, mas nunca souberam qual era o motivo. Contudo, não houve ervilhas verde sobre a mesa de almoço naquele dia.

— Bem, de qualquer modo, temos asalada, e não acredito que tenha acontecido nada de ruim com o feijão. Vamos levar a comida e almoçar. — Anne falou, recuperando, com um suspiro, a serenidade.

Não se pode dizer que o evento foi um notavél evento social. Os Allans e a senhorita Stacy se esforçaram para contornar a situação, e a serenidade habitual de Marilla, não foi visivelmente perturbada. Entretanto, Anne e Diana, tendo sentido tanto entusiasmo e ansiedade até o final daquela manhã e, logo depois, um desapontamento tão profundo, não conseguiram falar, nem comer nada. Anne tentou, heroicamente, participar da conversa, em atenção aos convidados, mas, naquelas circunstâncias, todo o seu brilho havia sido apagado e, apesar de seu grande amor pelo senhor e pela senhora Allan, assim como pela senhorita Stacy, ela não pôde deixar de pensar em como seria bom quando todos tivesse ido para casa e ela pudesse enterrar sua decepção e fadiga nos travesseiros do quartinho no sótão.

Há um provérbio antigo que, às vezes, parece realmente verdadeiro: "Uma desgraça nunca vem sozinha". Os infortúnios daquele dia ainda não estavam completos. No exato momento que o senhor Allan havia acabado de fazer as preces, todos escutaram um barulho alto e estranho na escada, como se algum objeto duro e pesado estivesse caindo, batendo em cada degrau, até, por fim, se despedaçar ruidosamente no chão do corredor. Todos correram até lá, e Anne soltou um grito de espanto.

No início da escada, estava uma concha grande e rosa, entre os fragmentos do que havia sido o prato de porcelana azul da senhorita Barry; e, no topo da escada, Davy, ajoelhado e aterrorizado, observava, com olhos arregalados, o que tinha causado.

— Davy — Marilla perguntou, transtornada —, você jogou essa concha de propósito?

— Não, juro que não — o menino soluçou. — Eu só estava ajoelhado aqui, quieto e calado, olhando para vocês, pelo corrimão da escada, quando meu pé esbarrou nessa coisa aí, e ela caiu... oh, estou morrendo de fome... Marilla, eu só queria que a senhora me desse uma surra e acabasse com isso de uma vez, em lugar de sempre me mandar para o quarto, onde perco toda a diversão.

— Não culpe Davy — Anne falou, enquanto recolhia os fragmentos. — O erro foi meu. Coloquei o prato no degrau e me esqueci completamente dele. Já estou devidamente punida por meu descuido. Mas o que a senhorita Barry vai dizer?

— Bem, você sabe que tia Josephine apenas comprou essa peça e, portanto, não é tão grave quanto se fosse uma herança de família — Diana falou, tentando aliviar a aflição de Anne.

Os convidados foram embora logo após o almoço, sentindo que essa era a medida a ser tomada; e as duas amigas lavaram a louça, falando menos do que nunca. Terminado o trabalho, Diana foi para sua casa com uma dor de cabeça terrível, e Anne se dirigiu, com outra dor igualmente forte, para o sótão do leste, onde permaneceu até Marilla voltar do correio, ao pôr do sol, trazendo uma carta de Priscilla, escrita na véspera. A senhora Morgan tinha torcido o tornozelo gravemente, impossibilitando de sair de seu quarto.

"Anne, querida" — Priscilla escreveu —, "eu sinto muito, mas creio que realmente não vamos mais poder ir a Green Gables dessa vez, já que, quando o tornozelo de titia estiver curado, ela já terá voltado para Toronto. Ela deverá retornar para lá em breve."

— Então, achei que a ideia da visita da senhora Morgan era boa demais para ser verdade, Anne suspirou. Mas espere... não leve para o modo pessimista de falar da senhorita Eliza Andrews, e me sinto envergonhada por pensar assim... acontecem coisas tão boas. Afinal, não era bom demais para ser verdade... Coisas tão boas quanto isso, ou até muito melhores, acontecem de verdade comigo, o todo tempo. E suponho também que tudo o que se sucedeu hoje até tem um lado engraçado. Quem sabe, quando Diana e eu estivermos idosas e grisalhas, não vamos poder rir disso tudo? Mas acho que não posso esperar que isso aconteça antes de ficarmos velhas, porque foi realmente uma decepção bastante amarga.

— É provavel que irá sofrer muitas decepções, e piores do que essa, em sua vida — Marilla afirmou, acreditando honestamente que estava dizendo palavras consoladoras. — A impressão que tenho, Anne, é de que você nunca vai superar essa sua mania de se empolgar excessivamente com certas coisas.

— Sei que crio muita espectativa quanto a isso — Anne concordou. — Quando penso que alguma coisa boa vai ocorrer, pareço voar bem alto, nas asas da expectativa; e, muitas vezes, quando dou por mim, já fui ao chão, com um grande baque. Porém, na verdade, Marilla, a parte em que estou voando é perfeitamente gloriosa, enquanto dura... É como atravessar o pôr do sol. Acho que quase compensa o baque posterior.

— É, talvez seja — Marilla admitiu. — Particularmente, prefiro seguir o percurso da vida tranquilamente, sem voar e cair. Entretanto, cada um tem sua maneira de viver... Eu costumava achar que só havia um caminho correto, mas, desde que tive você e os gêmeos para criar, não tenho mais tanta certeza disso. O que pretende fazer em relação ao prato da senhorita Barry?

— Pagar o que ela gastou para comprá-lo, suponho. Estou feliz por não ser uma relíquia antiga, porque caso contrário, nenhum dinheiro poderia recompensá-la.

— Talvez encontre uma peça parecida,e a compre para ela...

— Acho que não. Pratos bem antigos como aqueles, são raros. A senhora Lynde não conseguiu achar nenhum para a feira da Sociedade de Ajuda Humanitária. Eu bem que queria poder encontrar um, pois a senhorita Barry não se importaria de ter outro semelhante, contanto que fosse igualmente antigo e autêntico. Marilla, veja aquela estrela grande, sobre o bosque de bordos do senhor Harrison, com toda aquela paz divina no céu prateado à sua volta! Tenho a sensação de que é como uma prece. Afinal, quando se pode ver estrelas e céus assim, pequenas decepções e acidentes não importam tanto, não acha?

— Aonde está Davy? — Marilla perguntou, com um olhar indiferente.

— Na quarto. Prometi levar Dora e ele a um piquenique na praia amanhã. É claro que o acordo que fizemos previa que ele fosse um bom menino hoje. Mas, ao menos ele tentou se comportar bem... e não tive coragem de desapontá-lo.

— Você e os gêmeos vão acabar se afogando, com essa história de remar naquele bote no lago — Marilla reclamou. — Moro aqui há sessenta anos e, até hoje, nunca fui naquele lago.

— Mas, nunca é tarde para mudar isso! — disse Anne astuta. — Quem sabe a senhora vem conosco amanhã. Podemos trancar Green Gables e passar o dia todo na praia, esquecidos do resto do mundo.

— Não, agradeço! — respondeu Marilla, bastante enfática. — Seria um belo quadro, não seria? Eu, num bote, remando naquele lago! Acho que até posso ouvir as palavras de Rachel sobre isso... Veja, Anne, lá está o senhor Harrison, indo a algum lugar. Você acha que existe alguma verdade nos rumores de que ele tem visitado Isabella Andrews?

— Tenho certeza de que não é verdade. Ele foi lá apenas uma vez, para negociar com o senhor Harmon Andrews. A senhora Lynde o viu e disse que sabia que queria cortejar Isabella, só porque ele estava usando uma camisa de colarinho branco. Não acredito que o senhor Harrison se case algum dia. Ele parece ter preconceito contra o casamento.

— Bem, nunca se pode afirmar nada sobre velhos solteirões. E se ele estava mesmo usando colarinho branco, concordo com Rachel que isso parece suspeito, pois posso afirmar que nunca vimos ele dessa maneira antes.

— Acredito que ele só usou a camisa, porque queria fechar um acordo de negócios como senhor Harmon Andrews — Anne discordou. — Eu o ouvi dizer, uma vez, que essa é a única ocasião em que um homem deve se preocupar com a aparência, já que, se ele aparentar prosperidade, é bem provável que a outra parte não tente lhe dar um golpe. Sinto muito pelo senhor Harrison: não penso que ele seja feliz com a vida que leva. Deve ser muito solitário não ter ninguém, exceto um papagaio, a senhora não acha? Porém, percebo que ele não gosta que sintam pena dele. Ninguém gosta dele.

— Veja Gilbert, subindo a alameda. Se quiser ir com ele, a um passeio de barco no lago não deixe que esqueça o casaco e suas botas. Vai cair muito sereno nesta noite.

CAPÍTULO XVIII

UMA AVENTURA NA ESTRADA DAS HISTÓRIAS

Anne — disse Davy, sentando-se na cama e apoiando o queixo nas mãos —, onde ficamos quando dormimos? As pessoas dormem toda noite, e eu sei, claro, que é onde eu faço as coisas que eu sonho, mas quero saber onde fica, e como a gente vai lá, e depois volta, sem saber nada sobre esse lugar... E, ainda por cima, acordamos de pijama de novo, como estávamos quando caímos lá. Onde fica o sono?

Anne estava ajoelhada diante da janela do sótão, observando o pôr do sol, que parecia uma grande flor, com pétalas da cor do açafrão e miolo amarelo brilhante. Virou a cabeça para Davy e respondeu sonhadoramente:

— Fica sobre as montanhas da lua e, abaixo do vale da sombra.

Paul Irving teria entendido o significado disso, ou, caso contrário, teria criado sua própria imaginação. Davy, prático — e, como Anne sempre observava com desespero, não possuia o mínimo de imaginação —, apenas ficou mais confuso e insatisfeito.

— Anne, acho que você está dizendo bobagens para mim.

— Claro que sim, meu querido. Então, não sabe que só tolos falam coisas sérias o tempo todo?

— Penso que você poderia me dar uma resposta séria, quando faço uma pergunta séria — Davy retrucou, injuriado.

— Oh, você ainda é muito pequeno para entender isso! Contudo, Anne sentiu vergonha do que havia acabado de falar: não tinha sido ela mesma que — muitos anos antes, quando ouvia respostas como essa — tinha jurado solenemente que, ao se tornar adulta, nunca diria a nenhuma criança que ela era pequena demais para entender? E, ainda assim, ali estava ela, fazendo exatamente isso

— Bem, estou me esforçando o possível para crescer — disse Davy —, mas não consigo apressar muito isso. Se Marilla não fosse mesquinha com suas geleias, acho que eu cresceria bem mais rápido.

— Marilla não é mesquinha, Davy — Anne o repreendeu severamente. — É ingratidão de sua parte falar isso.

— Tem outra palavra que quer dizer a mesma coisa e soa bem melhor, mas não consigo lembrar qual é — Davy falou, franzindo a testa ao pensar. Marilla disse outro dia.

— Se você quer dizer econômica, isso é uma coisa bem diferente de ser mesquinha. Ser econômica é uma qualidade excelente no caráter de uma pessoa. Se Marilla fosse mesquinha, não ficaria com você e Dora, quando a mãe de vocês morreu. Você queria ter sido criado pela senhora Wiggins?

— Claro que não! — Davy foi enfático nesse ponto. — E nem quero ir morar com o tio Richard. Prefiro mil vezes ficar por aqui, mesmo Marilla sendo essa palavra comprida aí, quando se trata de geleia; sabe por que, Anne? Porque você está aqui. Diga, Anne, você não pode me contar uma história antes de eu cair no sono? Mas não quero um conto de fadas. Eles são bons para meninas, suponho. Quero uma história emocionante... com muitos assassinatos, tiros, uma casa em chamas e coisas interessantes desse tipo.

Por sorte, Marilla chamou Anne ao seu quarto, exatamente nesse momento.

— Anne, Diana está fazendo sinais para você, sem parar. É melhor ver o que deseja.

Anne correu até a janela do sótão e viu lampejos de luz, no crepúsculo, vindos da janela de Diana em cinco piscadas, o que de acordo com seu antigo código infantil: "Venha aqui quando puder, pois tenho uma coisa importante para falar". Então, jogou seu xale branco sobre a cabeça e atravessou apressadamente o Bosque Assombrado e o pasto do senhor Bell, rumo a Orchard Slope.

— Trago boas notícias para você, Anne — Diana falou. — Mamãe e eu acabamos de chegar de Carmody, no armazém de Mary Sentner e Senhor Blair, de Spencervale. Ela me disse que as senhoras Copp, que moram na Estrada das Histórias, possuem um prato de porcelana azul, que ela acredita ser exatamente igual ao que estava no Bazar. E disse que elas querem vendê-lo, pois nunca se ouviu dizer que Martha Copp, alguma vez, tivesse mantido a posse de alguma coisa que ela pudesse vender. Mas, ainda que, elas não quiserem vender o prato, há outro, na loja de Wesley Keyson, em Spencervale, que ela tem certeza de que está à venda. Mas, ela não soube dizer se esse é do mesmo tipo daquele de tia Josephine.

— Amanhã vou direto a Spencervale procurar esse prato — Anne afirmou, decidida. E você tem de ir comigo, Diana! Irei tirar um peso muito grande, pois preciso ir à cidade depois de amanhã, e como ficar frente a frente com a senhorita Josephine, sem ter nas mãos a peça de porcelana? Seria até pior, do que aquela vez em que tive de me confessar, por termos pulado sobre a cama do quarto de hóspedes.

As duas amigas riram da antiga lembrança... caso algum leitor não a conhecer e estiver curiosidade, devo referenciá-lo à história em Anne de Green Gables.

Na tarde seguinte, as duas iniciaram sua expedição à procura do prato. Eram cerca de dez milhas entre Avonlea e Spencervale, e o dia não estava agradável para viajar. Estava muito quente e não ventava; além disso, a poeira na estrada era tanta quanto se pode esperar, depois de seis semanas de clima seco.

— Ah, como eu gostaria que chovesse logo! — Anne suspirou. — Está tudo tão árido... Os campos estão me causando pena, e as árvores parecem estender os braços, implorando por chuva. Quanto ao meu jardim, você nem imagina como me entristeço. Mas suponho que não devo reclamar por um jardim, quando as plantações dos fazendeiros estão sofrendo em suas colheitas. O senhor Harrison disse que seus pastos estão queimados, e que suas vaquinhas mal conseguem encontrar algo para comerem. Falou que se sente culpado com os animais, toda vez que seu olhar encontra os deles.

Após uma viagem exaustiva, elas chegaram a Spencervale e entraram na Estrada das Histórias, um caminho verde e solitário, onde as relva, entre as marcas das rodas de charretes, comprovavam seu quase abandono. Em sua maior parte, a estrada era margeada por um aglomerado de abetos jovens vermelhos, com clareiras aqui e acolá, nas quais se viam cercas de fazendas de Spencervale ou tocos de árvores *ipilobium e solidago.*

— Por que ela se chama Estrada das Histórias? — Anne perguntou.

— O senhor Allan diz que é pela mesma razão que chamam um lugar de bosque, quando não existem árvores. Ninguém mais mora ao longo desta estrada, além das meninas Copp e do velho Martin Bovyer, que fica no outro extremo, e é um liberal. O governo Tory abriu esta estrada, quando estava no poder, só para mostrar que trabalhava.

O pai de Diana era Liberal e, por essa razão, elas nunca conversavam sobre política, já que os habitantes de Green Gables sempre tinham sido conservadores.

Finalmente, as duas chegaram à antiga propriedade das Copp, um lugar que apresentava tamanho esmero, que nem Green Gables chegaria ao mesmo nível de cuidado. A casa era estilo antiga, situada em uma encosta, o que exigiu a construção de um porão de pedra sob uma de suas extremidades. Tanto ela quanto as construções adicionais estavam todas branqueadas de cal, com uma perfeição impressionante, e nenhum mato ou erva daninha era visível no jardim primoroso, ao redor da cozinha, por uma cerca branca.

— As janelas estão fechadas — Diana comentou, melancolicamente. — Acho que não tem ninguém em casa.

Fora esta a verdade. As duas se entreolharam, desapontadas.

— Não sei o que fazer! — disse Anne. — Se tivessemos certeza de que o prato é mesmo igual, não me importaria de esperar até elas voltarem. Mas, se não for, pode ficar tarde demais para irmos até à loja de Wesley Keyson.

Diana olhou para uma janela pequena, acima do porão.

— É a janela da despensa, tenho certeza, porque esta casa é exatamente igual à de tio Charles, em Newbridge. Lá, a janela da despensa fica exatamente naquele local. E a persiana não está fechada; então, se subíssemos no telhado daquela casinha ao lado, poderíamos olhar para a despensa e ver o prato. Você acha que isso seria errado?

— Não, creio que não — Anne respondeu, após refletir. — Afinal, nossa motivação não é uma simples curiosidade.

Anne se preparou para escalar a já mencionada "casinha antiga", uma construção de madeira com telhado pontiagudo, que, no passado, servira como habitação para patos. As meninas Copp haviam desistido de criar patos — "porque são aves verdadeiramente pouco higiênicas" —, e a construção já estava em desuso há alguns anos, exceto como morada temporária de galinhas poedeiras. Embora ela estivesse cuidadosamente caiada, sua estrutura tinha ficado um pouco instável, e Anne se sentiu bastante insegura depois que subiu em um barril, colocado em cima de uma caixa.

— Não aguentará meu peso — disse, enquanto punha o pé cautelosamente sobre o telhado.

— Apoie-se no beiral da janela — Diana aconselhou. E, para sua grande alegria, viu pela vidraça, um prato de porcelana azul exatamente igual ao que procurava, sobre uma prateleira bem em frente à janela. E foi só o que viu antes que a catástrofe acontecesse. Em seu entusiasmo, esquecendo o quanto aquele telhado era precário e frágil, Anne se distraiu e deixou de se apoiar no peitoril da janela e, ainda por cima, deu um pequeno pulo de felicidade. No momento seguinte, ela já havia atravessado o telhado, que se rompeu, e estava pendurada, apoiando-se nas axilas e completamente incapaz de sair dali. Diana correu para dentro da antiga casa de patos e, pegando a amiga pela cintura, tentou puxá-la.

— Ai! Não! — gritou Anne — Tem algumas farpas compridas presas em mim. Veja se acha alguma coisa para pôr sob meus pés... Assim, talvez seja possível sair por cima do que restou do telhado.

Rapidamente, Diana buscou o barril, e Anne achou que ele era suficientemente alto para garantir um lugar seguro para colocar seus pés. Contudo, ela não conseguiu se soltar

— Se eu subisse, acha que poderia puxar você?

Anne balançou a cabeça, sem esperança.

— Não... as ripas estão machucando. Se você puder encontrar um machado, creio que consegue me soltar. Oh, estou realmente começando a acreditar que nasci sob uma estrela de maus presságios.

Diana procurou atenta e cuidadosamente, mas não encontrou nenhum machado.

— Vou ter de sair em busca de ajuda — ela afirmou, voltando à "prisioneira".

— Não, não vai, de jeito nenhum — Anne foi veemente. — Se fizer isso, essa história vai se espalhar muito depressa, e eu vou ficar com vergonha demais de mostrar meu rosto. Não, temos apenas de esperar as meninas Copp voltarem, e convencê-las a manter segredo. Elas sabem onde está o machado, e vão me libertar. Não estou desconfortável, contanto que me mantenha completamente imóvel... quer dizer, meu corpo não está desconfortável. Pergunto-me por quanto as meninas Copp avaliam esta casinha. Vou ter de pagar pelo dano que causei, mas nem me importaria com isso, se, pelo menos, pudesse ter certeza de que elas entenderiam a razão que me levou a espiar pela janela de sua despensa. Meu único consolo é que o prato é exatamente o que preciso, e, se a senhorita Copp concordar em vendê-lo, vou me resignar com tudo o que aconteceu.

— E se as meninas Copp não voltarem para casa até a noite? Ou até amanhã? — Diana supôs.

— Se não voltarem até crepúsculo, você vai ter de procurar outra ajuda... eu acho — Anne falou relutante —, mas não deve ir, por enquanto, até que realmente seja necessário. Oh, que situação horrível! Meus infortúnios não seriam tão dolorosos se fossem românticos, como sempre são os das heroínas da senhora Morgan; mas, ao contrário, os meus são frequente e simplesmente ridículos. Imagine o que as meninas Copp vão pensar, quando entrarem em sua propriedade e virem a cabeça e os ombros de uma moça saindo do telhado da casinha onde criavam patos. Ouça... é uma charrete? Não, Diana, acho que foi um trovão.

Sem dúvida alguma, foi um trovão, e Diana, após fazer uma inspeção apressada ao redor da casa, voltou e anunciou que uma nuvem muito negra estava se formando rapidamente ao noroeste.

— Creio que vamos ter um temporal! — ela disse, preocupada. — Oh, Anne, o que vamos fazer?

— Temos de nos preparar — Anne respondeu tranquilamente; afinal, naquela situação,uma tempestade parecia uma coisa à toa, em comparação ao que já havia acontecido. — É melhor você levar o cavalo e a charrete para aquele galpão aberto. Felizmente, minha sombrinha está na charrete. Tome... leve meu chapéu. Marilla falou que eu era uma tola por colocar meu melhor chapéu para vir à Estrada das Histórias, e, como sempre, ela estava certa.

Diana desamarrou o cavalo e levou com a charrete até o galpão, exatamente quando as primeiras gotas pesadas da chuva caíram. Em seguida, levou a sombrinha para Anne e voltou para o galpão, observando o temporal, que foi tão forte que ela mal conseguia enxergar a amiga, que segurava bravamente a sombrinha sobre a cabeça desnuda. Foram poucos trovões, mas a chuva caiu intensamente por quase uma hora. De vez em quando, Anne inclinava a sombrinha, de um modo encorajador, acenava para a amiga. No entanto, uma conversa àquela distância estava completamente fora de questão. Finalmente, a chuva cessou, o sol saiu e Diana se aventurou pelas poças do quintal.

— Você ficou muito molhada? — perguntou.

— Não — Anne respondeu, aliviada. — Minha cabeça e meus ombros estão praticamente secos, e minha saia está só um pouco úmida, onde a chuva atravessou as ripas. Não tenha pena de mim, Diana; afinal, não estou nem um pouco chateada. Fiquei pensando nos benefícios que essa chuva vai trazer, e em como meu jardim deve estar contente por causa dela. Imaginei o que os botões e as flores pensaram quando as gotas começaram a cair. Inventei um diálogo verdadeiramente interessante entre as margaridas, as ervilhas-de-cheiro, os canários pousados nos arbustos de lilás e o espírito guardião do jardim. Quando estiver em casa, quero escrever isso. Gostaria de ter aqui lápis e papel para anotar tudo agora, porque poderei ter esquecido as melhores partes antes mesmo de chegarmos.

Diana tinha um lápis consigo, e encontrou um papel de embrulho em um compartimento dentro da charrete. Anne fechou a sombrinha ensopada, pôs novamente o chapéu, desdobrou o papel de embrulho sobre uma telha que Diana providenciou e escreveu seus versos campestres, em condições que mal poderiam ser consideradas favoráveis à literatura. Entretanto, o resultado foi muito bom, e Diana ficou enlevada quando Anne leu o diálogo para ela.

— Oh, Anne, como é lindo... é simplesmente maravilhoso. Você tem de enviar isso para a revista *A mulher canadense.*

Anne balançou a cabeça.

— Oh, não seria adequado, sem enredo nessas palavras. São só fantasias. Gosto de escrever essas coisas, mas é evidente que nada jamais seria publicado, pois os editores insistem em enredos...

como Priscilla diz. Oh, a senhorita Sarah Copp está ali. Por favor, Diana, vá falar com ela.

A senhorita Sarah Copp era uma mulher pequena e estava usando um velho vestido preto, e um chapéu escolhido menos por vaidade do que por suas qualidades práticas. Ela pareceu tão perplexa quanto se poderia esperar de alguém que se deparasse com aquela cena em seu próprio quintal. Porém, quando ouviu a explicação de Diana, foi extremamente solidária. Destrancou rapidamente a porta dos fundos, achou o machado e, com alguns golpes habilidosos, libertou Anne do telhado. Esta cansada e dolorida, pôde apoiar os pés no piso de sua prisão e, muito grata, caminhar novamente em liberdade.

— Senhorita Copp — ela disse, séria — eu lhe asseguro que olhei pela janela de sua despensa, para ver se a senhorita possui realmente um prato antigo de porcelana azul. Não vi mais nada... não olhei mais nada.

— Está tudo bem — disse a senhorita Copp amigavelmente. — Você não precisa se preocupar... não fez nada demais. Graças a Deus, mantemos nossas despensas apresentáveis o tempo todo e, por isso, não nos importamos que seja visto o interior. E quanto àquela velha casa de patos, estou contente de ver que o telhado desabou, pois talvez agora Martha concorde em nos livrarmos dela. Até hoje, minha irmã não quis demolir a casinha, porque sempre achou que um dia poderíamos precisar dela. E era sempre eu quem tinha de caiar esse barracão, toda primavera. Entretanto, argumentar com Martha é como falar com um poste. Ela foi à cidade, hoje, e eu a acompanhei até a estação. Você disse que quer comprar meu prato? Quanto esta disposta a pagar?

— Vinte dólares, disse Anne, que pensava esta preparada para negociar com a senhorita Copp; caso contrário, não teria feito uma oferta de imediato.

— Bem, vamos analisar — a senhorita Sarah respondeu pensativa. — Então, esse prato é meu, senão eu não ousaria vendê-lo sem a presença de Martha. Mesmo assim, garanto que ela vai fazer confuão. Digo que Martha manda aqui, podem acreditar. Sabe, estou ficando cansada de viver sob o ditame de uma mulher. Mas entrem! Vocês devem estar realmente exaustas e famintass. Vou fazer o melhor que puder para servi-las uma refeição, mas aviso que não devem esperar, mais do que, pão com manteiga e conservas. Martha sempre tranca com chaves os bolos, o queijo e as compotas, antes de ir. Ela diz que é sou muito extravagante com comidas, quando temos visitas.

Anne e Diana estavam famintas o suficiente para aceitar qualquer comida, e apreciaram muito o pão com manteiga e as conservas da senhorita Sarah. Quando a refeição finalizaou, senhorita Sarah disse:

— Ainda não sei se quero vender o prato. Mas asseguro que vale vinte e cinco dólares. É uma porcelana antiquíssima.

Diana cutucou o pé da amiga por baixo da mesa, o que significava: "Não concorde; ela venderá por vinte". Mas, Anne não pretendia se arriscar, em relação àquele prato que era precioso e, consequentemente, concordou tão depressa em pagar o preço exigido, que a senhorita Sarah Copp pareceu se arrepender de não ter cobrado um valor ainda maior.

— Então, você pode ficar com ele. Quero o dinheiro que puder me entregar agora. O fato é que — a senhorita Sarah levantou a cabeça, com ar de importância e orgulho nas bochechas — vou me casar com Luther Wallace! Ele se apaixonou por mim faz vinte anos. Eu gostava muito dele , naquela época, mas Luther era pobre e papai não permitiu. Sei que eu não deveria ter aceitado, mas eu era tímida e tinha medo de papai. Além disso, tinha ideia que homens eram raros.

Quando as duas garotas já estavam a uma distantes dali, Diana guiando e Anne segurando cautelosamente, a valiosa porcelana sobre o colo —, a vegetação fresca e solitária da Estrada das Histórias, foi alegrada pelas risadas das meninas.

— Amanhã, Tia Josephine irá se divertir com as histórias estranha e cheia de eventos desta tarde. Passamos por experiências memoráveis, mas agora acabou. Consegui comprar a porcelana, e a chuva abaixou a poeira. Assim, "Tudo está bem quando termina bem".

— Ainda não chegamos em casa — Diana comentou —, e não podemos saber o que ainda pode acontecer, antes de chegarmos lá. Você é especial para aventuras, Anne.

— Viver aventuras é normal para algumas pessoas — Anne afirmou serenamente. — Ou você nasce com esse dom de vivê-las , ou simplesmente não.

CAPÍTULO XIX

SIMPLESMENTE UM DIA FELIZ

Anne sempre dizia a Marilla: — No final das contas —, acredito que os melhores e mais doces dias não são aqueles em que alguma coisa muito empolgante, maravilhosa ou emocionante acontece, mas sim, os que proporcionam pequenos prazeres, seguindo-se sucessivamtente, como pérolas se soltando do colar.

Assim é a vida em Green Gables, cheia de dias que as aventuras e desventuras de Anne, assim como as das outras pessoas, não aconteciam todas de uma só vez; eram distribuídas durante todo o ano, entre longas sequências de dias felizes e vazios, cheios de trabalho, sonhos, risadas e lições. Podemos citar um desses dias, como o que aconteceu no final de agosto. Pela manhã, Anne e Diana atravessaram o lago com o bote, levando os gêmeos até a costa para colher ervas aromáticas e remar sobre ondas, nas quais o vento soprava como uma melodia, aprendida quando o mundo ainda era jovem.

À tarde, Anne desceu à antiga casa de Irving para fazer uma visita a Paul. Ela o encontrou deitado sobre a grama, ao lado do bosque espesso de abetos que cercava a casa, ao norte, absorto em um livro de contos de fadas. Ao vê-la, levantou-se alegremente.

— Estou tão contente por ter vindo, professora! — exclamou, com muito entusiasmo. — Vovó não está em casa! A senhorita vai ficar aqui e tomar o chá comigo, não vai? É tão solitário tomar o chá sozinho... a senhorita sabe, professora. Pensei seriamente em pedir à jovem Mary Joe para se sentar à mesa e tomar o chá comigo, mas acho que vovó não aprovaria. Ela fala que os franceses têm-se mantidos em seus lugares. Mas, de qualquer forma, é mesmo difícil conversar com a jovem Mary Joe. Ela apenas ri e diz: "Bem, você ganha de todos que conheço". Não é essa a minha ideia de conversa.

— Mas é óbvio que vou ficar para o chá! — Anne disse alegremente. — Estava aguardando ser convidada! Minha boca saliva sempre que penso naqueles biscoitos amanteigados preparados por sua avó, desde aquela vez que tomei o chá aqui.

Paul estava muito contido.

— Se dependesse de mim, professora — ele disse, com as mãos nos bolsos e o pequeno rosto repentinamente encoberto pela angústia —, a senhorita poderia comer todos os biscoitos amanteigados, mas quem decide é Mary Joe. Vovó recomendou ao sair, que não me desse nenhum desses biscoitos, porque são fortes para o estômago de meninos. Mas talvez Mary Joe ofereça alguns para a senhorita, se eu prometer que não comerei. Vamos torcer!

— Isso mesmo! — concordou Anne, cujo modo otimista de pensar coincidia exatamente com essas últimas palavras de Paul Irving. — E, se Mary Joe se mostrar insensível, a ponto de não me dar nenhum dos biscoitos amanteigados de sua avó, não tem o menor problema; portanto, você não deve se preocupar com isso.

— Tem certeza de que não vai mesmo se importar, se ela não lhe der nenhum? — ele perguntou ansiosamente.

— Certeza, meu querido.

— Então, não irei me preocupar — suspirou aliviado —, especialmente porque acredito que Mary Joe vai dar ouvido à razão. Ela não é uma pessoa com pouco juízo, mas aprendeu por experiência, que não vale a pena desobedecer às ordens da vovó. Afinal, vovó é uma mulher muito boa, mas as pessoas devem fazer o que ela diz. Sabe, hoje de manhã, ela ficou muito satisfeita comigo, porque finalmente consegui comer todo o meu prato de mingau. Foi um grande esforço, mas consegui. Vovó diz que acha que ainda vai fazer de mim um grande homem. Mas, professora, quero lhe fazer uma pergunta muito importante; a senhorita vai responder com sinceridade, não vai?

— Vou tentar responder — Anne prometeu.

— A senhorita acha que tenho cabeça fraca? — ele perguntou, como se sua verdadeira existência dependesse da resposta da moça.

— Por Deus, não, Paul! — exclamou Anne, perplexa. — É claro que não! Como essa ideia foi parar em sua cabeça?

— Foi Mary Joe, mas ela não sabe que escutei. Verônica , a moça que ajuda a senhorita Peter Sloane, visitou Mary Joe ontem à noite, e ouvi a conversa delas na cozinha, quando passava pelo corredor. Mary Joe falou: "Aquele Paul é um menino maluquinho. Fala cada maluquice! Acho que tem problema". Então, demorei muito a dormir, pois fiquei pensando nisso e me perguntando se Mary Joe estava certa. Por algum motivo, não tive coragem de perguntar à vovó sobre isso, mas resolvi que ia perguntar à senhorita. Estou tão contente de saber que não acha que estou com cabeça fraca.

— Óbvio que não, Paul! Mary Joe é uma moça boba e ignorante, e você nunca deve levar a sério nada do que ela diz — Anne falou, indignada e pensando uma maneira discreta de fazer para a senhora Irving entender que era aconselhável segurar as bobagens de Mary Joe.

— Ufa, fiquei aliviado — disse Paul. — Estou tranquilo agora, professora, graças à senhorita. Não seria nada bom ter alguma coisa errada na minha cabeça, não acha? Suponho que o motivo que leva Mary Joe a pensar que tenho algum problema mental é que, às vezes, conto para ela o que penso sobre as coisas.

— É uma prática bastante perigosa — Anne admitiu, lembrando-se de suas próprias vivências passadas.

— Bem, falarei a senhorita Mary Joe, e ela vai poder ver, por si mesma, se existe algo estranho neles — disse Paul —, mas vou esperar anoitecer. É nessa hora, que fico aflito para contar coisas para as pessoas e, quando não tem mais ninguém para me ouvir, eu tenho de falar com Mary Joe. Mas, se isso a leva a imaginar que estou doido, não vou mais falar com ela. Vou suportar minha aflição, mas não falarei.

— E se a aflição se tornar insuportável, venha até Green Gables e me conte seus pensamentos — sugeriu Anne, com toda a seriedade que sempre cativava as crianças, que tanto amam ser levadas a sério.

— Sim, eu virei. Mas, espero que Davy não esteja lá, porque ele faz caretas para mim. Não me incomoda porque sei que ele é um menino pequeno ainda, e eu já sou bem maior, mas, mesmo assim, não é nada agradável ver alguém fazer caretas. E Davy faz umas pavorosas! Às vezes, receio que ele nunca consiga recuperar suas feições normais. Ele faz isso na igreja, onde todos deveriam estar pensando em coisas sagradas. Por outro lado, Dora gosta de mim, e eu gosto dela, mas não o mesmo tanto que antes de eu saber que ela falou com Minnie May Barry que quer se casar comigo, quando eu crescer. Eu posso até me casar com alguém, depois que eu crescer, mas ainda estou muito novo para pensar nessas coisas, a senhorita não acha, professora?

— Bastante jovem — Anne concordou.

— Por falar em casar, me faz lembrar outra coisa que está me incomodando. A senhorita Lynde esteve aqui, tomando o chá com vovó na semana passada, e vovó me pediu para mostrar para ela, o retrato de minha mãezinha... aquela que papai me enviou como presente de aniversário. Não queria mostrá-la para a senhorita Lynde, porque, mesmo sabendo que ela é uma mulher bondosa e gentil, ela não é um tipo de pessoa para quem a gente queira mostrar a foto de nossa mãe. A senhorita compreende, professora. Mas claro que obedeci a vovó. Então, a senhorita Lynde comentou, que ela era muito bonita, mas que tinha uma aparência de atriz, e que deveria ser bem mais jovem do que papai. Depois falou: "Qualquer dia desses, é provavel que seu pai se case novamente. O que vai achar de ter uma nova mãe, senhor Paul?". Bem, a ideia quase me espantou, mas eu nunca deixaria a senhorita Lynde perceber isso. Portanto, apenas olhei diretamente para o rosto dela... assim... e disse: "Senhorita Lynde, papai foi inteligente ao escolher minha primeira mãe e, posso confiar em sua escolha caso haja uma segunda vez". E, de fato, confio nele, professora. Mas, mesmo assim, espero que ele, se algum dia, quiser me dar uma nova mãe, peça minha opinião sobre ela antes que seja tarde demais. Veja, Mary Joe está vindo nos chamar para o chá. Vou consultá-la sobre os biscoitos amanteigados.

Como resultado da conversa, Mary Joe trouxe mais biscoitos e um doce de fruta em calda. Anne serviu o chá, e ela e Paul fizeram uma refeição agradável na antiga e pouco iluminada sala de estar, cujas janelas estavam abertas para as brisas do mar. Falaram tantas "bobagens" que Mary Joe ficou verdadeiramente escandalizada, e disse a Verônica, na noite seguinte, que *mademoiselle* era tão diferente, quanto Paul. Depois do chá, o garoto levou Anne a seu quarto, para lhe mostrar a foto de sua mãe, o misterioso presente de aniversário que a senhorita Irving, havia escondido na gaveta da estante da sala. O quarto pequeno e com o teto baixo era, um redemoinho de raios avermelhados de sol, que estava se pondo sobre o mar, e sombras dançantes dos pinheiros que cresciam junto da sua janela. Nesse ambiente de esplendor e fascínio, destacava-se um rosto suave e feminino, com doces olhos maternos, em um retrato pendurado na parede em frente aos pés da cama.

— Ali está minha mãezinha — disse Paul, com amor e orgulho. — Pedi à vovó que o colocasse ali, onde eu pudesse ver mamãe, assim que abrisse os olhos, todas as manhãs. Agora, não me importo mais de não ter nenhuma luz no quarto quando vou dormir, porque me sinto como se minha mãe estivesse bem aqui comigo. Papai sabia o que eu queria de presente de aniversário, embora nunca tenha me perguntado. Não é maravilhoso pensar em como os pais realmente sabem?

— Sua mãe era admirável, Paul, e você se parece com ela. Porém, o cabelo e os olhos dela são mais escuros do que os seus.

— Meus olhos são iguais a cor dos de papai — o menino explicou, enquanto corria pelo quarto para amontoar sobre o assento, todas as almofadas que encontrava –, mas o cabelo de papai é cinza. Ele tem muitos fios, mas todos são grisalhos. A senhorita pode imaginar isso, pois, afinal, ele tem quase cinquenta anos. É uma idade bem avançada, não é? Mas é somente por fora que ele é maduro. Por dentro, é tão jovem quanto qualquer de nós. Agora, professora, sente-se aqui, por favor, e eu vou me sentar a seus pés. Posso apoiar minha cabeça em seus joelhos? Era assim que minha mãe e eu costumávamos nos sentar. Eu acho isso esplêndido!

— Agora, gostaria de ouvir aqueles pensamentos, que Mary Joe achou tão malucos — Anne pediu, fazendo cafuné nos cachos sobre seus joelhos. Paul nunca precisou que o convencessem a contar seus pensamentos; pelo menos, quando se tratava de almas gêmeas.

— Eles vieram à minha mente, quando eu estava no bosque de pinheiros — Paul disse sonhadoramente. — É óbvio que não acredito neles, mas não pude deixar de tê-los. Oh, professora, a senhorita sabe como é. Então, eu quis contar esses pensamentos para alguém, mas não tinha mais ninguém em casa, exceto Mary Joe. Ela estava na despensa, fazendo pão; eu me sentei no banco, a seu lado, e disse: "Mary Joe, você sabe o que estou pensando? Acho que a estrela da tarde parece um farol na terra que as fadas habitam". E Mary Joe respondeu: "Bem, você é diferente. Não existe fada não". Naquele momento, fiquei muito bravo. Óbvio que eu sabia que fadas não existem, mas isso não me impede de imaginar. A senhorita entende, professora. Mas tentei de novo e disse, pacientemente: "Bem, Mary Joe, você sabe o que penso? Acho que um anjo caminha sobre o mundo, depois que o sol se põe... Um anjo grande, alto e branco, com asas prateadas dobradas sobre as costas, que canta para as flores e os pássaros dormirem. As crianças podem ouvi-lo, quando sabem como fazer isso". Então, Mary Joe ergueu as mãos cobertas de farinha e repetiu: "Ora, cê é o minino mais isquisito. Cê me faz ficar cum medo danado!". E ela realmente parecia assustada. Depois disso, saí e sussurrei o resto de meus pensamentos para o jardim. Professora, tinha uma bétula no jardim, e ela morreu. Vovó acha que foi a maresia que a matou. Mas eu penso que foi a dríade dela, que, por ser muito tola, resolveu sair para ver o mundo, e acabou se perdendo. A coitada da árvore ficou tão solitária que partiu seu coração.

— Quando a pobre dríade se cansar do mundo e voltar para sua árvore, o coração dela que ficará partido — Anne acrescentou.

— Isso mesmo. Mas, quando dríades são bobas, elas têm de sofrer as consequências, como se fossem pessoas reais — disse Paul, muito sério. — Você sabe o que eu penso sobre a lua nova, professora? Eu acho que é um pequeno barco de ouro, cheio de sonhos.

— Sim, e quando ele encosta em uma nuvem, alguns sonhos despreendem e caem em nossos pensamentos quando dormimos.

— É, professora. A senhorita realmente sabe!. E acredito que as violetas são retalhos pequenos do céu, que caíram quando os anjos cortaram buracos nele, para deixar passar o brilho das estrelas. E os botões-de-ouro são feitos de raios de sol idosos. Já as ervilhas-de-cheiro se transformam em borboletas, quando vão para o céu. Agora, professora, a senhorita vê alguma coisa muito estranha nesses sonhos?

— Não, meu querido, eles não são estranhos, são pensamentos lindos e incomuns em garotos da sua idade; por isso, as pessoas que não conseguiriam pensar coisas dessa natureza, mesmo se tentassem por cem anos, acham que são esquisitos. Não reprima esses pensamentos, Paul... Creio que, um dia, você vai ser um poeta.

Assim que voltou para casa, Anne encontrou um tipo de menino completamente diferente, esperando para ser posto na cama. Davy estava emburrado e, quando Anne acabou de vestir o pijama nele, pulou na cama e tampou o rosto com o travesseiro.

— Davy, você se esqueceu das preces — ela o repreendeu.

— Não, não me esqueci — o garoto respondeu, desaminado. — Não vou mais fazer preces. Desisti de tentar ser bom, já que, por melhor que eu seja, você vai continuará gostando mais do Paul Irving. Então, resolvi ser mau e me divertir o máximo por isso!

— Eu não prefiro Paul Irving — Anne replicou. — Gosto dos dois, só que de um modo diferente.

— Mas eu quero que goste de mim do mesmo jeito — Davy protestou, fazendo birra.

— Não se pode gostar do mesmo jeito de pessoas diferentes. Você não gosta de Dora e de mim do mesmo jeito, gosta?

Davy se sentou e refletiu.

— N... nã... não — admitiu, por fim. — Gosto de Dora, porque ela é minha irmã, mas gosto devocê, porque você é você.

— Eu gosto de Paul, porque ele é Paul, e gosto de Davy, porque ele é Davy — Anne retrucou alegremente.

— Já que é assim, estou meio arrependido de não ter feito minhas preces — disse Davy, convencido da esplicação de Anne. — Mas vai ser trabalho demais sair daqui, agora, para orar. Vou fazer isso duas vezes, amanhã de manhã, Anne. Não dá no mesmo resultado?

— Não, a resposta de Anne foi categórica e, portanto, Davy se levantou e se ajoelhou perto dela. Quando terminou suas orações, o menino se inclinou para trás, apoiou-se nos calcanhares pequenos, descalços e encardidos, e olhou para o rosto da moça.

— Anne, estou melhor do que era antes.

— Sim, com certeza, Davy — respondeu Anne, que jamais hesitava em dar crédito a quem era devido.

— Eu sei que melhorei — Davy disse, confiante. — E vou lhe contar como descobri. Hoje, Marilla me deu dois pedaços de pão com geleia; um para mim e um para Dora. Um deles era bem maior do que o outro, mas ela não disse qual era o meu. Então, dei o maior pedaço para Dora. Concorda que isso foi uma atitude boa, não foi?

— Sim, boa e digna de um cavalheiro, Davy.

— É claro que — o menino admitiu — Dora não estava com muita fome, e só comeu metade de seu pão. Depois, me deu o resto. Mas, quando dei o pedaço maior para ela, eu não sabia que Dora ia fazer isso; portanto, eu fui bom, Anne.

Quando anoiteceu, Anne desceu até a Bolha da Dríade e viu Gilbert Blythe atravessar o sombrio Floresta Assombrada. Subitamente, ela percebeu que Gilbert não era mais um garoto. Havia se tornado um rapaz: alto, com ombros largos, olhos claros e expressão sincera no rosto. Anne achava Gilbert muito bonito, embora ele não se parecesse, de forma nenhuma, com seu ideal de homem. Muito tempo atrás, ela e Diana haviam decidido qual era o tipo de homem que admiravam; coincidentemente, o gosto delas era bastante parecido. Ele deveria ser muito alto e elegante, com olhos melancólicos e impenetráveis e voz suave e gentil. No entanto, não havia nada de melancólico ou impenetrável na fisionomia de Gilbert, mas, logicamente, isso não tinha importância por ser apenas uma grande amizade.

Gilbert se estirou sobre as samambaias, ao lado da Bolha, e observou Anne com um olhar de aprovação. Se lhe perguntassem como era sua mulher ideal seria aquela moça em cada detalhe, inclusive as sete pequeninas sardas no nariz, cuja presença irritante continuava a incomodar a professora. Até o momento, Gilbert ainda era garoto, mas todos os rapazes têm seus sonhos, e, nos como os daquele garoto, sempre havia uma moça de olhos cinzentos, grandes e límpidos, com um rosto tão bonito e delicado como uma rosa.

Gilbert havia resolvido que seu futuro, deveria ser digno como de sua deusa. Como é sabido, até mesmo na calma Avonlea existiam tentações inevitáveis, que tinham de ser enfrentadas. Além disso, a juventude de White Sands era bastante aflorada, e Gilbert se tornava popular onde quer que ele fosse. Porém, o rapaz queria se manter à altura da amizade de Anne e, quem sabe, em algum dia ainda distante, de seu amor também. Por isso, ele se controlava em relação a cada palavra que dizia, pensamento que tinha, atitude que tomava, tão cautelosamente quanto se os belos olhos de Anne estivessem vendo e analisando tudo.

Enfim, Anne tinha sobre ele a influência que toda jovem, cujos ideais são elevados e puros exercem sobre seus amigos; um poder que permaneceria intacto, enquanto ela fosse fiel a essas aspirações, e que ela certamente perderia se, em algum momento, as traísse. Aos olhos de Gilbert, o maior encanto de Anne era o fato de que a moça nunca se deixava levar por aparências, como grande parte das jovens de Avonlea: ciúmes tolos, invejas, pequenas rivalidades, mesquinharias. Anne se mantinha à parte de tudo, não conscientemente ou por algum propósito, mas simplesmente porque qualquer coisa desse tipo era totalmente estranha à sua natureza transparente e inocente, cristalina em seus sentimentos e em seu imaginário.

Gilbert não ousava tentar expressar seus sentimentos em palavras, pois já tinha muitas razões, mais do que suficientes, para saber que Anne o cortaria pela raiz, impiedosa e friamente, qualquer tentativa de manifestação de sentimentos; ou iria dar risadas, o que seria dez vezes pior.

— Você está parecendo uma verdadeira dríade, debaixo dessa bétula — ele disse, com ar de provocação.

— Amo as bétulas — Anne falou, encostando a bochecha no tronco marrom, esguio e acetinado, em um daqueles gestos bonitos e carinhosos que fazia com tamanha naturalidade habitual.

— Sendo assim, ficará contente ao saber que o senhor major Spencer, resolveu plantar uma fileira de bétulas brancas, ao longo de toda a cerca da estrada em frente a fazenda, como forma de encorajar a Sociedade para Melhorias em Avonlea, disse Gilbert. Ele esteve falando comigo hoje sobre este assunto. Major Spencer é o homem mais progressista e zeloso pelo bem-estar da população de Avonlea. E o senhor William Bell, disse que vai fazer uma cerca de abetos na cerca da estrada e da alameda, que servem de acesso a sua propriedade. Nossa Sociedade está realmente progredindo esplendidamente, Anne; já passou da fase inicial e, se tornou uma organização reconhecida por todos de Avonlea. Os habitantes mais velhos estão começando a se interessar por ela, e os moradores de White Sands já falam em criar uma Associação de Melhorias também. Até Elisha Wright tem se manifestado a nosso favor, desde aquele dia em que os americanos do hotel de White Sands fizeram o piquenique na praia. Elogiaram muito nossas estradas, disseram que eram mais bonitas, do que as de qualquer outra parte da ilha. E quando, os outros fazendeiros seguirem o bom exemplo de Spencer, e plantarem árvores ornamentais ao longo das estradas defronte suas fazendas, Avonlea será a comunidade mais bonita de toda a província.

— A Sociedade de Ajuda Humanitária da igreja estão falando em cuidar do cemitério, Anne contou, e espero que façam, pois será necessária uma nova campanha, para arrecadar fundos para esta obra, e, depois do caso do Clube Social, seria um fracasso se nós nos arriscássemos a fazer uma. No entanto, a Sociedade de Ajuda Humanitária nunca teria pensado nisso, se não tivéssemos ventilado o assunto. Aquelas árvores que plantamos perto da igreja estão crescendo, e os administradores me prometeram que vão mandar construir uma cerca ao redor do terreno da escola, no ano que vem. Se fizerem isso realmente, vou promover um Dia da Árvore, e cada aluno vai plantar uma; além disso, pretendo criar um jardim próximo da estrada.

— Estamos sendo muito bem-sucedidos em quase todos os nossos projetos, exceto a destruição daquela casa velha dos Boulter, mas já desisti disso. É de se desesperar! Levi não vai derrubar aquela casa, tão somente para nos afrontar. Há uma tendência a contrariar as pessoas em toda a família Boulter, e acho que foi fortemente desenvolvida nele.

— Julia Bell quer enviar um nova comissão para convencê-lo, mas acredito que o melhor a fazer agora é deixá-lo rigorosamente sozinho — Anne falou com razão.

— E confiar na Providência, como a senhora Lynde costuma dizer — Gilbert sorriu. — Certamente não haverá comissão nenhuma! Eles irão irritá-lo mais ainda. Julia acha que podemos conseguir se tivermos um comitê para tentar. Na próxima primavera, Anne, devemos começar um comissão em prol de belos gramados e jardins. Plantaremos as boas sementes no tempo certo, nesse inverno. Eu tenho um estudo sobre gramas, e vou preparar um artigo de como prepará-las. Bem, nossas férias estão terminando. A aula vai retornar na segunda-feira. Ruby Gillis vai dar aula em Carmody?

— Sim. Priscilla me disse que criou sua própria escola particular, e, então, os administradores da escola de Carmody deram a vaga para Ruby. Sinto por Priscilla não voltar, mas como ela não pode, fico feliz que Ruby venha. Ela disse na carta que voltará para casa aos sábados, e vai ser como nos velhos tempos, quando ela, Jane, Diana e eu ficávamos juntas!

Marilla, chegou da casa da senhora Lynde e estava sentada na escada da varanda dos fundos, quando Anne voltou a Green Gables.

— Rachel e eu resolvemos ir juntas à cidade amanhã — ela disse. — O senhor Lynde está se sentindo melhor esta semana, e Rachel quer ir logo, antes que ele piore novamente.

— Acordarei mais cedo que o de costume amanhã, pois tenho muito o que fazer — Anne disse animada. — Primeiro, vou passar as penas de ganso de meu colchão velho para o novo. Eu deveria ter feito isso há muito tempo, mas deixei para depois... é uma tarefa tão chata! Adiar as coisas desagradáveis é um hábito muito ruim, e não quero repetir; senão, não poderei falar com meus alunos para não deixarem nada para depois. Seria incoerente. Depois, quero fazer um bolo para o senhor Harrison, na sequência terminar meu artigo sobre jardins para a Sociedade para Melhorias de Avonlea, depois escrever para Stella, lavar e engomar meu vestido de musselina e fazer um avental novo para Dora.

— Você não vai conseguir fazer nem metade disso, Anne — Marilla advertiu, desanimadora. — Eu jamais planejo fazer tantas coisas, sempre existe algo para me impedir.

CAPÍTULO XX

COMO AS COISAS COSTUMAM ACONTECER

Anne se levantou bem mais cedo do que de costume e saudou alegremente o novo dia, quando as luzes do sol nascente ainda balançavam, triunfantes, pelo céu azulado. Green Gables estava radiante! Estava banhada por sol e sombras dançantes dos álamos e salgueiros. Ao lado do campo, estava o campo de trigo do senhor Harrison, uma grande extensão de terreno da cor de ouro, onde o vento agitava. O mundo estava tão lindo! Anne passou dez minutos pendurada no portão do jardim, preguiçosamente apenas contemplando tamanha beleza.

Depois do café da manhã, Marilla se preparou para a viagem a Carmody. Dora iria com ela, pois Marilla havia prometido.

— Escute, Davy, se comporte e não dê trabalho a Anne — ela recomendou firmemente. — Se você se comportar bem, ganhará uma bengala de doce que irei trazer da cidade.

— Ah! Marilla, que mau hábito esse de subornar pessoas, para que elas se comportem!

— Não farei nada de propósito, mas se me comportar mal será por acidente? — Davy adiantou.

— Então se previna contra acidentes — Marilla o advertiu. — Anne, se o senhor Shearer aparecer, compre carne para assarmos, e, para fazer bifes. Se ele não aparecer, você vai precisar abater uma galinha para o almoço de amanhã.

Anne entendeu.

— Não quero me dar ao trabalho de cozinhar só para mim e Davy, hoje. Aquele pedaço de presunto vai ser suficiente para o almoço, e estou preparando alguns bifes para jantarmos, à noite.

— Ajudarei o senhor Harrison a buscar algas esta manhã, disse Davy. Ele me pediu, e acredito que vai me convidar para almoçar. O senhor Harrison é um homem muito simpático, gentil e reaalmente muito sociável. Espero ser como ele, quando ficar adulto. Quero dizer, me comportar, e não ter a aparência dele. Mas acho que não corro esse perigo, porque a senhora Lynde sempre diz que sou muito bonito. Você acha que vou crescer bonito, Anne? Eu queria saber!

— Com certeza. Você é um belo garoto, Davy — Anne afirmou, com segurança. Marilla não concordou em absoluto. — Mas você precisa mostrar que é tão bom e cavalheiro quanto pode ser.

— Você falou com Minnie May Barry, certa vez, que quando viu ela chorando porque alguém tinha dito que era feia, que, se ela fosse generosa e amável, ninguém se importaria com sua aparência! — Davy disse, descontente. — O que me parece é que, por uma razão ou por outra, não se pode deixar de ser bom neste mundo. A gente sempre tem de se comportar.

— Você não quer ser bonzinho, Davy? — perguntou Marilla, que já havia aprendido muitas coisas, mas não tinha se dado conta da futilidade de fazer perguntas como essa.

— Sim, quero ser bonzinho, mas não tanto — Davy respondeu cautelosamente. — Você não precisa ser tão bonzinho para ser chefe da escola dominical. O senhor Bell é o chefe, e é um homem realmente mau.

— Ele não é, não — Marilla retrucou, indignada.

— É sim... ele mesmo fala — Davy garantiu. — Foi o que ele falou, no domingo passado, quando estava fazendo o sermão, na escola dominical. O senhor Bell afirmou: "um verme vil e um pecador miserável, e culpado da mais terrível iniquidade". O que ele fez de mau, Marilla? Será que matou alguém? Roubou as ofertas da igreja? Eu quero saber.

Felizmente, a senhora Lynde surgiu em sua charrete, subindo a alameda, exatamente quando Marilla estava saindo. Marilla escapou e desejando, profundamente que o senhor Bell não usasse linguagens figurativas em orações, principalmente quando houvesse, meninos que sempre "querem saber".

Deixada a sós, Anne trabalhou com vontade. O chão foi varrido, as camas arrumadas, as galinhas alimentadas; o vestido de musselina foi cuidadosamente lavado e pendurado no varal. Então, ela se preparou para transferir as penas de um colchão para o outro. Subiu até o sótão e pôs o primeiro vestido velho que encontrou: um vestido azul marinho, que usava quando tinha 14 anos de idade; por isso, não é de admirar que tenha ficado muito apertado e curto, assim como aquele vestido que usava quando chegou a Green Gables, pela primeira vez. Mas ao menos, não teria problema nenhum se ele ficar cheio de plumas de ganso. Para completar seus preparativos, Anne amarrou na cabeça um lenço vermelho com bolinhas brancas de Matthew. Vestida desta forma, a moça se dirigiu ao cômodo ao lado da cozinha, para onde Marilla e ela já haviam levado os colchões.

Havia, um espelho quebrado pendurado ao lado da janela, e, em um momento de má sorte, Anne olhou seu reflexo. E lá estavam aquelas sete sardas sobre seu nariz, mais evidentes do que nunca, ou assim parecia na claridade, sem nenhuma sombra, que entrava pela janela.

"Oh, esqueci de aplicar aquela loção ontem à noite", pensou. "É melhor eu ir rapidamente à despensa fazer isso".

Anne já havia tido algumas decepções tentando remover as sardas. Em uma ocasião, a pele do nariz inteiro descascou, mas elas permaneceram. Porém, poucos dias antes, ela havia encontrado, em uma revista, a receita de uma loção para sardas e, como os ingredientes estavam ao seu alcance, logo ali, na despensa, ela imediatamente a preparou, para grande desgosto de Marilla, que acreditava que, se a providência lhe dava sardas em seu nariz, indiscutivelmente, era seu dever deixá-las lá.

Anne foi à despensa, que tendo sido sempre sombria por causa da grande árvore que crescia perto da janela, agora estava praticamente escura, devido à tela instalada para impedir a entrada de moscas, tirou da prateleira o frasco com a loção e a espalhou generosamente sobre o nariz, com a ajuda de uma esponja, separada especialmente para esse propósito. Tendo cumprido esse importante dever, a moça retomou seu trabalho. Qualquer pessoa que, alguma vez na vida, já transferiu penas de um colchão para outro sabe que, quando Anne terminou esse trabalho, sua aparência era impagável: o vestido azul estava branco, coberto de penas e penugens, assim como as mechas de cabelo que escapavam do lenço e caíam sobre sua testa. E foi nesse momento "propício" que ela escutou batidas na porta da cozinha.

"Pode ser o senhor Shearer", Anne pensou. "Minha aparência está terrível, mas vou ter de atendê-lo assim mesmo, pois esse homem está sempre com pressa."

Ela voou para a porta da cozinha, e se algum dia um chão bendito já tivesse se aberto para engolir uma donzela miserável e coberta de penas, o assoalho da varanda de Green Gables teria engolido Anne, naquele momento. Na soleira da porta estavam: Priscilla Grant, linda e dourada em um vestido de seda; uma senhora de cabelo grisalho, baixa e robusta, usando um conjunto de saia e blusa de lã; e outra senhora, maravilhosamente vestida, muito elegante, alta e majestosa, com um rosto bonito e olhos grandes, violeta, e cílios pretos volumosos. Anne "sentiu instintivamente", como teria dito anos atrás, que esta última era a senhora Charlotte E. Morgan.

Naquele embaraço, um pensamento se destacou, em meio a confusão da mente da moça, e ela se agarrou a ele como a uma tábua de salvação: todas as heroínas da senhora Morgan tinham em comum a habilidade de lidar muito bem com situações difíceis ou embaraçosas. Fossem quais fossem seus problemas, elas invariavelmente os enfrentavam e se mostravam superiores a obstáculos de tempo, espaço ou quantidade. Mas, Anne sentiu que era seu dever lidar com a ocasião, e foi o que fez. E fez com tanta perfeição que Priscilla, posteriormente, declarou que nunca havia admirado Anne Shirley mais do que naquele momento. Não importa quais fossem seus sentimentos ultrajados, ela não os demonstrou. Cumprimentou Priscilla e foi apresentada a suas companheiras com calma e serenidade, como se tivesse usando um belo e sofisticado vestido de linho lilás. Certo que, precisamos admitir que foi um pouco chocante descobrir que a mulher que ela instintivamente sentiu ser a senhora Morgan não era ela e, sim, uma desconhecida senhora Pendexter, e que a mulher grisalha e rechonchuda era a senhora Charlotte E. Morgan. Porém, perto do choque maior, o menor perdeu seu poder. Anne levou suas convidadas ao quarto de hóspedes e, posteriormente, para a sala, onde as deixou enquanto ajudava Priscilla a desencilhar o cavalo.

— É muito desagradável chegar aqui sem avisar — Priscilla se desculpou —, mas eu não sabia, até ontem à noite, que viríamos. Tia Charlotte irá embora na segunda-feira, e tinha prometido a uma amiga que passaria o dia com ela na cidade. Porém, essa amiga telefonou para ela, ontem à noite, pedindo que não fosse, porque a família está de quarentena por causa da escarlatina. Então, sugeri que viéssemos aqui, pois eu sabia que você queria muito conhecê-la. Fomos no hotel de White Sands e trouxemos a senhora Pendexter conosco. Ela é muito amiga de titia, é esposa de um milionário e mora em Nova Iorque. Não podemos ficar aqui por muito tempo; a senhorita Pendexter tem de estar no hotel por volta das cinco horas.

Enquanto elas cuidavam do cavalo, Anne percebeu que Priscilla a encarava de uma maneira furtiva diversas vezes, como se estivesse intrigada com alguma coisa.

"Não precisa me olhar desse jeito", pensou, ressentida. "Se Priscilla não sabe o que é passar penas de um colchão para outro, ela deveria, pelo menos, imaginar com seria."

Quando Priscilla se dirigiu para a sala de visitas, e antes que Anne pudesse escapar para o andar de cima, Diana entrou na cozinha. Pegou sua amiga, perplexa, pelo braço.

— Diana Barry, quem você acha que está naquela sala, neste exato momento? A senhora Charlotte E. Morgan... e a esposa de um milionário de Nova Iorque... e eu aqui desse jeito... e não há nada nesta casa para eu servir, a não ser um pedaço de presunto, Diana!

Naquele momento, Anne percebeu que Diana estava olhando para ela, com a mesma perplexidade que Priscilla tinha demonstrado. Isso foi demais!

— Oh, Diana, não me olhe assim — a amiga implorou. — Pelo menos você deveria saber que nem a pessoa mais asseada do mundo pode passar as penas de um colchão para outro e permanecer limpa, depois desse trabalho.

— Não... não são as penas... — Diana hesitou. — É... é... o seu nariz, Anne.

— Meu nariz? Oh, Diana, não fale que tem algo de errado com ele!

Rapidamente, Anne correu até o espelho pendurado acima da pia, e viu que seu nariz estava pintado de vermelho brilhante!

Anne caiu no sofá, com seu espírito destemido.

— O que aconteceu com ele? — Diana indagou, deixando que a curiosidade dominasse.

— Pensei que estava passando minha loção contra sardas, mas, em vez disso, devo ter usado a tinta vermelha de Marilla, que ela usa para pintar seus tapetes — foi a resposta aflita. — Oh, o que faço?

— Lave! — disse Diana, com toda a sua praticidade.

— Talvez não saia. Primeiro, tingi meu cabelo de verde; agora, meu nariz de vermelho. Marilla cortou meu cabelo, quando eu o tingi, mas essa solução não se aplica ao nariz. Ah, presumo esse ser mais um castigo por minha vaidade, e suponho que eu mereça mesmo, embora isso não me sirva de consolo. Entretanto, é mais do que suficiente para nos fazer acreditar em azar, apesar de a senhora Lynde sempre dizer que má sorte não existe, pois tudo nessa vida já está escrito.

Felizmente, a tinta saiu com facilidade e Anne, um pouco confortada, rumou para o sótão, enquanto Diana correu até Orchard Slope. Pouco tempo depois, ela desceu para a sala, agora usando uma roupa adequada. O vestido de musselina que ela havia desejado tanto usar em uma ocasião como aquela estava lá fora, balançando alegremente no varal e, consequentemente, Anne teve de se contentar com o preto, de algodão. O fogo já estava aceso, e o chá, praticamente pronto, quando Diana voltou, segurando um prato coberto com um pano e — ao menos, ela — estava usando seu vestido de musselina.

— Mamãe mandou isto para você — ela disse, erguendo o pano e mostrando um frango desfiado apetitoso.

A refeição foi complementada com pão assado recentemente, queijo e manteiga de excelente qualidade, bolo de frutas de Marilla e uma tigela de ameixas em conserva, com calda dourada. Além disso, um grande vaso com margaridas brancas e rosa decorava a mesa de visita. Mesmo assim, tudo parecia bem simples, se comparado à elaborada refeição preparada anteriormente para a senhora Morgan.

Entretanto, as visitas famintas não pareceram achar que faltava coisa alguma, e degustaram todos os alimentos; aparentemente, com muito prazer. Na verdade, após os primeiros momentos, Anne não se preocupou mais com o que estava, ou não, no cardápio. A aparência da senhora Morgan pode ter sido ligeiramente decepcionante, como até mesmo suas fiéis adoradoras foram forçadas a admitir, uma para a outra, mas ela se revelou uma ótima pessoa com quem conversar: tinha viajado muito, e era uma excelente contadora de histórias. Conhecia bem os homens e as mulheres, e expressava suas experiências em frases e sátiras curtas e espirituosas, que levavam seus ouvintes a se sentirem como se ouvissem um personagem de um livro extremamente interessante. E, sob todo o seu brilho, havia uma forte presença de sinceridade e solidariedade femininas e uma bondade que conquistaram o afeto de Anne e Diana tão facilmente quanto seu brilho conquistou a admiração das duas. Tampouco monopolizou a conversa. Ela podia atrair os outros da maneira mais habilidosa e gentil possível, e as moças conversaram livremente com ela. Já a senhora Pendexter falou pouco: apenas sorria com aqueles olhos e lábios adoráveis e comia o frango, o bolo de frutas e a conserva, com uma graça tão requintada que transmitia a impressão de que comiam ambrosia e melado. Mas, como Anne disse a Diana mais tarde, uma pessoa tão linda como a senhora Pendexter não precisava falar: para ela, apenas admirá-la já era suficiente.

Depois do almoço, fizeram um passeio até a Vereda dos Amantes, o Vale das Violetas e a Trilha das Bétulas; em seguida, passaram pelo Bosque Assombrado até chegarem a Bolha da Dríade, onde se sentaram e conversaram agradavelmente durante meia hora. A senhora Morgan quis saber como o Bosque Assombrado tinha recebido esse nome, e riu até chorar quando ouviu a história e o relato dramático de Anne da caminhada memorável, naquele local, durante uma hora deslumbrante de fim de tarde.

— Este realmente foi um banquete para a razão e uma animação para a alma, não foi? — Anne disse, quando as visitas já haviam ido embora, e ela e Diana estavam sozinhas novamente. — Não sei o que gostei mais... ouvir a senhora Morgan ou apreciar a senhora Pendexter. Acredito que tivemos um dia melhor do que se soubéssemos de sua vinda e estivéssemos preocupadas em servi-las de coisas diferentes. Fique para o chá, Diana, para podermos conversar sobre tudo o que aconteceu hoje.

— Priscilla disse que a cunhada da senhora Pendexter é casada com um conde inglês, e mesmo assim, ela serviu mais de uma vez o doce de ameixas. — Diana comentou, como se fosse algo impressionante.

— Tenho certeza que o próprio conde inglês não torceria seu nariz aristocrático para mais um prato de compota de ameixas em calda de Marilla — Anne afirmou, orgulhosa.

Quando Anne relatou a Marilla os acontecimentos do dia, ela nem mencionou o inconveniente que seu nariz havia sofrido. Mas, esvaziou pela janela o frasco de loção contra sardas.

— Nunca mais passarei nenhum desses produtos de beleza! — ela disse, para si mesma, resoluta. — Elas podem servir para pessoas cuidadosas e ponderadas, não para quem tem tendência para cometer erros, como é o meu caso, é muito arriscado.

CAPÍTULO XXI

A DOCE SENHORITA LAVENDAR

Com a volta às aulas, Anne retornou ao trabalho, agora com menos teorias e mais experiência. Tinha alunos novos, de seis e sete anos de idade, iniciando a se aventurar, com olhos atentos ao novo mundo de sabedoria. E Davy e Dora estavam entre eles. Davy se sentou ao lado de Milty Boulter, que já havia frequentado a escola no ano anterior e, portanto, era praticamente um *cidadão da sabedoria.*

Dora tinha combinado com Lily Sloane que elas se sentariam juntas, no domingo anterior. Porém, Lily não foi à escola no primeiro dia, e, por isso, Dora sentou-se naquele dia com Mirabel Cotton, que tinha dez anos e, por conseguinte aos olhos da menina, era uma "garota grande".

— A escola é muito divertida — Davy contou a Marilla, naquela noite. — A senhora disse que iria ser difícil ficar sentado, quieto, e foi mesmo... parece que tudo que diz na maioria das vezes, é verdade. Mas, pelo menos, a gente pode balançar as pernas, debaixo da carteira, e isso ajuda um pouco. É bacana ter muitos meninos para brincar. Eu sentei ao lado de Milty Boulter, e ele é legal. É mais alto do que eu, mas eu sou mais gordo. Seria melhor sentar nas carteiras de trás; porém, só vou poder ficar lá, depois que minhas pernas crescerem o suficiente para que meus pés encostem no chão. Milty desenhou um retrato de Anne, em sua lousa; ficou horrível, e eu lhe disse que, se ele fizesse mais desenhos de Anne iguais aquele, lhe daria um soco durante o recreio! Primeiro, pensei em desenhar um retrato dele, com chifres e rabo, mas não queria ferir os sentimentos dele. Anne me ensinou que nunca posso ferir os sentimentos de ninguém. Com certeza é terrível ter seus sentimentos feridos. Acho que deve ser melhor bater no menino ao invés de ferir seus sentimentos, se for mesmo necessário fazer algo. Milty disse não ter medo de mim, mas iria me fazer o favor de tirar Anne do retrato; então, apagou o nome e escreveu Barbara Shaw. Ele não gosta de Barbara, porque ela fala que ele é um menininho doce e, certa vez, alisou sua cabeça.

Dora declarou sem euforia que gostou da escola. Porém, ficou quieta e calada; mais ainda do que habitualmente. E quando, ao anoitecer, Marilla a mandou para a cama, no andar de cima, a menina reclamou e chorou.

— Estou... estou com medo — disse chorando. — Não... não quero subir sozinha, no escuro.

— O que aconteceu? — Marilla perguntou. — Você nunca teve medo e foi sozinha para a cama durante todo o verão!

Dora não parava de chorar. Anne a pegou no colo, abraçou-a e falou:

— Fale comigo, querida. Do que você está com medo?

— Do... do tio de Mirabel Cotton — Dora soluçou. — Hoje na escola, Mirabel me contou tudo sobre sua família. A maioria deles já morreram... seus avôs e avós, quase todos tios e tias. Ela falou que é normal todos morrerem. E ela tem orgulho por ter tantos parentes mortos. Me explicou o motivo da morte, de cada um deles, e a aparência deles no caixão. Ela disse que um de seus tios foi visto rondando em volta da casa, depois que já tinha sido enterrado! E foi a mãe dela quem presenciou. Não fiquei assustada com os outros, mas esse tio eu não consigo parar de pensar!

Anne subiu com Dora no colo para o quarto ficando com ela até adormecer. No outro dia, fez Mirabel permanecer na sala de aula durante todo o recreio, e lhe foi explicado, gentil mas seriamente — que, quando uma pessoa tem a triste história de possuir um tio que ronda ao redor de sua casa, após seu enterro, não é correto falar sobre esse assunto com sua colega, ainda mais se essa colega é bem mais nova. Mirabel achou o castigo muito severo. Afinal, os Cotton não tinham do que se orgulhar. Então, se ela estava proibida de contar vantagem da existência de um fantasma na família, como teria prestígio entre os colegas de escola?

Setembro passou de maneira sutil, e logo deu lugar ao encanto e dourado mês de outubro. Ao entardecer de uma sexta-feira, Diana foi visitar Anne em Green Gables.

— Anne, hoje chegou uma carta de Ella Kimball, e está nos convidando para um chá amanhã à tarde, para nos apresentar sua prima da cidade, Irene Trent. O problema é que não podemos usar os cavalos da minha casa, porque todos estarão ocupados. E, como seu cavalo está fraco, não teremos como ir...

— Você acha inconveniente se fôssemos caminhando? — Anne sugeriu. — Podemos pegar um atalho e atravessar o bosque, chegaremos à estrada de West Grafton, que não é muito longe da propriedade dos Kimball. Percorri este trajeto, no inverno passado, e conheço bem a estrada. Caminharemos cinco quilômetros somente para a ida, com relação a volta, garanto que Oliver Kimball nos trará na charrete dele. É uma ótima desculpa para Oliver visitar Carrie Sloane, já que dizem que seu pai dificilmente permite que ele use os cavalos.

Sendo assim, decidiram que caminhariam até a casa de Ella, na tarde seguinte, pela Travessa dos Apaixonados, em direção a fazenda dos Cuthbert, onde pegariam um atalho que levava ao centro do bosque de Faias Reluzentes e Bosque dos Abetos Bordos, que reluziam um brilho dourado impressionante em uma paz indescritível.

— É como se, o ano estivesse orando em uma catedral enorme, preenchida por uma luz suaves e colorida, não acha, Diana? — Anne falou sonhadoramente. — Não parece interessante atravessar este bosque sem apreciá-lo, não acha? Me parece insensato... como correr dentro de uma igreja.

— Mas precisamos andar depressa — disse Diana, olhando para seu relógio. — Temos pouco tempo para chegarmos lá.

— Está bem, vou andar mais rápido, mas não fique me perguntando as coisas — Anne concordou, apressando-se. — Só quero aproveitar o encanto deste dia... Sinto como se ele fosse uma taça de vinho, e quero apreciar um pequeno gole a cada passo.

Provavelmente por estarem ansiosas para chegar, Anne virou à esquerda ao chegarem a uma bifurcação na estrada. Ela deveria ter tomado o caminho à direita, mas, tempos depois, a moça acabou considerando aquele o erro mais bem vndo de sua vida. Naquele momento, elas estavam diante de uma estrada solitária, coberta por relvas, onde não havia nada à vista a não ser fileiras de abetos bordos.

— Oh, onde estamos? — Diana exclamou, apreensiva. — Esta não é a estrada para West Grafton.

— Não, creio que não. Esta é a estrada para Middle Grafton — Anne reconheceu, envergonhada. — Acredito ter escolhido o caminho errado, naquela bifurcação. Não sei exatamente onde estamos, mas acho que a casa dos Kimball ainda está a cerca de cinco quilômetros daqui.

— Se for isso, não vamos conseguir estar antes das cinco horas: já são 16h30 — Diana falou, olhando rapidamente para o relógio. — Chegaremos somente depois do chá, e terão trabalho para preparar tudo novamente, para nós duas.

— Será melhor voltarmos para casa? — Anne questionou humildemente.

Mas Diana pensou um pouco e discordou:

— Não, se já que viemos até aqui, então podemos ir e passar ao menos algum tempo com Ella e Irene Trent.

Poucos metros à frente, as duas chegaram a um lugar em que a estrada bifurcava-se outra vez.

— Por qual caminho devemos seguir? — perguntou Diana, indecisa.

Anne balançou a cabeça.

— Não faço ideia, mas não podemos cometer mais erros. Logo a frente tem um portão, e uma vereda que nos levará direto para o bosque. Deve haver uma casa do outro lado. Vamos andar até lá e perguntar.

— Que vereda encantadora e romântica! — Diana disse, enquanto continuavam a exaustiva caminhada pelas curvas do caminho. Seguiam sob os antigos pinheiros, cujos galhos se encontravam no alto, criando um ambiente obscuro no qual, nada poderia crescer, além de musgos. Por todos os lados o solo era marrom manchado, por raios de sol. Tudo estava muito pacato e silencioso, como se o mundo e suas preocupações estivessem muito distantes dali.

— Sinto que estamos andando em uma floresta encantada — Anne sussurrou. — Você acha que encontraremos o caminho de volta para o mundo real, Diana? Creio que logo iremos chegar a um palácio e encontraremos uma princesa enfeitiçada.

Porém ao fazer a curva seguinte, não era de forma alguma um palácio, mas sim uma casa pequena, quase tão encantadora quanto um palácio, naquela província de casas de fazenda tradicionais, todas de madeira e tão parecidas em suas características que pareciam terem nascido da mesma semente. Anne parou imediatamente, em êxtase, e Diana disse fascinada:

— Oh, sei onde estamos! Nesta casinha de pedra mora a senhorita Lavendar Lewis... Echo Lodge é como a chama, acredito. Sempre ouvi falar dela, mas não conhecia sua casa. Não é uma casinha romântica?

— É a casinha mais doce e adorável que já vi ou imaginei! — Anne declarou, fascinada. — Parece ter saído de um livro de contos de fadas, ou de um algum sonho!

A casa era construída com blocos de pedra vermelha, sem reboco, com o telhado baixo e pontiagudo, onde haviam duas janelas do sótão e duas chaminés grandes. A construção inteira era coberta por uma relva exuberante, que encontrava apoio nas pedras ásperas e tinha adquirido, devido às geadas do outono, as mais belas tonalidades de bronze e bordo. À frente da casa, havia um jardim quadrado com um portão, que dava acesso à alameda, por onde Anne e Diana chegaram.

Os outros três lados do jardim estavam cercados por um velho muro de pedra com musgo, capim e samambaias tão espessos que mais pareciam a margem alta e verde de um curso de água. Nos lados esquerdo e direito, abetos altos e escuros com seus galhos acima do muro; e à frente, um declive pequeno e suave — coberto por um manto verde cheio de trevos, que levava até o azulado Rio Grafton. Não havia outra casa ou clareira à vista: nada, além de colinas e vales cobertos de abetos jovens e frondosos.

— Gostaria muito de saber como é a senhorita Lewis — Diana indagou, enquanto abriam o portão de acesso ao jardim. — Dizem que é uma mulher muito interessante.

— Provavelmente seja interessante — Anne afirmou, com segurança. — Pessoas peculiares são sempre interessantes, independentemente do que mais sejam. Não falei que chegaríamos a um palácio encantado? Eu sabia que os elfos não tinham usado seus poderes mágicos, nessa vereda, sem algum propósito.

— Anne, acredito que a senhorita Lavendar Lewis está longe de ser uma princesa encantada — Diana sorriu. — É somente uma velha solteirona... Já ouvi dizer que tem mais de quarenta anos e está bem grisalha.

— Oh, isso é apenas parte do encanto — Anne assegurou, confiante. — No coração, ela ainda é uma muito jovem e bonita. Se ao menos soubéssemos como desfazer o feitiço, ela voltaria a ser bela e feliz novamente. Porém, não sabemos... um príncipe pode quebrar um feitiço e ele ainda não chegou. Pode ser que ele tenha enfrentado adversidades fatais... e não havia conseguido. Mas isso seria contra a lei de todos os contos de fadas.

— Pode até ter vindo, muito tempo atrás, mas partiu outra vez — Diana falou. — Dizem que ela se relacionou com Stephen Irving, o pai de Paul, quando eles eram jovens. Mas se separam e nunca reataram.

— Está aberta a porta — um silêncio... As jovens aguardavam na varanda, sob os galhos da trepadeira, e bateram à porta aberta. Escutaram passos se aproximando e, uma garotinha esquisita surgiu: era uma menina de cerca de quatorze anos de idade, com sardas, narizinho arrebitado, uma boca tão larga de uma orelha à outra e duas tranças louras e compridas, amarradas com laços de fita azul.

— Oi, a senhorita Lewis está em casa? — Diana perguntou.

— Sim, senhora. Entrem, madames. Avisarei a senhorita Lavendar que estão aqui, madames. Vou lá em cima, chamá-la.

Então, a menina sumiu de vista rapidamente, e as duas enquanto aguardavam olhavam fascinadas ao redor. O interior da pequena e maravilhosa casa era tão interessante quanto o exterior.

A sala tinha teto baixo, duas janelas de vidro pequenas e cortinas de musselina entrelaçada. Todos os móveis eram muito antigos, mas aparentavam estar bem cuidados, com visual formidável. Mas, é preciso admitir que a característica mais atraente, para as jovens e saudáveis, que haviam acabado de caminhar por vários quilômetros, era uma mesa arrumada com uma linda porcelana azul claro e várias guloseimas, além de pequenos e delicados ramos de samambaias, de tons dourados, espalhados pela toalha, que davam um "ar festivo" ao ambiente.

— A senhorita Lavendar deve estar esperando visita — Anne sussurrou. — Repare que há seis lugares na mesa. Mas, que menina estranha nos atendeu! Parece uma mensageira da terra dos elfos. Certo que, ela poderia ter nos explicado o caminho para a casa de Ella, mas agora fiquei curiosa para ver a senhorita Lavendar. Shhh! A Srta. está vindo.

Logo depois, a senhorita Lewis estava parada na porta. Anne e Diana ficaram tão surpresas que as boas maneiras ficaram de lado. Paralisadas e de boca aberta, as duas esperavam encontrar uma solteirona idosa, do tipo mais comum possível, sem graça nenhuma, com cabelos bem grisalhos e óculos. Não imaginariam uma mulher tão diferente, quanto a senhorita Lavendar poderia ser.

Srta. Lavendar era uma mulher pequena, de cabelos brancos como a neve, cuidadosamente penteados em cachos acentuados. Seu rosto era bastante jovial, com grandes olhos castanhos, bochechas rosadas, lábios delicados e lindas covinhas. Usava um delicado vestido de musselina creme, estampado com rosas claras — um vestido juvenil impróprio para a maioria das mulheres de sua idade, mas que caía tão bem com ela, que ninguém jamais pensaria.

— A menina Charlotta me avisou que as jovens queriam falar comigo — ela disse, com uma voz condizente com a aparência.

— Gostaríamos de saber qual é a estrada certa para West Grafton — Diana explicou. — Nós duas fomos convidadas para um chá na casa do senhor Kimball, porém erramos o caminho no bosque e chegamos aqui, ao invés da estrada para West Grafton. Precisamos saber se seguimos à direita ou à esquerda?

— Ah, sim à esquerda — Srta. Lavendar respondeu, com um olhar hesitante para sua mesa. Em seguida, perguntou as duas como se tivesse tomado uma decisão súbita:

— Mas, já que estão aqui, não gostariam de ficar e tomar o chá comigo? Por favor, aceitem meu convite. Os Kimball já vão ter terminado de tomar o chá, quando vocês chegarem lá. E Charlotta e eu ficaríamos tão contentes se nos fizessem companhia!

Diana olhou para Anne, quieta e indecisa.

— Adoraríamos ficar, se não for incomodar — Anne respondeu prontamente, pois queria conhecer melhor aquela surpreendente senhorita Lavendar —. Mas a senhorita não está aguardando outros convidados?

A senhorita Lavendar olhou mais uma vez para a mesa e desabafou.

— Vão me achar terrivelmente tola — disse. — Ora, e sou mesmo uma tola... e fico com vergonha, quando descobrem, mas é só quando descobrem. Não espero ninguém, apenas faço de conta que sim. Confesso, sou muito solitária e adoro ter companhia — quer dizer, boa companhia. Contudo, tão poucas pessoas me visitam... estou bem longe da estrada. Charlotta também se sente sozinha. Então, imaginamos que teríamos convidados para o chá. Preparei as guloseimas, arrumamos a mesa, usei a porcelana do casamento de minha mãe, e estou vestida para a ocasião.

Diana pensou que a senhorita Lavendar era mesmo tão peculiar quanto popularmente diziam lá em Avonlea. Uma mulher de quarenta e cinco anos imaginando servir chá para pessoas imaginárias, exatamente como se fosse uma garotinha! Entretanto, Anne Shirley alegremente perguntou:

— Oh, a senhorita também imagina coisas?

Aquele "também" revelou uma alma gêmea para senhorita Lavendar.

— Sim — ela confessou espontaneamente. — É certo que isso é uma bobagem, se tratando de uma mulher da minha idade. Mas qual a graça de ser velha solteirona, se você não puder ser tola quando quiser, desde que não faça mal a ninguém? As pessoas precisam ter imaginações. Às vezes, acho que eu não poderia viver se não imaginasse algumas coisas. Além do mais, não é sempre que descobrem e Charlotta não conta nada. Então, estou contente por ter sido descoberta hoje, porque agora tenho visitas de verdade, e o chá está pronto! Querem subir ao quarto de hóspedes e tirarem seus chapéus? Em frente à escada, é a porta branca. Preciso correr até a cozinha para ver se Charlotta está prestando atenção na água do chá. Charlotta é uma menina muito boa, mas sei que deixará o chá ferver demais.

A senhorita Lavendar se dirigiu à cozinha, com intenções hospitaleiras, enquanto as moças encontraram o caminho para o quarto de hóspedes, um cômodo branco como sua porta, iluminado pela janela de vidro sobre o telhado, encoberta por galhos da hera. O quarto parecia, como Anne bem definiu, um lugar onde sonhos felizes aconteciam.

— Esta é uma verdadeira aventura, não é? — Diana disse. — E como a senhorita Lavendar é agradavel, apesar de ser um pouco esquisita. Não se parece com uma velha solteirona.

— A aparência dela é como o notas musicais, acho — Anne descreveu.

Quando elas desceram, a senhorita Lewis estava entrando na sala com o bule com chá e, imensamente satisfeita, vinha Charlotta carregando uma travessa de biscoitos quentinhos.

— Então, qual o nome das senhoritas? — a senhorita Lavendar perguntou. — Estou feliz porque são jovens! Adoro garotas jovens! É mais fácil fingir que sou uma jovem, quando estou com elas! Sabe, eu realmente odeio — nesse momento fez uma careta — pensar que não sou mais jovem. Mas, digam, quem são as senhoritas?

— Diana Barry e Anne Shirley! Parece que já conheço vocês há cem anos, e posso chamá-las somente de Anne e Diana?

— Pode sim — elas responderam, ao mesmo tempo.

— Então, vamos nos sentar confortavelmente e degustar tudo! — a senhorita Lavendar exclamou alegremente. — Charlotta, fique na ponta da mesa e ajude a servir o frango. Que bom que fiz pão de ló e rosquinhas fritas! É claro que era uma bobagem preparar tanta coisa para convidados imaginários... e sei que Charlotta Quarta pensou isso, não pensou, Charlotta? Mas, agora, vejam só em que maravilha isso resultou! Obviamente, nada seria desperdiçado, pois, Charlotta e eu comeríamos tudo, apesar do pão de ló não fica bom com o passar do tempo.

Aquela foi uma refeição alegre e agradável. Quando terminou, todas foram para o jardim, onde desfrutaram a beleza do pôr do sol.

— Eu acho que este lugar aqui, onde a senhorita mora, é um dos mais lindos que já vi — Diana falou, olhando à sua volta com admiração.

— Por que se chama Echo Lodge? — Anne perguntou.

— Charlotta — disse a senhorita Lavendar —, entre e pegue a corneta de metal que está em cima da prateleira do relógio.

Charlotta saiu correndo e logo retornou com a corneta.

— Agora sopre, Charlotta — a senhorita Lavendar pediu.

A menina soprou, e saiu um som alto, estridente e muito rouco. Por um momento, houve silêncio... em seguida, vieram, do bosque acima do rio, diversos ecos mágicos, indefinidos, suaves, como se "todas as cornetas dos duendes" estivessem soando ao crepúsculo, como definiram Anne e Diana, encantadas.

— Agora, ria, Charlotta... dê uma gargalhada bem alta!

Charlotta, que provavelmente obedeceria tudo, sem discutir, se a senhorita Lavendar a mandasse andar de cabeça para baixo, subiu em um banco de pedra e riu muito alto, com todas suas forças. De volta, vieram os ecos, como se uma grande quantidade de duendes estivesse imitando sua risada, no bosque púrpura ao longo dos abetos.

— As pessoas sempre admiram os meus ecos — a senhorita Lavendar afirmou, como se eles fossem somente dela. — Eu mesma adoro. São uma excelente companhia... com uma pequena dose de imaginação. Nos fins de tarde tranquilos, eu e Charlotta frequentemente sentamos aqui fora e nos divertimos com eles. Charlotta, leve a corneta de volta e a coloque cuidadosamente em seu devido lugar.

— Por que a senhorita a chama de Charlotta Quarta? — indagou Diana, que, àquela altura,estava cheia de curiosidade.

— Apenas para não confundí-la, com as outras Charlottas — a senhorita Lewis respondeu seriamente. — Elas são tão parecidas que fica difícil distinguir. Na verdade, o nome dela não é Charlotta. É... deixe-me pensar... qual será mesmo? Acredito que é Leonora... sim, é Leonora! Sabem, tudo começou quando mamãe morreu, dez anos atrás, eu não podia ficar aqui sozinha... mas também não tinha como pagar o salário de uma criada. Então, trouxe Charlotta Bowman para me ajudar, em troca de casa, comida e roupas. O nome dela era realmente Charlotta... ela passou a ser Charlotta Primeira. Tinha só 13 anos. Morou comigo até completar 16, quando foi embora para Boston. Em seguida, a irmã de Charlotta veio ficar comigo. Seu nome era Julietta... A mãe delas tinha um fraco por nomes pomposos, eu acho... porém ela tinha uma aparência igual à de Charlotta, que eu a chamava o tempo todo... e ela não se importava. Assim, desisti de tentar lembrar o nome correto dela, que, ficou sendo Charlotta Segunda. Quando ela se foi, recebi Evelina, que passou a ser Charlotta Terceira. E, agora, estou com Charlotta Quarta. Sei que, quando ela fizer 16 anos... ela tem 14 agora... vai querer se mudar para Boston também, aí não sei o que farei. Charlotta Quarta é a última das irmãs Bowman, e a melhor de todas elas. As outras Charlottas frequentemente deixavam claro que achavam uma tolice, essa mania de imaginar coisas, mas Charlotta Quarta nunca reclamou, independentemente do que ela possa verdadeiramente pensar. Não me importo com o que as pessoas pensam de mim, contanto que não me deixem perceber isso.

— Então... — Diana falou, com pesar olhando o pôr do sol —, suponho que temos de ir agora, se quisermos chegar à casa do senhor Kimball antes de escurecer. Garanto que tivemos uma tarde encantadora, senhorita Lewis!

— Vocês voltarão para me visitar de novo? — a senhorita Lavendar perguntou.

Anne, abraçou a pequena mulher, e disse:

— Mas é claro que sim! — prometeu. — Agora que nós a conhecemos, vamos abusar de sua hospitalidade vindo visitá-la. Mas, temos de ir... temos que "dar no pé", como diz Paul Irving toda vez que vai a Green Gables.

— Paul Irving? — percebeu-se uma mudança no tom de voz da senhorita Lavendar. — Quem é este garoto? Não conheço ninguém com esse nome em Avonlea.

Anne se sentiu envergonhada por ter esquecido. Não se lembrou do romance da senhorita Lavendar, quando o nome de Paul saiu de sua boca.

— É meu aluno — ela explicou ponderadamente. — Ele veio de Boston, no ano passado, para morar com sua avó, a senhora Irving, mora na estrada do litoral.

— Ele é filho de Stephen Irving? — a senhorita perguntou, inclinando-se sobre um canteiro de lavanda, para que seu rosto fosse visto.

— Sim.

— Então, vou dar um buquê de lavanda para cada uma de vocês — a senhorita Lewis disse, feliz, fingindo não ter ouvido a resposta à sua pergunta. — São flores tão lindas, não acham? Mamãe sempre amou as lavandas. Ela plantou este canteiro há muitos anos. Papai me deu o nome de Lavendar, porque ele também amava essas flores. A primeira vez que ele viu mamãe foi quando a visitou em East Grafton, juntamente com o irmão dela. Foi amor à primeira vista! Ofereceram-lhe dormir no quarto de hóspedes, e os lençóis estavam perfumados com cheiro de lavanda. Ele ficou acordado durante a noite toda pensando nela. A partir deste dia, sempre amou o cheiro de lavanda... foi por isso que recebi esse nome. Não deixem de voltar logo, minhas queridas! Charlotta e eu ficaremos esperando por vocês.

Então, a senhorita Lavendar abriu o portão, sob os abetos, para Anne e Diana. Rapidamente, a senhorita pareceu mais velha e cansada... o brilho e o esplendor tinham desaparecido de seu rosto. Seu sorriso de despedida era tão doce e indiscutivelmente jovem, mas, quando as duas moças olharam para trás, antes de fazerem a curva da vereda, a viram sentada no velho banco de pedra, sob um álamo prateado, no meio do jardim, com a cabeça apoiada sobre as mãos.

— Ela realmente é muito solitária — Diana falou suavemente. — Precisamos visitá-la com frequência.

— Os pais dela lhe escolheram o único nome correto e apropriado que poderiam escolher — Anne comentou. — Se a chamarem de Elizabeth, Nellie, ou Muriel, seu nome para mim ainda seria Lavendar do mesmo jeito, não acha, Diana? Essa palavra sugere doçura, encatamentos e roupas de seda... Agora o meu nome só me faz lembrar de pão com manteiga, colcha de remendos e tarefas domésticos.

— Oh, discordo! — Diana protestou. — Anne me parece um nome magnífico, como o de uma rainha. Mas preferia Kerrenhappuch, se pudesse escolher. Acredito que são as pessoas é que fazem seus nomes serem bonitos ou feios, depende de como elas são. Não suporto os nomes Josie e Gertie, mas, antes de conhecer as meninas Pye, eu os achava muito bonitos.

— Realmente é um belo pensamento, Diana! — Anne concordou. — Viver de uma forma que você consiga embelezar seu nome, mesmo quando ele não era bonito antes... fazer seu nome permanecer na mente das pessoas como algo tão prazeroso e agradável que elas nunca pensam simplesmente no nome em si. Concordo, Diana!

CAPÍTULO XXII

PEQUENAS COISAS

Vocês tomaram chá na casa de pedra, com Lavendar Lewis? — Marilla se surpreendeu, na mesa do café da manhã do dia seguinte. — E como ela está? Tem mais de quinze anos que a vi pela última vez... foi um domingo, na igreja de Grafton. Imagino que ela tenha mudado bastante desde aquele dia. Davy Keith, quando quiser algo que não pode alcançar, peça ajuda, ao invés de se debruçar sobre a mesa dessa maneira! Alguma vez você já viu Paul Irving fazer isso, durante uma refeição aqui?

— Mas os braços de Paul Irving são mais compridos! — Davy resmungou. — Seus braços tiveram onze anos para crescer, enquanto os meus só tiveram sete. Além disso, eu pedi sim, mas a senhora e Anne estavam ocupadas nessa conversa aí que nem prestaram atenção. E Paul nunca esteve aqui para nenhuma refeição, que não fosse um chá. Aí é muito mais fácil ser bem-educado durante o chá do que no café da manhã, porque não se tem a mesma fome. Passa muito mais tempo do jantar até o café da manhã! Anne, esta colher está exatamente do mesmo tamanho que era no ano passado, enquanto eu estou bem maior.

— Certo que, não sei como era a senhorita Lavendar no passado, mas acho que ela não mudou muito — Anne falou, depois de servir duas colheres cheias de xarope para sossegar Davy. — Seu cabelo está branco como neve, mas o rosto é vistoso, quase juvenil. Ela tem os olhos castanhos mais doces que já vi... um tom de castanho, com pequenos raios dourados... e sua voz faz lembrar cetim branco, água caindo e sinos de fadas, tudo isso ao mesmo tempo.

— Todos a achavam muito bonita, quando jovem — Marilla comentou. — Nunca a conheci muito bem, mas parecia ser uma boa moça. Naquela época, já diziam que ela era estranha. Davy, se fizer isso novamente, irá esperar pelas refeições até que todo mundo termine, como fazemos com franceses.

As conversas entre Anne e Marilla, na presença dos gêmeos, era constantemente interrompida por repreensões a Davy. Era vergonhoso dizer que, nem mesmo com a colher cheia de xarope de bordo, o garoto ainda seria capaz de levantar o prato com as duas mãos e passar a pequena língua rosada nele. Anne olhou para o Davy horrorizada, e o menino ficou vermelho e disse, meio envergonhado e desafiador: — Assim, sem desperdício!

— As pessoas diferentes são sempre consideradas estranhas — Anne afirmou. — E, sem dúvida, a senhorita Lavendar é estranha, embora seja difícil apontar exatamente qual é a sua estranheza. Talvez seja por isso que ela nunca envelhece.

— Não tem como uma pessoa não envelhecer, junto com a sua geração — Marilla falou espontaneamente. — Senão, você não se ajusta ao ambiente. Até onde sei, Lavendar Lewis se isolou de tudo e de todos naquela casa de pedra. Vive, há anos, naquele lugar ermo, fazendo com que as pessoas a esqueçam. Aquela casa de pedra foi a primeira casa da ilha. O velho senhor Lewis a construiu quando veio da Inglaterra, a cerca de oitenta anos atrás. Davy, deixe o braço de Dora quieto! Ah, vi você mexê-lo! Não adianta tentar parecer inocente. O que te incomoda, nesta manhã?

— Acho que saí da cama pelo lado errado — Davy sugeriu. — Milty Boulter disse que, quando isso acontece, é provável que tudo dê errado para você o dia inteiro. Foi a avó dele que falou. Mas tem lado certo? E o que você deve fazer, se sua cama fica encostada na parede?

— Me questiono, o que será que deu errado entre Stephen Irving e Lavendar Lewis — Marilla continuou, ignorando Davy. — Sei que estavam noivos, vinte e cinco anos atrás. E, de repente, acabou. Não sei qual foi o problema, mas deve ter sido algo muito sério, ele foi até embora para os Estados Unidos e, nunca mais voltou.

— Pode ser que não tenha sido, assim, tão importante. De certo que, as pequenas coisas da vida podem causar grandes conflitos —

Anne falou, expressando uma de suas teorias que a experiência ainda não havia aperfeiçoado. — Ah, Marilla não comente com a senhora Lynde minha visita à senhorita Lavendar, por favor, ela faria uma centena de perguntas e, de alguma forma, eu não gostaria... nem a senhorita Lavendar, tenho certeza... que ela soubesse que fui até lá.

— Sem dúvida, Rachel ficaria intrigada — Marilla admitiu —, embora ela não tenha tanto tempo, quanto antes, para cuidar da vida de outras pessoas. Atualmente, ela fica a maior parte do dia em casa, cuidando da doença de Thomas. E está bem desanimada, perdendo a esperança de melhoras, acredito. Rachel vai ficar muito solitária, se acontecer ele se for, já que todos os filhos se mudaram para o oeste, exceto Eliza, que mora na cidade... porém, Rachel não gosta de seu marido.

Naquele momento, sem se dar conta, Marilla ignorou Eliza, que, na verdade, amava muito o próprio marido.

— Rachel tem esperança de que, se Thomas se animasse e tivesse mais força de vontade, ele melhoraria. Mas de que adianta pedir a uma água-viva que fique quieta? — Marilla prosseguiu. — Thomas Lynde nunca teve força de vontade própria. A mãe sempre o controlou até ele se casar, aí depois, Rachel se encarregou de dominá-lo. É difícil de acreditar que ele adoeceu sem pedir permissão a Rachel. Oh, não! Não deveria pensar assim, Anne.

Rachel foi uma boa esposa, ele nunca teria conseguido nada na vida, se não fosse ela, tenho certeza. Thomas nasceu para ser capacho... e por sorte caiu nas mãos de Rachel, que é uma mulher inteligente e esperta. Ele nunca se importou com o jeito dominador dela. Isso o salvou do incômodo de ter que decidir sobre algo. Davy, pare de se contorcer como uma cobra!

— Não tenho o que fazer — o menino reclamou. — Não posso comer mais, e não é tem graça ficar vendo Anne e você comerem.

— Então, vá e leve sua irmã para darem comida às galinhas — Marilla ordenou. — E não tire mais nenhuma pena do rabo do galo!

— Eu queria fazer um cocar de índio — Davy explicou, desanimado. — Milty Boulter tem um muito bonito, feito com as penas que sua mãe lhe deu, quando ela matou o velho peru que eles tinham. Deixe arrancar só mais algumas? Aquele galo tem muito mais penas, do que deveria.

— Ah. Pegue o espanador de penas velho — Anne sugeriu. — Podemos tingir as penas de verde, vermelho e amarelo, se quiser.

— Anne, você mima demais esse garoto — Marilla a censurou, quando Davy, orgulhoso, puxou a bem-comportada Dora para irem ao galinheiro.

Marilla até progrediu nas ideias sobre educação de crianças nos últimos anos, mas não tinha sido capaz de se livrar da ideia de ser prejudicial, para meninos e meninas, ter suas vontades satisfeitas.

— Todos os meninos da escola possuem cocares, e Davy quer também — Anne explicou. — Sei como se sente... Nunca vou esquecer, como desejei ter mangas bufantes, quando todas meninas usavam as delas. E Davy não está sendo mimado. Ele está progredindo dia após dia. Veja como progrediu desde que veio para Green Gables, há um ano atrás.

— Não faz mais tantas travessuras, desde que começou a frequentar a escola — Marilla reconheceu. — Suponho que Davy esteja gastando sua energia brincando com os outros meninos. Anne, não estou entendendo por que Richard Keith ainda não nos escreveu novamente... nenhuma palavra, desde maio passado...

— Tenho medo do que ele venha a escrever — a moça suspirou, enquanto tirava a mesa. — Se chegasse uma carta, eu teria medo de abrir, temendo que nos dissesse para lhe mandar os gêmeos.

Um mês se passou e, realmente veio uma carta. Mas não era de Richard Keith. Um amigo escreveu para informar que ele havia morrido de tuberculose, duas semanas atrás. Era o testamenteiro de Richard, o qual tinha deixado uma boa quantia de dinheiro sob a custódia da senhorita Marilla Cuthbert até que David e Dora Keith se tornassem maiores de idade ou se casassem. Mas enquanto isso não acontecesse, ela deveria usar os rendimentos do dinheiro para aplicar na educação e nos gastos das crianças.

— Parece horrível ficar contente por algo relacionado a uma morte — disse Anne tristemente. — Sinto muito pelo senhor Keith, Por outro lado, estou feliz por ficarmos com os gêmeos.

— E esse dinheiro será muito bem-vindo — Marilla afirmou, sempre prática. — Gostaria, sinceramente, de ficar com as crianças, mas não tinha a menor ideia de como poderia sustentá-las, ainda mais quando eles crescessem. O aluguel da fazenda só mantém os gastos da casa, e não queria gastar com os dois, nada desse dinheiro. Do jeito que as coisas estão, você já faz demais por esses gêmeos. Por exemplo, Dora não precisava daquele chapéu novo, que você comprou para ela. Afinal porque um gato precisa de duas caudas. Contudo, um problema está resolvido, e o futuro deles está garantido.

Davy e Dora ficaram maravilhados quando souberam que ficariam em Green Gables "para sempre". E a morte do tio que não conheciam em nada poderia estragar, nem por um momento, aquela felicidade.

No entanto, Dora ficou apreensiva.

— Tio Richard foi enterrado? — ela sussurrou para Anne.

— Creo que sim querida.

— Ele... ele... não ficará como o tio de Mirabel, não é? — a menina perguntou, em um sussurro aflito. — Não vai ficar rodeando as casas, depois de ter sido enterrado, vai, Anne?

CAPÍTULO XXIII

O CORAÇÃO PARTIDA DA SENHORITA LAVENDAR

Vou fazer uma caminhada até Echo Lodge, hoje ainda — Anne comentou, em uma tarde de dezembro. — Tudo indica que irá nevar — Marilla avisou, prevenida.

— Chegarei antes que a neve caia, e pretendo dormir na casa de pedra. Diana não poderá ir porque tem visita, e tenho certeza que a senhorita Lavendar vai querer que passe essa noite lá. Já se passaram duas semanas desde a última vez em que estivemos por lá.

Daquele dia de outubro em que Anne e Diana erraram o caminho, Anne tinha visitado Echo Lodge muitas vezes. Em algumas delas, Anne e Diana haviam ido, de charrete, pela estrada, mas em outras, caminharam pelo bosque. Quando Diana não podia ir, Anne ia sozinha. Entre ela e a senhorita Lavendar, havia nascido uma amizade fervorosa e promissora, possíveis somente entre uma mulher com o frescor da juventude e na alma com uma jovem na qual a imaginação e a intuição supriam a falta de experiência.

Anne encontrou na pequena mulher solitária e cheia de fantasias, uma verdadeira "alma gêmea". Mas também, Anne e Diana tinham entrado na triste vida da senhorita Lavendar com a alegria saudável e o entusiasmo pela vida na Terra, que, "esquecendo o mundo por ela esquecido", ela já tinha deixado de compartilhar. As duas moças tinham trazido uma clima de juventude e realidade para a pequena casinha de pedra.

Sempre Charlotta as cumprimentava com seu sorriso largo — e os sorrisos de Charlotta eram assustadoramente largos. A menina adorava Anne e Diana, tanto por alegrar sua querida patroa, quanto por elas mesmas. Nunca antes havia tanta diversão naquela casinha de pedra, como naquele outono prolongado, quando novembro se confundia com outubro novamente, e até mesmo dezembro imitava o brilho do sol e as anuâncias do verão.

Especialmente naquele dia, pareceia que dezembro havia se lembrado que já era inverno e, por isso, tinha rapidamente se tornado nublado e sombrio, silencioso e com pouco vento, indicando que haveria neve. Apesar disso, Anne apreciou encantadamente sua caminhada pelo grande e cinzento labirinto de pinheiros, e mesmo sozinha, não se sentiu solitária. Sua imaginação incluiu no trajeto suas companhias alegres, tendo com elas, uma animada conversa imaginária, que foi, sem dúvida, muito mais espirituosa e fascinante do que aquelas que era na vida real, em que as pessoas, às vezes, fracassam lamentavelmente em se entender. Em um dia de faz de conta, cujos participantes são espíritos escolhidos, todos dizem exatamente aquilo que você quer ouvir e, portanto, dizem exatamente o que você quer dizer. Sendo assim, distraída por essas companhias invisíveis, Anne atravessou o bosque e chegou à alameda de abetos exatamente no momento em que flocos de neve, grandes e macios começavam a cair do céu.

Já na primeira curva, Anne se deparou com a senhorita Lavendar parada sob um pinheiro grande e frondoso. Usava um lindo vestido vermelho vivo, envoltos em um xale de seda prateado.

— Nossa! A senhorita Lavander parecia a rainha das fadas do bosque de abetos! — Anne exclamou alegremente.

— Imaginei que viria essa noite, Anne — disse a senhorita Lewis, correndo ao seu encontro. — E estou muitíssimo satisfeita, porque Charlotta não está aqui. Sua mãe está doente, então foi passar a noite em casa. Eu me sentiria tão solitária se você não viesse... Hoje, nem os sonhos nem os ecos seriam companhia suficiente. Oh, Anne, você está linda! — ela acrescentou subitamente, admirando a moça alta e magra, com o rosto levemente rosado por causa de sua caminhada. — Tão linda e tão jovem! Não é maravilhoso ter 17 anos? Eu realmente invejo você neste aspecto — a senhorita Lavendar concluiu, sincera.

— Mas, no seu coração, a senhorita tem 17 anos também — a moça sorriu.

— Não, já estou muito velha... quer dizer, estou na meia-idade, o que é bem pior — suspirou. — Às vezes, consigo fingir, mas, outras vezes, tenho plena consciência disso. E não me conformo em se tratando de minha idade, como a maioria das mulheres faz. Continuo rebelde como quando descobri meu primeiro fio de cabelo branco. Anne, pare de me olhar com a expressão de que está tentando me compreender. Você com 17 anos não seria capaz de entender. A partir deste momento, fingirei que também tenho 17 quando estiver aqui, seria possível fazer isso? Você traz juventude consigo, como um presente rejuvenescedor. Vamos fazer uma noite feliz. Primeiro, tomamos chá... o que quer para o chá? Vamos comer o que você goste. Por favor, pense em algo delicioso e apetitoso.

Naquela noite, houve sons de festa e contentamento na pequena casa de pedra. Enquanto cozinhavam, degustavam doces, davam gargalhadas e "imaginavam", a senhorita Lavendar e Anne se comportaram de forma totalmente adversa para uma solteirona de 45 anos, assim como para uma professora calma e sensata. Depois, quando ficaram cansadas, sentaram-se sobre o tapete em frente à grade da lareira da sala, iluminada apenas pelo brilho da labareda e docimente perfumada pelas rosas no vaso sobre a mesa. O vento havia começado a soprar, suspirando e sussurrando por toda a casa, e a neve caía suavemente nas janelas, como se centenas de duendes da tempestade pedissem para entrar.

— Estou tão feliz por você ter vindo, Anne! — exclamou a senhorita Lavendar, mordendo delicadamente seu doce. — Se não estivesse aqui, eu estaria triste... bem triste... senão deprimida. Sonhos e fantasias são fáceis à luz do sol, durante o dia, mas, quando chega a escuridão e a tempestade, eles não são suficientes. Nesses momentos, as coisas reais se fazem necessárias. Mas você não compreende isso... jovens de 17 anos nunca pensam disso. Nessa idade, os sonhos se satisfazem completamente, pois a realidade são guardadas para mais adiante. Com meus 17 anos, Anne, nunca pensei que seria uma velha solteirona de cabelos brancos, solitária, com exceção do meu imaginário que sempre preencheram minha vida.

— Mas não a vejo como uma velha solteirona — Anne indagou, sorrindo para os melancólicos olhos castanhos. — As velhas solteironas já nascem assim... elas não se tornam velhas solteironas.

— Algumas mulheres já nascem velhas solteironas, outras conquistam essa condição ou são obrigadas a conviver com ela — a senhorita Lavendar completou.

— Então, a senhorita conquistou essa condição — Anne sorriu. — E fez isso de forma tão brilhante, que chego a pensar que se todas fossem como a senhorita, elas estariam na moda.

— Gosto de fazer as coisas da melhor maneira possível — a senhorita Lavendar disse, pensativa –, e como acabei me tornando uma velha solteirona, decidi viver bem nessa condição. As pessoas dizem que sou esquisita, mas isso acontece porque imponho meu jeito de ser, recusando a imitar o modelo tradicional de velha solteirona. Anne, alguém já lhe falou sobre meu romance com Stephen Irving?

— Sim — Anne respondeu, com franqueza. — Ouvi dizer que foram noivos, no passado.

— A 25 anos atrás... o tempo de uma vida. Estávamos preparando-nos para casar na primavera seguinte. O meu vestido de noiva já estava até pronto, embora ninguém — exceto mamãe e Stephen — soubessem. De certa forma, estávamos comprometidos um ao outro desde a infância. Quando Stephen ainda era garoto, a mãe dele costumava trazê-lo aqui, sempre que vinham visitar mamãe. Desde a segunda vez em que vieram — ele tinha 9 anos, e eu, 6 –, ele me disse, no jardim, que havia resolvido consientemente que se casaria comigo quando crescêssemos. Lembro que eu lhe disse: "Obrigada", depois que ele foi embora, falei prontamente com mamãe, pois havia sido tirado de minha cabeça o medo de acabar sendo uma velha solteirona. Oh, como minha pobre mãe riu daquilo!

— Mas o que aconteceu de errado? — Anne questionou, ansiosa.

— Tivemos uma briga tola, boba e banal; tão tola que, nem lembro direito como começou. Nem me recordo quem foi o maior culpado. Na verdade, Stephen começou a discussão comigo, mas acho que o irritei com alguma de minhas tolices. Ele tinha um ou dois cavalheiros rivais, você sabe como são as coisas... Eu era bonita, vaidosa, gostava de ser admirada e, costumava provocá-lo, às vezes. Stephen era um homem ciumento, porém muito sensível. Bem, no dia em que nos separamos, estávamos ambos nervosos. Contudo, pensei que no final tudo daria certo, como realmente ia mesmo, se Stephen não houvesse voltado cedo demais. Anne, querida, me desculpe dizer — nesse momento, a senhorita Lavendar abaixou o tom de voz, como se estivesse prestes a confessar uma algo terrível — que sou estupidamente rancorosa. Oh, não precisa fingir que não acreditou, é a mais pura verdade. Por muito tempo realmente guardo rancor. Como Stephen voltou antes que o rancor estivesse desaparecido, me recusei a escutá-lo e, mais ainda, a perdoá-lo prontamente. Com isso, ele foi embora para sempre; ele era orgulhoso demais para tentar mais uma vez. Aí, fiquei ressentida, porque ele não havia voltado. Acho que eu deveria tê-lo procurado, mas não queria me humilhar fazendo isso. Era tão orgulhosa quanto ele, e orgulho e rancor formam uma combinação terrível, Anne. Depois desse acontecimento, não me interessei por nenhum rapaz, e nem deixei que isso acontecesse. Eu tinha certeza que preferiria permanecer uma velha solteirona, que seja para o resto da minha vida, do que me casar com qualquer um que não fosse Stephen Irving. Bom, agora tudo parece ter sido um sonho, claro. Oh! Anne, você está me olhando com tanta solidariedade! Tão sentida quanto só quem tem 17 anos pode sentir... Mas, por favor, não exagere. Sou uma solteirona verdadeiramente feliz e satisfeita, apesar de meu coração partido. O meu coração realmente se partiu — se é que, isso possa acontecer neste mundo — quando me dei conta de que Stephen Irving não voltaria mais. Mas, na vida real um coração partido dói bem menos, do que lemos nos livros. É doloroso, sim, como se fosse uma cor contínua — embora saiba que você não considera exatamente romântica. Às vezes, dói muito, e você passa noites sem dormir, mas, no intervalo entre as fases, você desfruta do que há de bom na vida, os sonhos, os ecos e as guloseimas, como se aquela dor nunca houvesse existido. Ah, agora você parece decepcionada... parece que não acha tão interessante como há cinco minutos, quando acreditava que sempre fui vítima de uma lembrança, corajosamente escondida atrás de sorrisos. Isso é o pior ou o melhor, da nossa vida real, Anne. Ela não deixa você ser infeliz. Está sempre tentando nos animar, e conseguindo, mesmo quando estamos decididos a ser infelizes. Esse doce não está uma delícia? Já comi mais do que normalmente como, mas vou continuar agindo irracionalmente.

Depois de alguns minutos de silêncio, a senhorita Lavendar disse espontaneamente:

— Fiquei surpresa ao saber sobre o filho de Stephen, naquele dia em que vocês esteveram aqui, Anne. Desde então, não consegui falar com você a respeito, porém queria saber tudo sobre esse menino. Que tipo de garoto é Paul?

— Ah, é o menino mais doce e querido que já conheci, senhorita Lavendar... E ele também imagina muitas coisas, assim como nós fazemos.

— Eu gostaria muito de conhecê-lo — a senhorita Lavendar disse alegremente, como se estivesse falando consigo. — Fico imaginando se ele se parece, em alguma coisa, com o garotinho dos sonhos que vive dentro do meu coração... Meu garotinho dos sonhos...

— Se a senhorita quer conhecê-lo, trarei Paul comigo algum dia desses — Anne sugeriu.

— Mas é claro que quero, mas não imediatamente. Preciso me acostumar com a ideia. Pode haver mais sofrimento do que alegria, caso ele se pareça demais com Stephen ou não se pareça nem um pouco com o pai... Pode trazer o garoto daqui a um mês, Anne?

Conforme combinaram, um mês se passou e, Anne e Paul atravessaram o bosque rumo à casinha de pedra. Encontraram com a senhorita Lavendar na vereda. Ela não os aguardava naquele exato momento então, ficou muito assustada ao vê-los.

— Então, você é o filho de Stephen — disse, sussurando, pegando na mão de Paul e olhando fixamente para eles, uma criança muito bonita e alegre, usando um elegante casaco de pele e um gorro. — E ele... ele é muito parecido com o pai.

— Todos dizem que sou prova real de que "filho de peixe, peixinho é" — Paul comentou, muito tranquilo.

Anne ficou assistindo aquela cena, e respirou aliviada. Viu que a senhorita Lavendar e Paul haviam simpatizado um com o outro, e que não haveria nenhum constrangimento, nem mesmo algum desconforto naquele encontro. A senhorita Lavendar era uma pessoa muito simpática, apesar de seus sonhos e fantasias. Passado a primeira impressão, quando quase aflorou seu sentimento secreto, ela o ocultou novamente e conversou com Paul de uma maneira tão brilhante e natural, quanto se ele fosse o filho de qualquer outra pessoa que tivesse vindo lhe fazer uma visita.

Passaram uma tarde maravilhosa juntos, e o jantar foi um banquete de comidas deliciosas, repeleto de guloseimas, que fariam a senhora Irving erguer as mãos, aterrorizada, acreditando que o metabolismo do neto estaria arruinado para sempre.

— Venha me visitar novamente, rapaz bonito — disse a senhorita Lavendar, apertando a mão de Paul, na despedida.

— Pode me dar um beijo, se quiser — o menino falou, repentinamente.

Rapidamente, ela se inclinou e lhe deu um beijinho.

— Como soube que eu queria dar? — sussurrou.

— A senhorita olhou para mim, exatamente como minha mãe costumava fazer, quando queria me beijar. Não gosto de ser beijado. Meninos não gostam, sabe disso, não é? Mas acho que senti vontade de que me beijasse. E é claro que voltarei. Gostaria que a senhorita fosse uma amiga especial para mim, se não for um inconveniente.

— Eu... não me oponho — ela respondeu, se virou e entrou em casa rapidamente; mas, logo depois, apareceu acenando e sorrindo alegremente para eles, pela janela.

— Gostei da senhorita Lavendar — disse Paul, enquanto atravessavam o bosque na volta. — Gostei da forma como ela me olha, da casinha de pedra dela e de Charlotta. Eu queria que vovó Irving tivesse uma menina como Charlotta, em vez de Mary Joe. Tenho certeza de que Charlotta não pensaria que sou estranho, quando lhe contasse o que penso sobre as coisas. E, nosso chá não foi esplêndido, Anne? Vovó diz que um menino não deve ficar pensando sobre o que tem para comer, mas não é verdade, às vezes, ainda mais quando se está com muita fome. A senhorita sabe, professora. Eu não acredito que a senhorita Lavendar, obrigaria um garoto a comer somente mingau no café da manhã, ainda foi mais se ele não gostasse. Ela lhe daria coisas deliciosas. Mas, é claro que — e Paul justo — poderia não ser saudável. Mas, serviria para variar um pouco de vez em quando, não é professora? A senhorita sabe.

CAPÍTULO XXIV

UMA PROFECIA

Certo dia do mês de maio, os moradores de Avonlea estavam bastante agitados, por causa de algumas "*Notas de Avonlea*", assinadas por um "Observador Secreto" e publicadas no jornal *Daily Enterprise,* de Charlottetown. Diziam as especulações que era de autoria de Charlie Sloane. Issto porque o referido Charlie já havia alçado voos literários semelhantes no passado. Também porque uma das notas pareciam conter chacotas contra Gilbert Blythe. Era sabido pelos jovens de Avonlea que Gilbert Blythe e Charlie Sloane eram rivais na conquista pelo amor de certa donzela, de olhos cinzentos e de imaginação vasta.

Como era de costume, os boatos nem sempre correspondiam à realidade. Gilbert Blythe, incitado e ajudado por Anne, havia escrito algumas notas, sendo uma a seu próprio respeito somente para afastar as suspeitas. Na verdade, apenas alguns trechos dessas notas têm alguma importância nesta história. São eles:

Existem rumores de que haverá um casamento em nosso vilarejo, antes mesmo que as margaridas floresçam. Um jovem respeitado habitante de Avonlea levará para o altar nupcial uma de nossas damas populares.

***

Tio Abe, famoso profeta do tempo, em sua última previsão, declarou que haveria uma tempestade violenta, muitos raios e trovões, no início da noite de 23 de maio, mais precisamente às 19 horas. A área a ser atingida pelo temporal ocupa a maior parte da província.

As pessoas que viajarem na noite do dia 23 farão bem em levar guarda-chuvas e botas.

— Ele realmente previu uma tempestade para um dia desta primavera — Gilbert disse —, mas será, Anne, que o senhor Harrison está visitando Isabella Andrews?

— Não — a moça respondeu, sorrindo —, certamente ele só vai até lá para jogar damas com o senhor Harmon Andrews. No entanto, a senhora Lynde diz saber que Isabella Andrews, provavelmente irá se casar, porque "ela está muito alegre e animada nesta primavera".

Tio Abe, coitado, ficou indignado com a nota sobre sua previsão. Suspeitou que o "Observador Secreto" zombou dele e negou furiosamente que tivesse estipulado uma data específica para o temporal que havia anunciado. Porém, ninguém acreditou em sua negativa.

A vida cotidiana em Avonlea fluiu normal e tranquilamente seu curso habitual. Um plantio foi feito com êxito, pois os melhoradores celebraram um Dia da Árvore no qual cada um deles plantou — ou conseguiu que alguém o fizesse — cinco árvores. Contando que a Sociedade já possuía quarenta membros, significou um total de duzentas novas árvores na comunidade. Acrescentado a isso, a aveia, amadureceu precocemente, esverdeou os campos. Nos pomares, as macieiras estenderam seus galhos floridos sobre as casas das fazendas, e a Rainha da Neve se enfeitou como uma noiva em seu dia do casamento. Anne tinha hábito de dormir com a janela aberta, para sentir o perfume da doce cerejeira trazido pelos ventos à noite. Achava muito romântico, enquanto Marilla, dizia que a moça estava arriscando sua vida e se colocando em risco.

— O Dia de Ação de Graças era festejado na primavera — Anne falou, em um dia, durante o entardecer, quando as duas estavam sentadas nos degraus da porta da frente, ouvindo o coro dos sapos. — Suponho que seria muito melhor do que em novembro, quando tudo está morto ou dormindo. Não é um dia em que temos de nos lembrar de agradecer? Ora, em maio, é impossível nos esquecermos de ser gratos... no mínimo, por estarmos vivos. Nesse momento, eu me sinto exatamente como Eva, no Éden, antes do pecado original. A vegetação no vale, está verde ou dourada? Marilla, eu penso que desfrutar um dia fascinante como este, em que há flores por todos os lados, e os ventos, por pura extravagância, não sabem para onde soprar, deve ser quase tão bom quanto estar no paraíso...

Marilla parecia atormentada e olhou ao redor, apreensiva, para ter certeza de que os gêmeos não estavam por perto. No mesmo instante, as duas crianças apareceram, saindo por de trás da casinha.

— Não é um fim de tarde encantador e perfumado? — Davy perguntou, respirando fundo alegremente e balançando uma enxada suja de terra.

O garoto estava trabalhando no jardim. Naquela primavera, Marilla, com o intuito de direcionar para algo útil a sua paixão por lama e terra, havia dado a Davy e a Dora, um pequeno pedaço de terra nos quais eles deveriam plantar, e ambos se empenharam em cumprir a tarefa, cada um de sua maneira.

Dora arrancou ervas daninhas, semeou e regou cuidadosa, e calmamente. Como resultado, àquela altura, seu jardim já estava verde, com pequenas fileiras alinhadas de legumes e plantas da estação. Davy, entretanto, trabalhou com mais euforia do que sensatez. Capinou, afofou a terra, regou e transplantou com tanta força que as suas sementes não tiveram chance de germinar e crescer naturalmente.

— Como vai seu jardim, Davy? — Anne questionou.

— Devagar — disse Davy, com um suspiro. — Não sei por que eles não crescem mais depressa. Milty Boulter disse que plantei durante a fase da lua nova, e que o problema foi exatamente esse. Ele acha que nunca devemos semear, matar porcos, cortar o cabelo ou fazer qualquer outra coisa sem consultar se a fase da lua está correta. É verdade, Anne? Eu queria saber.

— Se não as arrancasse pela raiz, dia sim, dia não, para ver como estão "na outra ponta", suas plantas cresceriam mais depressa — Marilla falou sarcasticamente.

— Só puxei seis para cima — Davy questionou. — Eu queria ver se havia bichos nas raízes. Milty Boulter falou que, se o problema não fosse a lua, então, só poderia ser os bichos. Mas eu só encontrei uma larva... muito grande, nojenta e enrolada. Coloquei ela em cima de uma pedra, peguei outra pedra e esmaguei a larva. No mesmo instante, ela soltou um grande esguicho, podem acreditar! Lamentei ter encontrado só uma. Dora fez o jardim dela no mesmo dia em que fiz o meu, e as plantas dela estão se desenvolvendo muito bem. Por isso, não é culpa da lua — Davy concluiu.

— Marilla, veja aquela macieira! — Anne apontou. — Nossa, parece uma pessoa... que está levantando elegantemente seus braços compridos para alcançar as flores rosadas mais próximas do solo e para nos deixar admiradas.

— As macieiras dessa espécie sempre dão muitos frutos — Marilla comentou, satisfeita. — E essa, em especial, ficará carregada de maçãs, neste ano. Fico muito contente, porque elas são ótimas para fazermos tortas.

Mas, especialmente naquele ano, nem Marilla, nem qualquer outra pessoa da região estava destinada a fazer tortas de maçã.

Chegou o dia esperado vinte e três de maio. Um dia extremamente abafado para aquela época do ano, e ninguém mais havia sentido como Anne e seus alunos, suando sobre cálculos matemáticos e análises sintáticas na sala de aula. Uma brisa bem quente soprou por toda a manhã. Depois do meio-dia, deu lugar a um ar parado e abafado. Cerca de 15h30, Anne ouviu um estrondo de trovão e, rapidamente, dispensou as crianças para que pudessem chegar a suas casas antes da esperada tempestade.

Enquanto seus alunos atravessavam o pátio, Anne avistou uma sombra escura sobre o chão, embora o sol ainda estivesse brilhando intensamente. Aflita, Annetta Bell pegou em sua mão.

— Oh, professora, olhe para aquela nuvem terrível!

Anne olhou e suspirou, assustada. Uma massa de nuvens, como ela jamais havia visto em toda a sua vida, formava-se rapidamente. E esta nuvem era muito preta, exceto nas bordas, nas quais se via um contorno prateado e horripilante. Tinha algo indescritivelmente ameaçador naquelas nuvens negras, que se destacavam no céu azul clarinho; de vez em quando, um raio o atravessava, seguido de um estrondo. Parecia estar tão baixo que quase tocava o topo das arborizadas colinas.

Sr. Andrews vinha subindo a colina com a sua carroça rapidamente, seus cavalos trotavam na maior velocidade que era possível. Ainda assim, conseguiu parou diante da escola e gritou:

— O tio Abe acertou pela primeira vez na vida, Anne? A tempestade que ele previa está chegando! Mas se adiantou um pouco.

Você já viu uma nuvem igual aquela? Ouçam, crianças, todos vocês que estiverem indo pelo meu caminho, amontoem-se na carroça! Quanto aos outros, recomendo, aos que tiverem de percorrer mais de quinhentos metros, corram depressa para a agência de correio e fiquem lá até a chuva parar.

Rapidamente, Anne pegou Davy e Dora pelas braços e desceu a colina, atravessando a Trilha das Bétulas, o Vale das Violetas e a Lagoa dos Salgueiros, tão rápido quanto suas pernas pudessem correr.

Pouco antes que fosse tarde demais, chegaram a Green Gables, Marilla encontrou-os na porta da casa, que havia acabado de chegar, às pressas caregando os patos e as galinhas. Quando todos entraram na cozinha, a luz sumiu, como se tivesse sido levada embora por um sopro poderoso. A nuvem terrível cobriu o sol, e uma escuridão semelhante à do final do crepúsculo tomou toda ilha. Com um alto estrondo de trovão e um brilho ofuscante de raios, o granizo caiu violentamente, cobrindo de branco toda a terra á fora.

Juntamente com o estrondo alto e a tempestade contínua, vinham os baques de galhos partidos atingindo a casa, e o estalo agudo de vidro se quebrando. Em três minutos, todas as vidraças das janelas, de leste a oeste, estavam estilhaçadas, o granizo começou a entrar pelas janelas, cobrindo o chão com pedras, sendo a menor delas do tamanho de um ovo de galinha.

Por inesquecíveis quarenta e cinco minutos, a tempestade caiu sem parar, e todos os que a presenciaram jamais se esqueceram. Marilla, vendo isso pela primeira vez na vida, perdeu todo o controle, por absoluto medo. Ajoelhou-se perto da cadeira de balanço, no canto da cozinha, e ali permaneceu chorando e soluçando a cada estrondo ensurdecedor dos trovões. Anne, repleta de neve, arrastou o sofá para longe da janela e sento-se nele, com os gêmeos. Já no primeiro estampido mais forte, Davy gritou:

— Anne, Anne, chegou o Dia do Juízo Final? Anne, prometo que nunca quis ser travesso!

Depois, enterrou o rosto no colo de Anne e, enquanto todo o seu corpo tremia se manteve lá. Dora, que estava pálida, ficou sentada, quieta, porém calma e imóvel, segurando a mão de Anne. Era estranho que até mesmo um terremoto não pudesse perturbar Dora.

Quase tão subitamente quanto começou, a tempestade terminou. O granizo parou de cair, o trovão continuou para o leste e o sol voltou a brilhar no céu, alegre e radiante, sobre a ilha, transformado o que parecia uma coisa absurda de se pensar: que em 45 minutos, tudo poderia ter acabado.

Marilla levantou-se fraca e trêmula, e se deixou cair sobre a cadeira de balanço. Seu rosto estava pálido, e parecia ter dez anos a mais.

— Nós sobrevivemos pessoal? — perguntou solenemente.

— Tenho certeza que sim — murmurou Davy sorrindo, recobrando seu autocontrole. — Não fiquei nem um pouco assustado, só no começo. Tudo aconteceu tão de repente! Decidi que não iria mais brigar com Teddy Sloane, na segunda-feira, como eu tinha prometido. Mas, depois do que aconteceu, talvez eu mude de ideia. Diga, Dora, você teve medo?

— Sim, fiquei um pouco assustada — Dora respondeu de um modo normal. — Mas fiz minhas preces o tempo todo segurando firmemente na mão de Anne.

— Eu teria feito minhas orações, se tivesse pensado nisso — afirmou Davy. — Mas como podem ver — acrescentou, triunfante — ainda estou aqui, tão seguro quanto vocês, mesmo sem ter rezado.

Anne serviu a Marilla um copo do potente licor de groselha que a própria Marilla fazia. Ela sabia o efeito daquela bebida, desde sua infância em Green Gables.

Depois de acalmarem, foram até a porta da frente, para avaliar as avarias daquela tempestade estranha e aterrorizante. Por todo lado havia um tapete branco — na altura dos joelhos de Anne — de pedras de granizo. Centenas delas estavam amontoadas sobre o telhado e os degraus.

Três ou quatro dias depois, as pedras de granizo derreteram e o estrago que elas haviam causado foi visto, pois cada coisa verde que crescia no campo ou no jardim tinha se dissipado. E não apenas todas as flores das macieiras tinham sumido, como também ramos e galhos haviam sido quebrados. Ainda tinham as duzentas árvores que foram plantadas pelos melhoradores, a grande maioria foi derrubada.

— Será que estamos na mesma ilha ou estamos em outro lugar? — Anne perguntou, estarrecida. — Tamanha destruição não poderia ter sido feita em apenas uma hora.

— Nada parecido tinha acontecido na ilha Prince Edward — Marilla garantiu. — Nunca! Me lembro que, quando era menina, houve uma tempestade muito forte, mas não chegou nem perto dessa. Ficaremos sabendo de uma destruição horrenda, pode ter certeza, Anne.

— Tomara, que nenhuma das crianças tenha sido atingida — a professora murmurou apreensiva.

Felizmente, espalhou-se o comentário de que nenhum aluno de Anne sofreu qualquer acidente, pois todas as crianças que tinham de caminhar por uma distância maior seguiram o excelente conselho do senhor Andrews e foram se abrigar no correio.

— Olhe, ali está John Henry Carter! — Marilla exclamou.

John Henry vinha andando sobre as pedras de granizo, bastante assustado.

— Oh, que coisa horrível, senhorita Cuthbert? O senhor Harrison me pediu ára vir aqui, ver se estão todos bem.

— Nenhum de nós morreu — disse Marilla —, e nenhuma das construções foi atingida. E vocês? Espero que vocês tenham ficado bem.

— Não, senhorita, não tão bem. Fomos muito atingidos. Um raio caiu pela chaminé, derrubou a gaiola de Ginger, fez um buraco no piso e caiu lá no porão. Foi isso!

— Ginger se machucou? — perguntou Anne, aflita.

— Sim, madame. Ele morreu.

Mais tarde, Anne foi conversar e consolar o senhor Harrison. Estava sentado à mesa, acariciando, com a mão trêmula, o corpo colorido e morto do papagaio.

— Pobre Ginger! Não vai mais chamá-la de nenhum nome, Anne — falou desolado.

Anne não imaginaria chorar por causa de Ginger, porém, naquele momento, lágrimas encheram em seus olhos.

— Ginger era minha única companhia, Anne... e agora morreu. Ora, ora, sou mesmo um velho tolo, por me importar tanto com um papagaio. Mas vou fazer de conta que não ligo. E sei que a senhorita vai dizer algo reconfortante, assim que eu parar de falar... por favor, não faça isso. Senão, vou chorar também. Não foi uma tempestade terrível? Acredito que as pessoas não vão mais rir das previsões do tio Abe... nunca mais. Parece que todas as tempestades que ele profetizou durante sua vida inteira, e que nunca aconteceram, vieram hoje, de uma só vez. É surpreendente constatar que ele previu o dia exato, não é mesmo? Veja a bagunça que temos aqui! Preciso sair logo e encontrar algumas tábuas para tapar o chão.

No próximo dia, moradores de Avonlea não fizeram nada que não fosse visitar uns aos outros e comparar os danos causados pela tempestade. As estradas estavam intransitáveis para veículos com rodas, devido às pedras de granizo, e, por isso, todos iam a pé ou a cavalo. O correio chegou tarde, com más notícias de toda a província. Casas foram atingidas, e pessoas, mortas ou feridas. Todo o sistema de telégrafo havia sido afetado, e todos os animais de criação que ficaram ao ar livre haviam morrido.

Tio Abe se dirigiu naquela manhã, à oficina do ferreiro, e lá ficou o dia todo. Era seu momento de vitória, mas não se podia dizer que ele estava feliz porque a tempestade tinha acontecido. Mas, por outro lado, ele realmente ficou muito satisfeito por tê-la previsto e, inclusive, acertado a dia. É verdade que tio Abe esqueceu que já havia negado a data, e a insignificante discrepância com relação ao horário previsto para a tempestade era mero detalhe.

Gilbert que chegou a Green Gables no final da tarde encontrou Marilla e Anne ocupadas, pregando tiras de lonas sobre as vidraças quebradas.

— Não sei quando vamos conseguir comprar vidros novos para essas janelas — Marilla explicou. — O senhor Barry foi a Carmody, hoje à tarde, e não achou para comprar uma vidraça sequer. Às dez horas, tanto Lawson quanto Blair já haviam vendido tudo para os habitantes de Carmody. A tempestade foi aterrorizante em White Sands também, Gilbert?

— Pior que foi. Fui surpreendido na escola, com todas as crianças, e cheguei a pensar que algumas delas enlouqueceriam de tanto medo. Houveram três desmaiaram, duas meninas ficaram histéricas, e Tommy Blewett berrou o mais alto que conseguiu, ininterruptamente, até o final do temporal.

— Eu só gritei uma vez — Davy falou orgulhosamente. — Meu jardim foi arruinado — continuou, com pesar. — Mas o de Dora também — o garoto acrescentou.

Anne, que tinha ido até o sótão, desceu as escadas rapidamente.

— Oh, Gilbert, soube da novidade? A velha e horrorosa casa do senhor Levi Boulter foi atingida por um raio e desabou: ficou completamente queimada. Sou terrivelmente má, por me sentir contente por isso quando tantos outros estragos foram feitos. O senhor Boulter está dizendo, que acredita que a Sociedade para Melhorias em Avonlea recorreu à magia negra para chamar aquela tempestade.

— Uma coisa é certa — Gilbert afirmou, rindo. — O "Observador Secreto" fez a reputação do tio Abe como um verdadeiro profeta do tempo. "A tempestade do tio Abe" ficará na história local. É uma coincidência extraordinária ter acontecido no dia exato que ele falou. De fato, tenho algum sentimento de culpa, como se tivesse mesmo "recorrido à magia". Contudo, não há como não nos alegrarmos com o fim daquela casa velha — mesmo porque não temos que comemorar, ainda mais com relação às árvores jovens que plantamos. Nem ao menos dez se salvaram.

— Sim, teremos que plantar tudo novamente, e só na próxima primavera — Anne concluiu e, na sequência, acrescentou:

— Essa é uma das coisas boas, não há dúvida de que sempre haverá outras primaveras.

CAPÍTULO XXV

UM VERDADEIRO ESCÂNDALO EM AVONLEA

Duas semanas após a tempestade do *tio Abe*, Em uma alegre manhã de junho, Anne atravessou lentamente o quintal de Green Gables, vinha do jardim, com dois lírios brancos, ligeiramente murchos em suas mãos.

— Olhe, Marilla — ela disse tristemente, erguendo as flores diante dos olhos dela, com o cabelo preso por um lenço verde de algodão, que entrava em casa segurando uma galinha depenada —, são os únicos que a tempestade poupou... e ainda assim estavam feridos. Oh, eu sinto muito! Queria ter um buquê para o túmulo de Matthew. Ele sempre gostou dessas flores...

— Eu também sinto falta delas — Marilla admitiu —, embora seja estranho lamentar por flores, quando tantas coisas mais sérias se foram... colheitas destruídas, tantas frutas desperdiçadas, vidros, etc.

— A aveia já foi semeada novamente, Marilla — Anne disse consolando —, e o senhor Harrison disse que se tivermos um bom verão, elas irão se desenvolver bem, apesar de tardiamente. Além disso, todas as minhas flores estão brotando outra vez... mas nada pode substituir os lírios de junho! A pobre Hester Gray também não vai ter nenhum. Voltei ao jardim dela ontem de tardinha, mas não havia um lírio sequer. Tenho certeza de que Hester está sentindo falta.

— Não é certo você dizer isso, Anne, não acho mesmo — Marilla afirmou. — Hester Gray morreu há trinta anos, e sua alma já foi para o céu... espero eu.

— Sim. Mas, acredito que ela ainda se lembre de seu jardim e o ame — Anne argumentou. — Tenho convicção de que, independentemente de quanto tempo eu vivesse no paraíso, eu sempre gostaria de olhar para baixo e ver alguém depositar flores em meu túmulo. Se tivesse um jardim, como o de Hester Gray, precisaria de mais de trinta anos, mesmo no céu, para deixar de sentir saudade dele, sentindo nostalgia.

— Tá bom, mas não deixe os gêmeos ouvirem essas bobagens — Marilla pediu, protestando, enquanto levava o frango para casa.

Anne prendeu os lírios no cabelo e foi até o portão da vereda, onde perdeu algum minutos desfrutando sob o sol brilhante, antes de cumprir suas tarefas de sábado de manhã.

Aos poucos a ilha recuperava sua beleza de forma adorável, a mãe natureza estava dando o melhor de si para fazer desaparecerem os vestígios daquela tempestade horrível e, embora precisasse ainda de muitas luas para ser bem-sucedidas, vinha realizando fazendo maravilhas.

— Eu gostaria de ficar ociosa o dia todo! — ela disse a um pássaro azul que cantarolava no galho de um pinheiro. — Mas, uma professora que além de dar aulas, também educa gêmeos, não pode se entregar à ociosidade, passarinho. Como é doce seu canto, pequena ave azul! Estão alegrando meus sentimentos e o meu coração, melhor do que eu jamais poderia fazer. Ora, quem vem ali?

Vinha pela alameda uma charrete sacolejando, haviam duas pessoas no assento e, na parte de trás, uma grande arca. Ao se aproximarem, Anne reconheceu o condutor, que era o filho do agente da estação ferroviária de Bright River, porém, nunca havia visto a acompanhante... era uma mulher pequena, que saltou rapidamente da charrete defronte ao portão, quase antes que o cavalo parasse. Era uma mulher muito bonita, evidentemente mais perto dos 50 do que dos 40 anos de idade, com bochechas rosadas, olhos negros brilhantes e cabelo também preto e reluzente, sob um maravilhoso chapéu enfeitado com flores e plumas. Apesar de ter percorrido cerca de doze quilômetros por uma estrada poeirenta, ela estava tão limpa e elegante quanto se tivesse acabado de sair uma loja.

— É aqui que o senhor James A. Harrison mora? — ela inquiriu.

— Não, o senhor Harrison mora ao lado — disse Anne, admirada.

— Bem, achei realmente que este lugar parecia muito arrumado e limpo... arrumado demais para James morar — a não ser que ele tenha mudado muito, desde que o conheci — disse a pequena senhora. — É verdade que James A. vai se casar com uma dama que vive nesta ilha?

— Não, não! — exclamou Anne, assustada, com sentimento de culpa que a estranha a olhou com curiosidade, como se suspeitasse que tinha a moça interesse de casar com o senhor Harrison.

— Mas li em um jornal da ilha o *Prince Edward* — a elegante desconhecida insistiu. — Uma amiga me mandou um exemplar, com a notícia sublinhada... amigas são sempre prestativas para fazer isso. O nome de James A. estava escrito acima de "novo cidadão".

— Oh, aquela nota foi apenas uma brincadeira — Anne murmurou. — O senhor Harrison não tem nenhuma intenção de se casar com ninguém. Garanto que não.

— Fico muito contente em saber — disse a dama, enquanto subia rapidamente de volta a seu assento na charrete —, pois, afinal, ele já é casado. Eu sou sua esposa. Oh, você parece surpresa! Suponho que ele tenha se passado por solteiro, e vem partindo corações, de algumas mulheres. Bom, bom, James A. — continuou, acenando com a cabeça vigorosamente e olhando para o campo onde estava a casa branca —, sua diversão acabou! Agora, cheguei aqui... apesar de só ter me dado ao trabalho de vir porque pensei que você estava envolvido em uma grande travessura!

Em seguida, virou-se para Anne e disse:

— Imagino que aquele papagaio de James A. continue tão profano quanto sempre foi.

— O papagaio dele... está morto — disse Anne, que, naquele exato momento, não poderia ter certeza nem mesmo de seu próprio nome.

— Morto? Ah, tudo ficará bem, então! — a dama exclamou alegremente. — Posso me entender com James A, agora que o pássaro está fora do caminho.

Com essas palavras enigmáticas, seguiu em frente pela estrada alegremente, e Anne correu até a cozinha para falar com Marilla.

— Anne, quem era a mulher?

— Marilla, pareço ser louca? — a moça perguntou solenemente, embora com um olhar agitado.

— Não mais do que o habitual — Marilla respondeu, sem intenção de ser irônica.

— Bem, sendo assim, parece que estou acordada?

— Anne, que bobagem está dizendo? Perguntei quem era aquela dama!

— Marilla, se não estou maluca, nem dormindo, ela não pode ter sido uma parte de um sonho... ela é real! Além disso, eu jamais poderia ter imaginado um chapéu como aquele que a dama usava. Marilla, aquela mulher disse que é a esposa do senhor Harrison!

Foi a vez de Marilla ficar surpresa.

— Esposa dele? Anne , então por que ele vem se passando por solteiro?

— Não acredito que ele fez isso realmente — disse Anne, tentando ser justa. — O senhor Harrison nunca disse que não era casado. As pessoas deduziram como certo que ele não era. Oh, Marilla, o que a senhora Lynde vai dizer sobre isso?

Quando Rachel Lynde veio fazer uma visita, Anne e Marilla descobriram o que ela tinha a declarar. Ela não estava surpresa! A senhora Lynde sempre tinha esperado por algo desse tipo! Sra Lynde sempre soube que tinha alguma informação estranha a respeito do senhor Harrison.

— E imaginar que ele abandonou a esposa! — comentou, indignada. — Essa é uma notícia que poderiamos ver nos norte-americano, mas ninguém jamais esperou que isso acontecesse aqui, em Avonlea...

— Mas não podemos afirmar que ele a abandonou! — Anne protestou, tentando acreditar na inocência do amigo, pelo menos, até ter qualquer prova do contrário. — Afinal, não sabemos exatamente o que aconteceu.

— Saberemos em breve. Vou lá agora! — anunciou a senhora Lynde, que nunca aprendeu que existiam no dicionário a palavra *delicadeza,* por exemplo. — Podemos supor que não sei nada sobre a vinda dela. E, como o senhor Harrison prometeu trazer remédios de Carmody para Thomas; esta é uma ótima desculpa para ir à casa dele! Vou descobrir toda a história e passar aqui, na volta, para contar.

A senhora Lynde percorreu o caminho que Anne jamais se atreveu a trilhar. Nada teria induzido a moça a visitar o Sr. Harrison, nem mesmo sua curiosidade. Contudo, sentiu secretamente satisfeita porque a senhora Lynde resolveria o mistério. Anne e Marilla aguardaram ansiosamente o retorno da vizinha, mas a espera foi em vão. Naquela noite, a senhora Lynde não retornou a Green Gables. Mas, às nove horas Davy chegou da casa dos Boulter e explicou o que havia acontecido.

— Encontrei a senhora Lynde e uma mulher desconhecida da ilha, e, nossa, como elas falavam, as duas ao mesmo tempo! A senhora Lynde pediu para eu avisar que sentia muito, mas estava tarde para ela vir aqui esta noite. Anne, estou muito faminto! Tomamos o chá na casa de Milty às quatro horas, e acredito que a senhora Boulter é verdadeiramente má. Ela não nos serviu nenhum bolo, nem compota... e até o pão era contado.

— Davy, quando você faz uma visita, nunca deve criticar nada que lhe oferecerem para comer — Anne explicou. — Isso é falta de educação.

— Está bem... da próxima vez, não falarei mas pensarei! — o menino falou animado. — Anne, agora me sirva algo para comer!

Anne olhou para Marilla, que a seguiu até a despensa e fechou a porta com cuidado. — Pode colocar geleia no pão, para ele. Sei como é o chá na casa de Levi Boulter.

Davy ao pegar a fatia de pão com geleia até suspirou.

— Este mundo não é decepcionante — comentou. — Milty tem uma gata que dá chiliques... todos os dias, durante três semanas tem no mínimo um. Milty disse que é muito engraçada, nessas horas! Eu fui lá hoje somente para ver isso, mas a bichana velha não teve nenhum, ficou o tempo todo saudável e tranquila. Milty e eu ficamos rondando esperando, durante a tarde inteira, e nada! Mas não importa... — a face de Davy se iluminava à medida que a deliciosa geleia de ameixa incorporava em seu ser. Talvez eu ainda veja, a gata ter um ataque. Não é provável que ela pare de dar chiliques assim, de repente, quando já tem costume de fazer isso, não acham? Uhh, essa geleia está deliciosa!

Com Davy, não haviam tristezas que uma geleia de ameixa não fosse capaz de curar.

No domingo, choveu tanto que ninguém conseguiu sair para fofocar pelos arredores, já na segunda-feira, todos os moradores de

Avonlea tinham alguma versão para a história do senhor Harrison. Na escola, houve muito burburinho e Davy voltou para casa com muitas informações.

— Marilla, falaram que o Sr. Harrison tem uma nova esposa... Bem, não exatamente nova, mas eles ficaram descasados por um tempo. Foi o que Milty falou. Eu sempre achei que as pessoas tinham que continuar casadas, já que começaram, mas Milty falou que não, que há maneiras de descasar, se elas não aguentarem mais. Milty diz que uma delas é ir embora, deixar a esposa e ir embora, foi isso que o senhor Harrison fez. Milty contou que o senhor Harrison deixou sua esposa porque ela jogava coisas nele... coisas duras e pesadas, de outro lado Arty Sloane falou que não, que foi porque ela não deixava o marido fumar, e o Ned Clay disse que foi por causa do tanto que ela o criticava. Eu não deixaria a minha esposa, por nenhum desses motivos! Só falaria com firmeza: "Senhora Davy, você tem de fazer apenas o que me agrada, pois eu sou homem". Acredito que isso deixaria minha esposa bem calminha. E, Annetta Bell afirmou que foi a senhora Harrison que deixou ele, porque ele nunca limpava a sola das botas antes de entrar em casa e pensa que ela agiu certo. Irei a casa do senhor Harrison agora mesmo, para ver como é a esposa dele.

Davy voltou logo, desanimado.

— Senhora Harrison não estava, foi a Carmody com a senhora Rachel Lynde para comprar um papel de parede novo para a sala de visitas. E o senhor Harrison me pediu para falar com Anne, para ir até lá, pois tem que conversar com ela. E digo mais, o chão está bem limpo, o senhor Harrison está com barba feita, embora não tenha ido à igreja ontem.

Anne achou que a cozinha do amigo estava irreconhecível. O piso havia realmente sido esfregado até atingir um estado de pureza, e o mesmo pode ser dito sobre todos os móveis e objetos daquele cômodo. O forno tinha sido tão bem polido que ela pôde ver nele o reflexo seu. As paredes haviam sido pintadas de branco, e as vidraças das janelas brilhavam à luz do sol. Sentado ao lado da mesa, estava o senhor Harrison, usando suas roupas de trabalho, as mesmas que tinham diversos buracos e manchas, mas que, estavam perfeitamente remendadas e limpas. Ele estava com barba feita com esmero, e o pouco cabelo que ainda tinha estava cortado.

— Por favor, sente-se Anne, — disse o senhor Harrison, com um tom de voz um pouco mais baixo parecido com o tom que as pessoas de Avonlea usavam em funerais. — Emily foi até Carmody com Rachel Lynde... ela e Rachel Lynde já se tornaram amigas para sempre. É admirável entender as mulheres. Bem, senhorita Anne, meus tempos tranquilos acabaram.. se foram. Presumo que só há limpeza e arrumação, agora em diante,... pelo resto da minha vida.

O senhor Harrison se esforçou o máximo para demonstrar tristeza, mas um brilho irreprimível nos olhos o entegou.

— Senhor Harrison, o senhor está contente por sua esposa retornar? — Anne perguntou. — Não adianta fingir que não está, pois posso ver isso claramente nos seu olhos.

Ele sorriu acanhadamente.

— Bem... bem... estou me acostumando com a ideia, confesso. — Não posso dizer que fiquei triste por vê-la. Um homem precisa de alguma proteção, em uma comunidade, onde nem se pode jogar xadrez com um vizinho sem ser acusado de querer se casar com a irmã desse vizinho e, ver isso escrito em uma matéria.

— Ninguém pensaria que o senhor ia até lá para cortejar Isabella Andrews, se não tivesse omitido que era solteiro — Anne argumentou severamente.

— Não omiti nada. Se alguém tivesse me perguntado, eu teria dito que tenho uma esposa. Mas todos concluíram o contrário. E eu não estava nem um pouco ansioso para falar sobre este assunto. Por ser um assunto que me magoaria. Como a senhora Rachel Lynde reagiria, ao saber que minha mulher havia me abandonado?

— Mas algumas pessoas estão dizendo que o senhor a deixou.

— Foi ela que começou, Anne, ela começou tudo! Vou lhe contar toda a história, para não ter uma má impressão a meu respeito, pior do que mereço... nem em relação a Emily. Mas vamos para a varanda. Está tudo tão assustadoramente limpo aqui que, chego a ter saudade de casa como era antes. Suponho que vou acabar me acostumando a isso, mas, por enquanto, fico mais à vontade na varanda, olhando para o jardim. Emily não teve tempo de limpá-lo.

Assim que os dois ficaram confortavelmente sentados na varanda, o senhor Harrison começou o relato de sua dolorosa história.

— Morava em Scottsford, na província de New Brunswick, Anne.Minha irmã cuidava da casa, e isso era bom para mim. Tudo na casa estava limpo e arrumado, ela me deixava em paz, e ainda me mimava... pelo menos, é o que Emily diz. Porém, três anos atrás, ela morreu. Antes de morrer, ficou muito preocupada comigo e me fez prometer que me casaria. Então, aconselhou-me a pedir Emily Scott em casamento, porque Emily tinha seu próprio dinheiro e era uma dona de casa de verdade. Eu falei: Mas Emily Scott nem olha para mim. Assim, minha irmã respondeu. "Peça e veja", Assim, apenas para tranquilizá-la, garanti que faria isso... e fiz! E Emily aceitou meu pedido. Na minha vida nunca fiquei tão surpreso, Anne... uma mulher inteligente, pequena e linda como ela, e um sujeito velho como eu. Vou lhe dizer, no início pensei que estava com muita sorte. Bem, nós nos casamos e fizemos uma breve viagem de lua de mel de quinze dias em Saint John. Voltamos ao nosso lar às vinte e duas horas e, lhe dou minha palavra, meia hora depois, a mulher estava limpando a casa! –Oh, bem sei que está pensando que minha casa precisava mesmo... seu rosto é muito expressivo, Anne, seus pensamentos aparecem todos refletidos. Entretanto, não... precisava tanto assim. Admito que a casa ficou bagunçada, depois que minha irmã morreu, mas eu tinha contratado uma senhora para limpá-la, e providenciei muitos consertos e pinturas. Preste atenção no que vou dizer: se Emily fosse levada a um palácio novo, de mármore branco, ela começaria a esfregar tudo, com água e sabão, assim que conseguisse pôr um vestido velho. Bem, naquela noite, ela limpou a casa até uma hora da madrugada e, três horas depois, já estava de pé, faxinando novamente. E assim prosseguiu. Anne, até onde consegui acompanhar e não parou mais. Era só esfregar, limpar, lavar, uma coisa sem fim, exceto aos domingos, por estar ansiosa pela chegada da segunda-feira, para começar de novo! Hoje, sei que era seu jeito de se divertir, e que eu poderia ter me resignado àquilo, se ela tivesse me deixado em paz. No entanto, ela se recusava a fazer isso. Estava determinada a mudar meu jeito de ser, mas eu não sou mais jovem para ser modificado. Ela não me deixava entrar em casa se, antes de chegar à porta, eu não tirasse as botas e calçasse chinelos. Quando eu ficava ansioso para fumar meu cachimbo, tinha de fazer isso no celeiro. E meu jeito de falar não é correto. Emily havia sido professora, quando mais jovem, e nunca se esqueceu disso, vivia corrigindo minha fala. Além de tudo isso, odiava meu modo de usar a faca para comer. Bem, como se vê, era assim: críticas, aborrecimentos e repreensões, sem cessar! — Bem, vamos ser justos, Anne, sei que eu eu era teimoso também. Não tentei ser tolerante, como deveria ter feito... só ficava irritado, mal-humorado, quando eu era apontado. Certo dia, falei que ela não tinha reclamado de minha gramática no dia em que a pedi em casamento. Não foi exatamente algo educado a ser dito. Acredito que seja mais fácil uma mulher perdoar um homem por ter batido nela, do que por ter sugerido que ela estava muito ansiosa para tê-lo agarrado. Bem, vivíamos brigando, e isso não era nada agradável. Entretanto, nós acabaríamos nos acostumando um ao outro, a não ser por Ginger. O papagaio foi o motivo da separação. Emily nunca gostou de papagaios, e não suportava Ginger xingar. E eu era muito ligado àquele pássaro, por causa de meu irmão marinheiro. Meu irmão marinheiro era meu favorito, desde que éramos crianças, e ele me enviou Ginger quando estava prestes a morrer. Não vi nenhum sentido em ficar incomodado com seu modo de xingar. Não há nada que eu odeie mais do que atitudes profanas — em seres humanos, mas em um papagaio? Ele só repete o que ouve, sem entender o que estava falando podendo ser até chinês. Mas Emily não via as coisas dessa maneira. Mulheres não vão pela lógica. Ela empenhava em impedir Ginger de xingar, mas não teve êxito quando se esforçou para que eu deixasse de dizer "já sei" e "essas coisa"... Parecia que, quanto mais ela tentava, pior Ginger ficava... bem como eu também.

Senhor Harrison deu um suspiro, deu uma pausa e continuou:

— Bem, as coisas continuaram assim, nós dois cada vez ficamos mais irritados, até que veio o auge da briga. Emily convidou nosso pastor e sua esposa para o chá, além de outro casal, que estavam nos visitando. Eu havia prometido levar Ginger para um lugar seguro, onde ninguém poderia escutá-lo... Emily não tocaria em sua gaiola. Eu tinha intenção mesmo de esconder o papagaio, pois não desejava que pastores ouvissem nada vergonhoso em minha casa. Contudo, isso saiu de minha mente... Emily estava me atormentando tanto com colarinhos limpos e regras gramaticais que não é de surpreender que isso acontecesse. Não pensei, nem por um segundo, naquele pobre papagaio, até que nos sentamos à mesa do chá. No momento exato em que o pastor fazia sua prece, Ginger, que estava na varanda, do lado de fora da janela da sala de jantar, aumentou o tom de sua voz. Ele avistou o peru no quintal, e ver um peru sempre teve um efeito negativo sobre meu papagaio. E, naquele dia, ele se superou! Pode rir, Anne, não nego que eu mesmo costumo achar isso engraçado, de uns tempos para cá; mas, na época, me senti quase tão agoniado quanto Emily. Saí da sala e carreguei Ginger para o estábulo. Bem, não posso dizer que apreciei aquele chá. Eu já sabia, pela expressão no rosto de Emily, que algo estava preparado para Ginger e James A. e estávamos encrencados. Quando os convidados foram embora, fui até o pasto das vacas e, enquanto caminhava meditei bastante. Lamentei muito por Emily e, de certo modo, me senti culpado por não ter sido tão atencioso com ela como era meu dever. Além disso, me perguntei se os pastores não estariam pensando que fui eu que ensinei aquele vocabulário a Ginger. Em resumo, resolvi que Ginger teria de ser misericordiosamente descartado e, depois de levar as vacas para o estábulo, entrei em casa, para dizer isso a Emily. Mas não havia mais Emily, e sim uma carta na mesa... exatamente como nos livros de histórias. Emily escreveu, naquela carta, que eu teria de escolher entre ela e Ginger. E que, enquanto eu não me decidisse, ela ficaria em sua própria casa, até que eu a procurasse para dizer que tinha me livrado do papagaio.

— Fiquei irritado, Anne, e disse para mim mesmo que ela poderia esperar até o Dia do Juízo Final, e persisti naquela teimosia. Empacotei todos os seus pertences e mandei para a casa dela. Acredite, aquilo deu o que falar... Scottsford é um lugar quase tão ruim quanto Avonlea neste aspecto. E todos os moradores ficaram solidários a Emily. Essa história me deixou tão magoado e irado que entendi que, se eu não fosse embora dali, nunca mais teria paz. Então, concluí que o melhor a fazer era me mudar para esta ilha. Eu tinha visitado Prince Edward Island quando era garoto, e gostado muito deste lugar. Pensei em morar aqui, depois de casado, mas Emily sempre afirmou que não viveria em um lugar em que as pessoas teriam medo de sair de casa depois do crepúsculo por medo de cair no mar. Assim, só para contrariar, me mudei para cá. E isso é tudo. Eu nunca mais tive notícias de Emily, ou sobre ela, até voltar no sábado passado, e encontrá-la esfregando o chão, e o jantat pronto sobre a mesa, o primeiro almoço decente que comi desde o dia em que ela havia me deixado. Então, Emily me disse que eu deveria comer primeiro e que, depois que eu terminasse, nós iríamos conversar... quando eu concluí que ela tinha aprendido algumas lições sobre como se entender com um homem. Então, agora ela está morando aqui, e vai ficar... já que Ginger está morto e a ilha é, digamos, maior do que ela imaginava. Ali estão Emily e a senhora Lynde! Não, não vá embora, Anne. Fique e conheça minha esposa Emily. Ja se encontraram no sábado... Emily queria saber quem é a moça ruiva, tão bonita, que vive na casa ao lado.

A senhora Harrison cumprimentou Anne e insistiu para que ela ficasse para o chá.

— James A. contou tudo a seu respeito, e falou sobre como tem sido gentil, trazendo bolos e outras coisas para ele — disse. — Quero me familiarizar com todos os meus vizinhos, o mais cedo possível. A senhora Lynde é uma mulher adorável, não acha? Tão amigável!

Quando Anne voltou para Green Gables, naquele doce crepúsculo de junho, a senhora Harrison a acompanhou na travessia do campo, onde os vagalumes começavam a acender suas luzes.

— Suponho que James A. lhe contou nossa história, estou certa?

— Contou sim.

— Suponho que não preciso explicar mais nada, pois James A. é um homem justo e não deixaria de dizer a pura verdade. A culpa de tudo está longe de ter sido somente minha ou dele. Agora, posso ver isso. Não havia se passado sequer uma hora que eu estava de volta à minha casa, quando desejei não ter sido tão precipitada, mas não quis me dar por vencida. Sei, agora, que esperei demais de um homem como ele. E fui uma boba, ao me incomodar com sua linguagem. Não importa se um homem fala de forma errada, contanto que seja bom e não fique rondando a despensa para conferir quanto açúcar você gastou em uma semana, não é? Sinto que finalmente vamos ser felizes de verdade. E gostaria de saber quem é o "Observador Secreto", para poder agradecer-lhe. Tenho uma grande dívida de gratidão com ele.

Anne achou melhor não dizer, e a senhora Harrison nunca soube que sua gratidão havia chegado aos ouvidos do destinatário. A moça ficou bem impressionada com o alcance das consequências daquelas bobas "Notas de Avonlea". Afinal, elas reconciliaram um homem com sua esposa e fizeram a boa reputação de um profeta.

A senhora Lynde estava na cozinha com Marilla. Estivera lhe contado toda a história.

— Então, o que achou da senhora Harrison? — perguntou a Anne.

— Eu gostei muito dela. Penso que é uma mulher adorável.

— Isso é exatamente o que Emily é — a senhora Rachel concordou com ênfase. — E, como disse a Marilla, acho que não devemos relevar as peculiaridades do senhor Harrison, e fazer o que estiver a nosso alcance para que Emily se sinta em casa em Avonlea. Bem, preciso ir embora. Thomas está sentindo minha falta. Desde que Eliza chegou, tenho saído um pouco mais, e ele parece estar bem melhor nesses últimos dias; mas não gosto de ficar muito tempo longe de Thomas. Soube que Gilbert Blythe renunciou ao cargo na escola de White Sands. Suponho que vai frequentar a faculdade no outono.

A senhora Lynde olhou pentrantemente para Anne, mas a moça estava inclinada sobre um Davy sonolento, que formiu no sofá, e nada pôde ser percebido em sua face. Ela pegou Davy no colo e o levou para o quarto, apoiando sua bochecha na pequena cabeça com seus cachos louros. Enquanto subiam a escada, Davy passou um braço cansado ao redor do pescoço de Anne e lhe deu um beijo molhado.

— Você é muito boa, Anne. Sabe, Milty Boulter escreveu na lousa, hoje, e a mostrou para Jennie Sloane. esta escrito: *As rosas são vermelhas, violetas, azuis, o mel é muito doce, e assim és tu.* E certamente, isso expressa os meus sentimentos pela senhorita, Anne.

CAPÍTULO XXVI

UMA CURVA NO CAMINHO

Thomas Lynde se foi de forma tão silenciosa e discretamente quanto havia passado por ela. Enquanto esteve doente, sua esposa foi uma enfermeira afetuosa, muito paciente e dedicada. Rachel tinha sido um pouco dura com o marido, enquanto ele ainda era saudável, nas ocasiões em que a lentidão ou a docilidade dele a provocavam. Entretanto, depois que Thomas adoeceu, nenhuma voz poderia ser mais suave, mão nenhuma mais gentil e habilidosa, nenhuma vigília, mais incansável.

— Você foi uma esposa muito boa para mim, Rachel — ele declarou humildemente, um dia, durante o entardecer, quando ela estava sentada a seu lado, segurando, com a mão calejada pelo trabalho duro, a mão magra, pálida e enrugada. — Uma esposa boa... Lamento por não deixá-la em melhores condições, mas nossos filhos vão cuidar de você. São todos inteligentes e capazes, igualmente a mãe deles... uma ótima mãe... uma ótima esposa...

Então depois, ele adormeceu, na manhã seguinte, quando o sol estava começando a iluminar os pinheiros pontiagudos no vale, Marilla foi lentamente até o sótão e acordou Anne.

— Anne, Thomas Lynde morreu... seu ajudante que trabalha para eles acabou de me avisar. Estou descendo imediatamente para a casa de Rachel.

Um dia após o funeral de Thomas Lynde, Marilla caminhava para lá e para cá, em Green Gables, com um ar muito preocupado. Ocasionalmente, olhava para Anne, como se estivesse prestes a dizer alguma coisa; então, balançava a cabeça e ficava em silêncio.

Após o chá, ela foi visitar a senhora Rachel Lynde e, quando voltou subiu ao sótão onde Anne corrigia trabalhos de seus alunos.

— Como está a senhora Lynde, Marilla?

— Mais calma e mais tranquila — Marilla respondeu, sentando-se na cama de Anne. Esta atitude indicava alguma inquietação incomum, pois, de acordo com seu código de ética doméstico, sentar-se sobre uma cama que já foi arrumada era uma ofensa. — Mas, está muito sozinha. Eliza teve de voltar para casa hoje... seu filho não está bem, e ela sentiu que não poderia mais ficar aqui.

— Quando eu terminar de avaliar os exercícios, vou até lá conversar um pouco com ela — Anne falou. — Pretendia estudar latim um pouco, mas isso pode esperar.

— Suponho que Gilbert Blythe esteja indo para a universidade no outono — Marilla falou. — Você não gostaria de ir também, Anne?

Anne levantou e olhou, espantada, para Marilla.

— Claro que sim, Marilla, mas isso é impossível.

— Creio que seja possível, sim. Sempre pensei que deveria ir. Nunca me conformei com a ideia de você desistir de seus sonhos por minha causa.

— Ora, Marilla, nunca me arrependi, nem por um momento, de ter ficado em casa. Tenho estado tão feliz... oh, esses dois últimos anos foram simplesmente encantadores!

— Sim, sei que você está suficientemente contente. Mas não é só essa a questão exatamente. Você deve continuar seus estudos. O que economizou, dá para financiar um ano em Redmond, e o dinheiro do gado paga mais um ano seu na faculdade... Além disso, existem as bolsas de estudo e outras coisas desse tipo, que você pode ganhar.

— Sim, Marilla, mas não posso ir. Seus olhos estão melhores, claro, mas não posso deixá-la sozinha com os gêmeos. Eles ainda precisam de cuidados e muita atenção.

— Não estarei sozinha com eles. Era exatamente sobre isso que eu queria discutir com você.Tive uma longa conversa com Rachel, hoje. Anne, ela está se sentindo terrivelmente angustiada a respeito de muitas coisas. Parece que eles hipotecaram a fazenda, há oito anos, para dar ao filho mais jovem a oportunidade de se estabelecer no oeste e só conseguiram pagar um pouco a mais do que os juros.

Além disso, é lógico que a doença de Thomas, de uma forma ou de outra, custou uma grande fortuna. A fazenda vai ter de ser vendida, e Rachel calcula que não sobrará nenhum dinheiro, depois que todas as contas forem pagas. Ela concluiu que vai ter de ir morar com Eliza. Porém, sente seu coração partido. Uma mulher, na idade dela, não faz novas amizades, nem muda de interesses facilmente. Bem, Anne, enquanto Rachel me dizia essas coisas, um pensamento veio à minha mente: e se eu a convidasse para vir morar comigo? Mas, achei que deveria conversar com você, antes de propor qualquer coisa a ela. Se eu tivesse Rachel aqui comigo, você poderia cursar a universidade. O que acha em relação a isso?

— Eu sinto... como se... alguém... tivesse acabado de me dar... a lua... e eu não soubesse... exatamente... o que fazer... com ela — Anne disse, atordoada. — Mas, quanto a convidar a senhora Lynde para morar em Green Gables, Marilla, eu não devo opinar. A senhora acha... tem certeza... de que gostaria disso? A senhora Lynde é uma boa pessoa, e uma vizinha gentil, mas... mas...

— Mas ela tem lá seus defeitos, não é o que quer dizer? Bem, é lógico que tem, mas acho que prefiro tolerar defeitos até piores, do que ver Rachel ir embora de Avonlea. Sei que eu sentiria uma falta terrível dela. É a única amiga verdadeira que tenho aqui, e ficaria desorientada sem ela. Somos vizinhas há 45 anos, e nunca tivemos uma discussão sequer — apesar de termos chegado perto disso, naquele dia em que você se zangou, porque ela a chamou de desengonçada e disse que seu cabelo era vermelho como uma cenoura, se lembra disso, Anne?

— Sim, lembro-me — Anne falou melancolicamente. — As pessoas não esquecem coisas como essa. Como odiei a pobre senhora Rachel naquele momento!

— E, depois, houve aquele seu "desculpas" que você fez! Você era uma criança realmente difícil de entender! Só eu sei o quanto me sentia confusa quanto ao modo de educá-la! Matthew a entendia melhor.

— Matthew entendia você — Anne afirmou docemente, do jeito que sempre se referia a Matthew.

— Bem, creio que poderíamos ajeitar tudo, de forma que Rachel e eu não tivéssemos nenhum conflito. Sempre me pareceu que o motivo pelo qual duas mulheres não conseguem viver em harmonia, na mesma casa, é o fato de compartilharem a mesma cozinha. Agora, se Rachel viesse morar aqui, ela dormiria no sótão do norte, e poderíamos, transformar o quarto de hóspedes em uma cozinha, realmente não temos nenhuma utilidade para um quarto de hóspedes, não acha? Ela colocaria lá o seu fogão, e traria a mobília que quisesse manter, depois de vender sua casa. Assim, Rachel poderia se sentir confortável e independente. E, claro, teria dinheiro suficiente para se sustentar; suponho que os filhos garantiriam isso. Desse modo, eu estaria lhe oferecendo apenas um lugar para morar. Sim, Anne, por todos esses motivos, eu iria mesmo gostar.

— Então, fale com a senhora Rachel, Marilla — Anne falou prontamente. — Eu me sentiria muito triste, ao vê-la ir embora de Avonlea.

— E, se ela aceitar e vier, você vai poder cursar a universidade. Ela pode me fazer companhia e ajudar a cuidar dos gêmeos. Portanto, não há razão, no mundo, para você não ir.

Anne fez uma longa reflexão diante de sua janela, aquela noite. Felicidade e dor lutavam em seu coração. Havia chegado, por fim — súbita e inesperadamente — na curva da estrada; e a universidade, com uma centena de esperanças e sonhos coloridos. Entretanto, Anne sabia também que, quando fizesse aquela curva, teria de deixar para trás muitas coisas queridas. Os pequenos e simples deveres e interesses, aos quais havia se apegado tanto nos últimos dois anos, e que tinham se tornado grandes, com beleza e prazer, pelo entusiasmo que depositara neles. Deixaria a escola, com todos aqueles alunos que tanto amava, inclusive os mais travessos ou peraltas. O mero pensamento em Paul Irving a fez questionar se Redmond College era mesmo uma aspiração tão importante, e valeria a pena.

— Durante esses dois anos, plantei uma grande quantidade de pequenas raízes — Anne disse para a lua —, e, quando elas forem arrancadas, vai doer muito. Porém, acho que é melhor eu ir; afinal, como Marilla falou, não há razão para não ir. Preciso despertar novamente todas as minhas ambições e sacudí-las.

No mesmo dia, Anne enviou sua carta de renúncia aos diretores da escola, e a senhora Rachel, após uma conversa sincera com Marilla, aceitou com gratidão, o convite para morar em Green Gables.

Contudo, preferiu permanecer em sua própria casa, durante o verão, porque a fazenda não seria vendida até o outono, e havia muitas providências a serem tomadas.

— Certamente jamais pensei em morar em uma casa longe da estrada, como é Green Gables — sussurrou a senhora Rachel, para si mesma, com um suspiro. — Mas, na verdade, aquela casa não parece mais tão distante do resto do mundo quanto costumava parecer... Anne fez muitas amizades, e os gêmeos realmente animam o lugar. De qualquer modo, prefiro viver no fundo de um poço a deixar de viver em Avonlea.

Tendo essas duas decisões se espalhado rapidamente pelo povoado, a chegada da senhora Harrison perdeu seu destaque nas popularidades. Mentes sábias ficaram abaladas com o passo precipitado de Marilla Cuthbert, ao convidar a Rachel para morar com ela, e as pessoas comentavam que as duas mulheres não iam se dar bem uma com a outra; que ambas eram orgulhosas demais de seu próprio jeito de ser. Várias previsões foram feitas, mas nenhuma delas perturbou as partes em questão, pois Marilla e Rachel já haviam chegado a uma decisão, clara e justa, a respeito de seus respectivos deveres e direitos em seu novo acordo, e pretendiam cumpri-los à risca.

— Não irei me intrometer em sua vida, nem você na minha — a senhora Lynde havia dito, dicididamente. — E, quanto aos gêmeos, vou ficar contente em fazer tudo o que puder por eles. No entanto, não me comprometo a responder às perguntas de Davy. Não sou uma enciclopédia ambulante, nem um advogado de Filadélfia. Nesse aspecto, você vai sentir muita falta de Anne.

— As respostas de Anne são tão esquisitas quanto as perguntas dele — Marilla falou secamente. — Não tenho dúvida de que os gêmeos vão ter muitas saudades dela. Contudo, o futuro de Anne não pode ser sacrificado, por causa da sede de informações do Davy. Quando ele fizer perguntas que eu não souber responder, vou dizer que crianças devem ser apenas vistas, e não ouvidas. Foi assim que fui criada, e, se quer saber, é um método tão bom quanto essas teorias modernas a respeito da educação de crianças.

— Bem, os métodos de Anne parecem ter funcionado bastante bem com Davy — a senhora Lynde comentou, sorrindo. — O caráter dele se reformou notavelmente, essa é a verdade.

— Ele não é um menino mau — Marilla reconheceu. — Rachel, nunca imaginei que eu iria gostar tanto daquelas crianças! Davy tem uma forma de nos conquistar... e Dora é uma criança amável, embora seja... um pouco... bem, um pouco...

— Tranquila? — a senhora Rachel sugeriu. — Exatamente. Como um livro em que todas as páginas ssão parecidas. Dora vai ser uma mulher bondosa e confiável, mas nunca vai fazer algo que saia da linha. No entanto, é agradável e cômodo conviver com pessoas como ela, mesmo que não sejam tão interessantes quanto os do outro tipo.

Gilbert Blythe foi a única pessoa, que a notícia da renúncia de Anne causou alegria. Os alunos da moça consideraram aquilo uma catástrofe enorme. Annetta Bell estava histérica quando voltou para casa. Anthony Pye lutou duas vezes com outros meninos, mas porque precisava dar vazão a seus sentimentos. Barbara Shaw, coitada, chorou a noite toda. Paul Irving comunicou à avó, em tom desafiador, que ela não deveria esperar que ele comesse mingau por, pelo menos, uma semana.

— Não consigo, vovó! — exclamou. — Nem sei se posso comer qualquer outra coisa. Sinto como se tivesse um nó em minha garganta. Eu queria chorar na volta da escola, mas Jake Donnell estava me observando. Acho que vou fazer isso, quando já estiver na cama. Não daria para perceber em meus olhos, amanhã, daria? E pode ser um grande alívio. Mas, realmente, não consigo comer mingau. Vou precisar de toda a minha força mental para suportar isso, vovó, e não vai me restar mais nenhuma para lidar com o mingau. Oh, vovó, não sei o que farei quando minha linda professora for embora! Milty Boulter aposta que Jane Andrews vai ficar no lugar dela. Suponho que a senhorita Andrews seja muito boa e gentil, mas sei que ela não vai entender as coisas como a senhorita Shirley.

Diana também achou péssiuma a notícia.

— No próximo inverno tudo vai ficar terrivelmente solitário aqui — lamentou, durante o crepúsculo, enquanto a lua lançava raios prateados entre os ramos da cerejeira, enchendo o quartinho com um brilho suave como o dos sonhos, e as duas meninas conversavam. Anne estava em sua cadeira de balanço baixa, perto da janela, e Diana, na cama, com as pernas cruzadas.

— Você e Gilbert terão partido, e o senhor e a senhora Allan também — Diana prosseguiu. — Fiquei sabendo que o senhor Allan vai ser convidado para assumir a paróquia de Charlottetown e vai aceitar, claro. É triste, pois vamos ficar sem pastor durante todo o inverno, suponho, e ter de ouvir uma longa fila de candidatos... e, quase nenhum deles não servirá de nem longe.

— Espero que não convidem o senhor Baxter, de East Grafton, para dirigir a igreja de Avonlea — disse Anne, receosa. — Ele quer vir, mas faz sermões tão sombrios! O senhor Bell afirma que isso é porque o senhor Baxter é um pastor da velha escola, mas a senhora Lynde acha que o problema dele é apenas indigestão. Sua esposa não é uma boa cozinheira, e a senhora Rachel diz que quando um homem é obrigado a comer pão azedo durante duas semanas em cada três, sua teologia está fadada a sofrer alguma consequência. A senhora Allan está desolada, por ter de ir embora. Ela falou que todos têm sido tão bondosos e amáveis com ela, desde que chegou aqui, recém-casada, que sente como se estivesse deixando para trás amigos de uma vida inteira. Além disso, há o túmulo do bebê, não é? Ela não sabe como vai conseguir partir e deixá-lo aqui. Era uma criatura tão pequenina... só três meses de vida... A senhora Allan teme que ele sinta falta da mãe, embora ela entenda que não pode comentar isso com o marido, por nada neste mundo. E me contou que quase todas as noites tem atravessado furtivamente o bosque de bétulas, atrás da casa paroquial, e ido ao cemitério cantar uma pequena canção de ninar para o bebê. Ela me revelou tudo isso ontem, no fim da tarde, quando eu estava depositando algumas daquelas rosas silvestres, que floresceram antes do tempo, no túmulo de Matthew. Então, prometi à senhora Allan que, enquanto eu estivesse em Avonlea, colocaria flores no túmulo do bebê, e que, se eu não estivesse aqui, estava segura...

— Eu faria isso — Diana afetuosamente. — Claro que sim; e vou colocá-las no túmulo de Matthew também, por você, Anne.

— Oh, obrigada! Era a intenção. Poderia pôr na sepultura da pequena Hester Gray também? Por favor, não se esqueça dela! Sabe, tenho pensado tanto e sonhado tantas vezes com ela, que parece que Hester Gray se tornou estranhamente real para mim. Penso nessa moça, lá atrás, em seu pequeno jardim, naquele canto verde, fresco e tranquilo; e imagino que, se eu pudesse voltar no tempo até um daqueles finais de tarde de primavera, exatamente no momento mágico entre a luz e a escuridão, e subir a colina de faias suavemente, na ponta dos pés para não assustá-la, encontraria o jardim exatamente como ele costumava ser: perfumado pelos lírios de junho e pelas rosas silvestres, com a pequena casa ao fundo, coberta de videiras. E a pequena Hester Gray também estaria lá, com seu olhar doce e a brisa agitando levemente seu cabelo escuro; ela vagaria por ali, colocando as pontas dos dedos sob os lírios e sussurrando segredos para as rosas. Então, eu me aproximaria, estenderia minhas mãos e diria: "Oh, pequena Hester Gray, podemos brincar com você? Eu também amo as rosas". Em seguida, nos sentaríamos no velho banco; então, conversaríamos e sonharíamos um pouco, ou simplesmente ficaríamos em silêncio e em paz. Depois, a lua nasceria no horizonte, eu olharia ao redor... e não haveria nem Hester Gray, nem casa pequena com videiras, nem nada de rosas, apenas um jardim velho e abandonado, salpicado de lírios de junho entre a relva, e o vento suspirando nas cerejeiras! Diana, eu não saberia se tudo havia sido real ou apenas fruto de minha imaginação.

Diana se encolheu e apoiou suas costas na cabeceira: sabia que, quando sua companheira de conversas ao crepúsculo dizia coisas tão assustadoras, era melhor ter certeza de que não havia nada atrás de si.

— Receio que a Sociedade para Melhorias vá decair quando você e Gilbert tiverem ido embora — ela comentou, pesarosa.

— Eu não temo nem um pouco. — Anne retrucou, voltando da terra dos sonhos para os assuntos da vida prática. — A Sociedade está firmemente estabelecida; não vai se abalar com isso, principalmente porque as pessoas mais velhas estão ficando cada vez mais entusiasmadas com ela. Veja o que estão fazendo, neste verão, por seus gramados e veredas... Além disso, quando estiver no Redmond, vou procurar novas informações sobre organizações como a nossa, escrever um artigo relatando tudo o que descobrir e enviá-lo para vocês, no próximo inverno. Não tenha uma visão tão desanimada das coisas, Diana! E, eu peço, não estrague meus momentos de alegria e entusiasmo, ainda. Mais tarde, quando eu tiver de me mudar, vou sentir tudo, não sentirei nada de pesar.

— Você tem razão Anne, para ficar feliz... Afinal, vai cursar uma universidade, viverá experiências incríveis, fazer vários amigos novos e adoráveis.

— Sim, espero que faça novos amigos — Anne falou, pensativa. — A possibilidade de fazer novas amizades ajuda a tornar a vida ainda mais fascinante. Mas não importa quantos amigos novos eu tenha, eles nunca vão ser tão queridos para mim quanto os antigos... especialmente uma certa garota de olhos negros e covinhas. Você consegue adivinhar quem é, Diana?

— Mas você vai encontrar tantas meninas inteligentes no Redmond, — Diana suspirou. — e eu sou apenas uma camponesa estúpida do campo que, de vez em quando, ainda diz "sei" — apesar de saber falar corretamente, quando paro para pensar. Bem, é lógico que esses dois últimos anos foram bons demais para não terem um fim. E, de qualquer modo, sei de alguém que está contente porque você vai para o Redmond. Anne, vou lhe fazer uma pergunta... uma pergunta séria. Não fique irritada e responda francamente. Você tem algum sentimento especial por Gilbert?

— Gosto muito mas como amigo, e nem um pouco do jeito que você sugere... — Anne respondeu, calma e segura; ela pensava, de verdade, que estava sendo honesta.

Diana suspirou. Desejava, no fundo, que a amiga tivesse dito outra coisa.

— Não vai querer se casar, Anne?

— Talvez... algum dia... quando eu encontrar a pessoa certa — a amiga falou, sorrindo sonhadoramente para a lua.

— Mas como vai ter certeza de que encontrou a pessoa certa? — Diana insistiu.

— Oh, vou saber reconhecer... algo vai me dizer. Você conhece meu ideal de marido, Diana.

— Entretanto, os ideais das pessoas mudam, às vezes.

— O meu, não. E eu não poderia me apaixonar por nenhum homem que não correspondesse a ele.

— E se nunca o encontrar?

— Então, serei ser uma velha solteirona até morrer — foram as palavras dóceis e resignadas deAnne. — E eu ousaria dizer que essa não é, de forma alguma, a morte mais triste.

— Oh, acredito que a morte não seria o problema; é da vida como uma velha solteirona que eu não gostaria... — Diana retrucou, sem nenhuma intenção de ser engraçada —, embora eu não me importasse tanto, talvez, se eu pudesse ser como a senhorita Lavendar. Porém, eu nunca poderia ser. Afinal, quando eu tiver 45 anos, vou estar horrivelmente gorda; e, se pode haver algo encantador em uma velha solteirona magra, isso é impossível em uma muito rechonchuda. Oh, você já soube que Nelson Atkins pediu Ruby Gillis em casamento, três semanas atrás? Ruby me contou tudo sobre isso. Disse que nunca teve nenhuma intenção de se casar com ele, já que qualquer uma que fizer isso vai ter de morar com os pais de Nelson. Contudo, ele fez um pedido tão perfeitamente bonito e romântico que conquistou o seu coração. Mesmo assim, ela não quis agir precipitadamente e, por isso, pediu uma semana para pensar. Ora, dois dias depois, durante uma reunião do Clube de Costura na casa da mãe dele, Ruby viu um livro sobre a mesa da sala chamado Guia completo de etiqueta. Ela me disse que simplesmente não saberia descrever o que sentiu quando, folheando o livro, encontrou um capítulo cujo título era "A conduta no namoro e no casamento": você acredita que, ali, havia um pedido idêntico, palavra por palavra, ao que Nelson lhe tinha feito! Então, ela voltou imediatamente para casa e escreveu uma resposta negativa perfeitamente severa e impiedosa. Desde então, os pais de Nelson têm se revezado para tomar conta dele, por receio de que o rapaz se afogue propositalmente no rio. Entretanto, Ruby disse que eles não precisam se preocupar com isso, pois "A conduta no namoro e no casamento" fala também sobre como um apaixonado que teve seu pedido de casamento rejeitado deve agir; e não há nada a respeito de mortes por afogamento. Bem, ela afirmou, ainda, que Wilbur Blair está literalmente definhando por sua causa, mas que, infelizmente, não pode fazer nada a respeiro.

Anne se manifestou impaciente.

— Odeio dizer isto, mas... parece muito desleal! Mas... bem... não gosto de Ruby Gillis. Eu tinha estima por ela durante o período em que frequentamos a escola e a Queen's Academy juntas, embora não fossem sentimentos nem parecidos com os que eu tinha por você e Jane, obviamente. Porém, neste último ano, em Carmody, ela ficou tão diferente... tão... tão...

— Eu sei — Diana disse. — É que ele está a flor da pele, Anne... Ruby não pode evitar que as características dos Gillis aflorem nela, mais cedo ou mais tarde. A senhora Lynde costuma dizer que se, algum dia, uma garota Gillis pensou em algo que não fosse ligado a rapazes, ela nunca demonstrou isso, nem em conversas, nem em atitudes. Ela só fala sobre os garotos, os elogios que eles lhe fazem, e como todos os de Carmody são loucos por ela. E o mais estranho nisso tudo é que eles realmente são doidos por ela — Diana admitiu, com algum ressentimento. — Ontem à noite, quando nos encontramos na loja do senhor Blair, ela sussurrou para mim que tinha conquistado um novo "admirador". No mesmo instante, decidi não indagar quem era, pois sabia que ela estava morrendo de vontade de ouvir essa pergunta. Ora, acho que isso é o que Ruby sempre desejou. Você sabe, Anne: desde pequena, ela sempre declarava que queria ter dúzias de pretendentes quando crescesse, e que iria se divertir o máximo que pudesse antes de se casar. Ela é tão diferente de Jane, não é? Jane é uma garota tão bondosa, sensata e bem-educada!

— A querida Jane é uma joia — Anne acrescentou —, mas a verdade é que, afinal, não existe ninguém como minha adorada Diana — acrescentou, inclinando-se para a frente, a fim de dar um tapinha na mão pequena que repousava sobre o travesseiro. Você se recorda daquele fim de tarde, quando nos conhecemos, Diana, e juramos, em seu jardim, que seríamos "amigas para sempre"? Bem, acho que cumprimos aquela "promessa solene"... Nunca tivemos uma briga, nem mesmo um desentendimento... Jamais vou me esquecer da emoção que tomou conta de mim, no dia em que você disse que me amava. Durante toda a minha infância, meu coração foi tão solitário e carente de amor e atenção! Sabe, estou começando a me dar conta de quanto ele era só e carente... Ninguém se importava nem um pouco comigo, nem queria se incomodar com minha existência. Eu teria sido verdadeiramente infeliz se não fosse por aquela minha simples e peculiar vida de sonhos, na qual imaginei todos os amigos que desejava possuir e todo o amor que ansiava receber. Porém, quando cheguei a Green Gables, tudo mudou. E, logo depois, eu conheci você. Oh, Diana, você não sabe o que sua amizade significou para mim. Quero agradecer, aqui e agora, querida, pelo afeto caloroso e verdadeiro que você sempre me dedicou.

— E sempre darei... — Diana se emocionou. — Eu nunca vou amar ninguém... nenhuma garota... nem a metade do tanto que amo você. E se, algum dia, eu me casar e tiver uma menininha, ela vai se chamar Anne.

CAPÍTULO XXVII

UMA ESPLÊNDIDA TARDE NA CASA DA PEDRA

Aonde você vai, tão bem vestida, Anne? — Davy perguntou. — Você está maravilhosa nesse vestido.

Anne tinha descido para almoçar usando um vestido novo de musselina verde-claro, a primeira cor clara que ela usava desde a morte de Matthew. O vestido combinou perfeitamente com ela, realçando os delicados tons de florais de seu rosto e o brilho sedoso de seus cabelos.

— Davy, quantas vezes lhe disse para não usar essa palavra? — ela interrogou o garoto. — Vou até Echo Lodge.

— Deixe-me ir com você! — Davy suplicou.

— Eu levaria, se fosse de charrete, mas vou caminhando, e é longe demais para umas perninhas de 8 anos de idade. Além disso, Paul está indo, e receio que você não se divirta na companhia dele.

— Oh, agora gosto de Paul mais do que antes — disse Davy, começando a fazer desenhos ameaçadores em sua comida. — Desde que eu me tornei um menino bom, não me importo mais, por ele ser melhor. Se eu continuar assim, um dia ainda ficarei igual a Paul... tanto nas pernas como na bondade. E posso dizer, também, que ele é muito gentil comigo e com os outros meninos do segundo ano. Paul não deixa os meninos maiores nos incomodarem, e nos ensina muitos jogos.

— Como ele caiu no riacho ontem, ao meio-dia? — Anne questionou. — Encontrei com Paul, lá no pátio, e o garoto estava tão molhado que mandei que fosse imediatamente para casa e trocasse de roupa, nem mesmo perguntei o que havia acontecido.

— Bem, foi mais ou menos um acidente — explicou Davy. — Ele pôs a cabeça na água, de propósito, mas o resto do corpo caiu sem intenção. Estavam m todos na margem do riacho, tanto os meninos, quanto as meninas... De repente, Prillie Rogerson ficou furiosa com Paul por causa de alguma coisa. Ela é bonita, mas é terrivelmente maldosa e desagradável. Então, Prillie disse que a avó de Paul enrolava as mechas do cabelo dele em tiras de pano, todas as noites, para fazer cachos. Acho que ele nem teria se importado tanto com isso se Gracie Andrews não tivesse dado uma gargalhada; naquele momento, Paul ficou bastante vermelho, porque Gracie é a queridinha dele, você sabe disso, não é? Ele é louco por ela... sempre lhe dá flores e carrega os livros dela até a estrada da praia. Anne, ele ficou vermelho como um tomate! Falou que a avó não fazia nada desse tipo, e que o cabelo dele era cacheado naturalmente. Em seguida, deitou na margem e enfiou a cabeça toda na água, para provar isso. Não, não foi na nascente onde sempre pegamos água para beber — Davy explicou, ao ver a expressão de horror no rosto de Marilla. — Foi naquela menor, mais abaixo. Só que a margem estava escorregadia demais e, por isso, Paul deslizou para dentro do riacho. Devo dizer que, quando ele caiu, fez um cabum bem escandaloso... Oh, Anne, Anne, eu não quis dizer isso... saiu sem querer. Ele fez um cabum esplêndido! E estava tão engraçado quando saiu da água, pingando e com o corpo cheio de lama, que as meninas riram mais do que nunca, com exceção de Gracie, que pareceu bem solidária. Eu gosto de Gracie... o único problema dela é o nariz pontiagudo. Depois que eu crescer para ter uma namorada, não vou escolher uma com nariz pontiagudo. Vou querer uma com um nariz bonito como o seu, Anne.

— Um garoto que bagunça o rosto com calda, enquanto come seu pudim nunca vai atrair a atenção de uma garota — Marilla falou severa.

— Mas vou lavar o rosto, antes de sair para namorar com ela — Davy protestou, esfregando a mão sobre o rosto para tentar limpá-lo. — E vou lavar atrás das orelhas também, sem que ninguém precise mandar. Eu me lembrei de fazer isso hoje, Marilla! Não esqueço mais com tanta frequência quanto antes. Mas — Davy suspirou — existem tantos cantinhos em uma pessoa, que fica difícil se lembrar de todos... Bem, se não posso visitar a senhorita Lavendar, vou ver a senhora Harrison, que é uma mulher incrivelmente bondosa, sabiam? Na despensa dela, sempre tem um pote de biscoitos para os meninos, e ela costuma me dar as raspas da panela em que preparou o recheio do bolo de ameixa. E eu encontro muitas ameixas grudadas nos lados. O senhor Harrison sempre foi um homem bom, mas ficou bem mais gentil, desde que voltou com a esposa. Acho que casar melhora as pessoas. Por que a senhora não se casa, Marilla? Gostaria de saber.

Ser solteira nunca representou um incômodo doloroso para Marilla; portanto, ela respondeu amavelmente — trocando olhares significativos com Anne — que supunha que fosse porque ninguém a pediu.

— Talvez a senhora nunca tenha pedido ninguém em casamento — Davy sugeriu.

— Oh, Davy — Dora falou educadamente, constrangida por opinar sem ninguém lhe perguntar —, são os homens que fazem o pedido.

— Não sei porque eles têm de fazer isso — resmungou o garoto. — Parece que, tudo tem que ser feito pelos homens. Posso comer mais pudim, Marilla?

— Você já comeu mais do que suficiente — Marilla afirmou, mas lhe deu um outro pedaço, porém menor.

— Eu queria que as pessoas pudessem viver de pudim. Por que não podem, Marilla? Eu quero saber.

— Porque elas logo enjoariam de pudim.

— Pois da minha parte, eu gostaria de experimentar — disse Davy. — De qualquer jeito, é melhor ter pudim nos dias em que comemos peixe, e quando há visitas, do que não ter nunca. Na casa de Milty Boulter nunca tem pudim. Milty conta que, quando chega uma visita, a mãe serve só queijo, e ela mesma corta os pedaços... um pequeninho para cada um, e um a mais, por educação.

— Se Milty Boulter fala assim da mãe, é melhor você não repetir — Marilla o censurou.

— Por Deus! — Davy havia aprendido essa expressão com o senhor Harrison e a usava com muito prazer. — Milty fala isso como um elogio. Ele tem um orgulho enorme da mãe, porque as pessoas dizem que ela seria capaz de tirar água de uma pedra.

— Acho... acho que aquelas franguinhas irritantes estão no meu canteiro de amores-perfeitos! — Marilla exclamou, levantou-se e saiu apressadamente.

As inocentes franguinhas não estavam nem perto do canteiro de amores-perfeitos, e nem se pode dizer que Marilla sequer olhou para ele. Em vez disso, sentou-se na porta do celeiro e riu. Riu até ficar envergonhada de si mesma.

Quando Anne e Paul chegaram à casinha de pedra, naquela tarde, encontraram a senhorita Lavendar e Charlotta no jardim, capinando, arrancando ervas daninhas, podando e modelando arbustos com tanta dedicação que pareceu que suas vidas dependiam daquilo. A senhorita Lavendar, sempre alegre e doce, vestindo babados e rendas que tanto amava, largou a tesoura e correu animadamente para encontrar seus convidados, enquanto Charlotta sorria de felicidade.

— Seja bem-vinda, Anne! Imaginei que viria hoje. Você pertence à tarde, e ela não poderia deixar de trazê-la. Coisas desse tipo certamente chegam juntas. Quantos problemas deixariam de existir, se as pessoas pelo menos soubessem disso. Mas, elas não sabem... e, por isso, desperdiçam energia, movendo céus e terras para juntar coisas que não se pertencem. Olá, Paul!... olha, como você cresceu! Já deve estar uns dez centímetros mais alto do que quando esteve aqui antes.

— Sim, como diz a senhora Lynde, comecei a crescer tão depressa quanto um pé de amaranto durante a noite — disse Paul, visivelmente satisfeito com o fato. — A vovó diz que finalmente o mingau está surtindo efeito. Talvez seja isso mesmo. Só Deus sabe! — Paul suspirou profundamente. — Comi o suficiente para fazer qualquer pessoa esticar. E realmente espero, agora que comecei, continuar assim, até ficar tão alto quanto papai. Sabe, senhorita Lavendar, ele mede um metro e oitenta?

Sim, a senhorita Lavendar sabia. O rubor em suas bochechas delicadas aumentou ligeiramente. Mas primeiro ela pegou a mão de Paul, de um lado, e a de Anne, do outro, e andaram em silêncio até a casinha de pedra.

— Hoje é um excelente dia para escutarmos os ecos? — o garoto perguntou ansiosamente. No dia de sua primeira visita, ventava demais para que os ecos fossem ouvidos, e Paul ficou bastante desapontado.

— Sim, é jutamente o melhor tipo de dia — a senhorita Lavendar respondeu, despertando de seu devaneio. — Mas, antes, vamos comer alguma coisa. Suponho que vocês dois não tenham caminhado tanto pelo bosque sem ficar famintos; e Charlotta e eu podemos comer a qualquer hora do dia... nossos apetites são vorazes. Assim sendo, vamos fazer uma visita à despensa, agora mesmo. Felizmente, ela está cheia de coisas gostosas. Tive um pressentimento de que teríamos visitas hoje, e, Charlotta e eu preparamos muitas guloseimas.

— Acho que a senhorita é uma daquelas pessoas que sempre têm guloseimas na despensa — Paul declarou. — A vovó é assim também, ela não aprova lanches entre as refeições. Estou aqui me perguntando — ele acrescentou, pensativo — se devo lanchar fora de casa, quando sei que ela não acha isso certo.

— Oh, creio que ela não desaprovaria, se soubesse que antes de lanchar, fizemos uma longa caminhada. Isso faz uma grande diferença — afirmou a senhorita Lavendar, trocando olhares divertidos com Anne por cima dos cachos castanhos de Paul. — Creio que guloseimas são extremamente nocivas à saúde. Por isso que as comemos tão frequentemente em Echo Lodge. Charlotta e eu, vivemos desafiando todas as leis da boa dieta. Ingerimos todos os tipos de alimentos indigestos assim que nos lembramos deles, seja durante o dia ou à noite. É verdade que temos a intenção de mudar esses hábitos: quando lemos um artigo advertindo contra uma comida de que gostamos, nós o recortamos e pregamos na parede da cozinha, para nos lembrarmos daquela informação. Mas, por algum motivo, sempre nos esquecemos — Até agora, nenhuma guloseima nos matou, embora Charlotta já seja conhecida por ter pesadelos depois de comermos tortas, pastéis, rosquinhas fritas e bolo de frutas, antes de irmos para a cama, à noite.

— Vovó permite somente um copo de leite e uma fatia de pão com manteiga, antes de ir para a cama. Aos domingos, ela põe geleia no pão — Paul contou. — Sabe, sempre fico contente nos domingos à noite, por mais de uma razão. Domingo é um dia longo demais na estrada da praia. Vovó diz que, para ela, é muito curto, e que papai, quando era criança, nunca reclamou que os domingos eram cansativos. Acho que eles não pareceriam tão compridos se eu pudesse

conversar com meus amigos de pedra, mas nunca faço isso aos domingos, porque, nesses dias especificamente, vovó não aprova. Então, eu penso bastante; porém, receio que meus pensamentos sejam todos voltados para o mundo material. Vovó disse que só devemos ter pensamentos religiosos aos domingos. Mas essa minha linda professora aqui me explicou que todo pensamento bonito é religioso, não importa o assunto ou em que dia nós o temos. Porém, tenho certeza de que, só as lições da escola dominical e os sermões são pensamentos religiosos. E, quando existe uma diferença de opinião entre minha avó e minha professora, eu não sei o que fazer. No fundo do coração, Paul pôs a mão no peito e dirigiu os olhos azuis escuros, muito sérios, para o rosto solidário da senhorita Lavendar. Em seguida, disse:
— Concordo com a professora. Entretanto, a senhorita sabe, a vovó criou o papai do jeito dela, e obteve um sucesso brilhante. Já minha professora ainda não criou ninguém, embora esteja ajudando a senhorita Marilla com Davy e Dora. No entanto, não vamos saber como os gêmeos vão ser enquanto não se tornarem adultos. Às vezes, sinto que pode ser mais seguro agir de acordo com os métodos de vovó.

— Acredito que seria — Anne concordou. — Na verdade, eu diria que, se sua avó e eu conversássemos sobre o que realmente queremos dizer com nossas maneiras diferentes de expressar nossas ideias, descobriríamos que nossas opiniões são semelhantes. Você deve seguir o modo dela de expressá-las, pois é resultado da experiência. Vamos ter de esperar até ver como os gêmeos vão ser, no futuro, para sabermos se meu modo é igualmente bom.

Após o lanche, voltaram para o jardim, onde Paul, para sua admiração, conheceu os ecos, enquanto Anne e a senhorita Lavendar conversavam, sentadas no banco de pedra sob o álamo.

— Então, irá embora de Avonlea no outono? — a senhorita Lavendar perguntou melancolicamente. — Eu deveria estar contente por você, Anne... Entretanto, estou terrível e egoisticamente triste. Vou sentir sua falta de coração. Oh, às vezes, não vale a pena fazer amigos. Eles simplesmente saem de sua vida, e deixam uma dor que é pior do que o vazio que havia antes de chegarem.

— Possivelmente a senhorita Eliza Andrews diria, mas nunca a senhorita Lavendar — Anne surpreendeu-se. — Nada é pior do que ficar sozinha... Além disso, não sairei de sua vida; existem coisas como cartas e férias. Minha querida, acho que a senhorita tem estado um pouco pálida e cansada.

— Oh!... oh!... oohh!... ooohhh!... — Paul gritava na vala de pedra, onde vinha fazendo barulhos, a maioria nem um pouco melodiosos quando produzidos, mas, no momento que retornavam, todos estavam maravilhosos, como se tivessem sido transformados em sons de ouro e prata pelas fadas alquimistas do rio. A senhorita Lavendar fez um movimento impaciente com suas mãos.

— Estou mesmo cansada de tudo, até dos ecos. Não há mais nada em minha vida, a não ser ecos. Ecos de esperanças, alegrias e sonhos perdidos. Todos lindos, mas falsos. Oh! Anne, é horrível, de minha parte, falar assim com você. O fato é que estou velha, e isso não combina com minha idade. Sei que vou ficar assustadoramente excêntrica quando estiver com sessenta anos. Mas talvez tudo que eu precise seja de um remédio.

Charlotta, que tinha desaparecido depois do lanche, voltou e anunciou que a área a nordeste do pasto do senhor John Kimball estava cheia de morangos precoces, muito vermelhos, e perguntou se a senhorita Shirley gostaria de ir com ela colher alguns morangos.

— Os morangos novinhos servirão para o chá! — exclamou a senhorita Lavendar. — Oh, não estou tão velha quanto pensei... e não preciso de nenhum remédio! Meninas, quando vocês voltarem com os morangos, vamos tomar o chá aqui fora, debaixo deste álamo prateado. Vou deixar prontinho, inclusive creme caseiro fresco.

Anne e Charlotta foram para o pasto, dos fundos da fazenda do senhor Kimball, um lugar isolado e verde, onde o ar era suave como o veludo, perfumado como um canteiro lilás e dourado como o âmbar.

— Oh, não é fresco e agradável aqui? — Anne respirou profundamente. — Eu me sinto como se estivesse bebendo um raio do sol.

— Sim, senhora, eu também. É exatamente assim que eu me sinto, madame — concordou Charlotta, que teria dito precisamente a mesma coisa se Anne tivesse comentado que se sentia como um pelicano no deserto. Desde que Anne visitou Echo Lodge pela primeira vez, Charlotta sempre subia até seu pequeno quarto sobre a cozinha e tentava, diante do espelho, falar, olhar e se movimentar como Anne.

Contudo, nunca pôde se elogiar por ter sido bem-sucedida nisso; mas "a prática leva à perfeição", como Charlotta havia aprendido na escola, e ela esperava ingenuamente que, com o tempo, aprenderia a levantar o queixo daquela maneira graciosa, fazer os olhos brilharem tão esplendorosamente, andar como se fosse um galho sendo balançado pela brisa. Parecia tão fácil, quando observava Anne!

Charlotta Quarta admirava Anne com todo o seu coração. Na realidade, ela nem achava a moça assim tão bonita. A beleza de Diana Barry, com suas bochechas vermelhas e seu cabelo negro e cacheado, tinha muito mais a ver com o gosto de Charlotta do que os diferentes tons de cor-de-rosa pálido que se revezavam nas bochechas de Anne, ou a magia da cor cinzenta, que lembrava o luar, dos olhos da moça.

— Mesmo assim, eu preferiria me parecer com você do que ser bonita — ela disse a Anne, uma vez, com toda a sinceridade.

Anne sorriu, degustando a parte boa do mel do favo. Estava acostumada a escutar elogios mistos. A opinião pública nunca concordava em relação à aparência de Anne. As pessoas que tinham ouvido dizer que ela era bela ficavam decepcionadas, quando a conheciam. Por outro lado, quem esperava se deparar com uma garota sem graça, quando a encontravam se perguntavam logo onde estavam os olhos dos que a haviam descrito dessa forma. Anne nunca acreditaria que possuía alguma beleza, sempre que se olhava no espelho, tudo o que via era um rosto pequeno e pálido, com sete sardas no nariz. Seu espelho nunca lhe revelou o jogo indescritível, e sempre variável, de sentimentos que apareciam e sumiam em suas feições, como em uma chama acesa, ou o encanto de sonhos e risadas que se alternavam em seus olhos grandes.

Embora não fosse tão bela, em nenhum sentido definido da palavra, Anne possuía um charme enigmático e uma aparência única, que deixavam, naqueles que a observavam, uma agradável sensação de satisfação por ver sua mocidade, sendo cultivada, com todas as suas potencialidades percebidas. Aqueles que conheciam Anne sentiam melhor, embora sem perceber, que sua maior atração era a aura de possibilidades que a cercava, o poder do desenvolvimento futuro que existia nela. Anne parecia viver em uma atmosfera de coisas prestes a ocorrer.

Enquanto colhiam os morangos, Charlotta confidenciou a Anne seus receios em relação à senhorita Lavendar. A pequena e bondosa criada estava preocupada com a situação de sua adorada senhoria.

— A senhorita Lavendar não está bem, madame senhorita Shirley. Estou certa disso. Faz algum tempo já que ela está diferente, madame, desde aquele dia em que a senhorita e o Paul vieram nos visitar juntos. Tenho certeza de que ela pegou um resfriado naquela noite, madame. Após a senhorita e o menino irem embora, ela saiu e caminhou no jardim por muito tempo. Já tinha escurecido, e ela continuou lá, sem se proteger com nada, além de um pequeno xale. Havia muita neve, e ela só pode ter ficado gripada, madame senhorita Shirley. Desde então, ela parece cansada e triste. Parece que não se interessa mais por nada. Não finge mais que vai receber visitas, nem se arruma mais... nada, madame! É só quando a senhorita vem que ela se anima. E o pior sinal de todos, madame senhorita Shirley — Charlotta abaixou a voz, como se estivesse prestes a revelar um segredo muito estranho e terrível —, é que, agora, ela não fica mais brava quando quebro coisas. Ora, senhorita Shirley, ontem quebrei um vaso amarelo e verde que ficava na estante. A avó dela trouxe o vaso da Inglaterra, e a senhorita Lavendar adorava aquela vasilha. Eu estava espanando tudo, com o mesmo cuidado de sempre, madame, mas o vaso escorregou e, antes que eu pudesse pegá-lo, se desmanchou em quarenta milhões de pedaços. Vou lhe dizer, senhorita Shirley, que lamentei muito e fiquei apavorada. Pensei que a senhorita Lavendar ficaria furiosa e me repreenderia horrivelmente. E eu acharia melhor, madame, se tivesse agido assim. Mas não foi: ela entrou na sala, mal olhou para os cacos e me disse: "*Não importa, Charlotta. Recolha todos os cacos e jogue fora*". Desse jeito, senhorita Shirley: "*junte todos os cacos e jogue fora*", como se não fosse um vaso que a avó dela tinha trazido da Inglaterra. Oh, ela não está bem, estou muitissimo preocupada! A senhorita Lavendar não tem ninguém para cuidar dela, somente eu.

Os olhos de Charlotta se encheram de lágrimas. Anne tocou na pequena mão morena que segurava uma caneca trincada, e de forma consoladora lhe disse:

— Acho que a senhorita Lavendar precisa de uma mudança, Charlotta. Ela passa muito tempo sozinha aqui. Poderíamos convencê-la a fazer uma pequena viagem?

Charlotta balançou a cabeça — com seus enormes laços de fita — desconsolada.

— Creio que não senhorita Shirley. Ela não suporta sair de casa. A senhorita Lavendar só tem três parentes, que ela visita de vez em quando, e afirma que só faz isso por uma obrigação familiar. Da última vez em que foi, voltou dizendo que não desejava mais fazer nenhuma visita por obrigação. Falou bem assim: "*Voltei para casa enamorada pela solidão, Charlotta. Nunca mais quero me distanciar de minhas figueiras. Meus parentes se esforçam para que eu me sinta uma velha, e isso me faz muito mal*". Assim mesmo, madame! Então, penso que não seria nada bom convencer a senhorita Lavendar a viajar.

— Isso seria o melhor que poderiamos fazer — Anne respondeu, enquanto colocava o último morango na bacia em que já não cabia mais nada. — Assim que eu tiver férias, vou passar uma semana inteira aqui com vocês. Faremos piquenique todo dia, imaginar todas as coisas mais interessantes que existem e ver se, dessa forma, conseguimos animar e alegrar a senhorita Lavendar!

— Isso vai ser incrível, senhorita Shirley! — a criada exclamou, animada. Charlotta ficou contente pela patroa e, também, por si mesma; afinal, com uma semana inteira para estudar Anne, não havia dúvidas de que poderia aprender a se comportar e se movimentar como ela.

Quando as garotas voltaram para Echo Lodge, descobriram que a senhorita Lavendar e Paul tinham levado para o jardim a mesa quadrada da cozinha e deixado tudo pronto para o chá. Nada jamais tinha sido tão delicioso quanto aqueles morangos com creme, saboreados sob um céu azul salpicado de pequenas nuvens brancas e fofas e à sombra longa do bosque, com seus sussurros e ecos. Depois do chá, Anne ajudou Charlotta a lavar a louça na cozinha, enquanto a senhorita Lavendar, sentada com Paul no banco de pedra, ouvia tudo sobre os amigos de pedra do garoto. A mulher era boa ouvinte, mas, passado algum tempo, Paul percebeu que ela havia perdido o interesse nos Marinheiros Gêmeos de repente.

— Senhorita Lavendar, por que está me olhando dessa forma? — ele indagou, sério.

— Como assim, Paul?

— Como se visse em mim uma outra pessoa, da qual eu a faço lembrar — respondeu Paul, que tinha essas misteriosas percepções ocasionais, o que provava que não era seguro ter segredos quando ele estava perto.

— É verdade, você me faz lembrar de alguém que conheci há muito tempo — ela respondeu sonhadora.

— Quando era jovem?

— Sim, quando eu era jovem. Pareço muito velha, Paul?

— Sabe, não consigo chegar a uma conclusão sobre isso — Paul falou, em tom confidencial. — Seu cabelo parece velho, e, nunca conheci ninguém jovem que tivesse cabelo branco. Mas, quando a senhorita ri, seus olhos são tão jovens quanto os de minha professora. Vou lhe dizer uma coisa, senhorita Lavendar — o rosto e a voz de voz de Paul ficaram solenes como os de um juiz –, a senhorita seria esplêndida como mãe. Tem simplesmente o olhar perfeito... o olhar que minha mãezinha sempre tinha. Acho uma pena a senhorita não ter nenhum filho.

— Existe um menino nos meus sonhos, Paul.

— Oh, é mesmo? Quantos anos ele tem?

— A sua idade, acredito, ou um pouco mais velho do que você, porque a primeira vez em que sonhei com ele foi bem antes de você nascer. Porém, nunca deixo que ele fique com mais do que 11 ou 12 anos. Senão, um dia, ele cresceria completamente, e então eu o perderia.

— Entendo — Paul concordou. — Essa é a beleza das pessoas com quem sonhamos, permanecem com a idade que nós quisermos. A senhorita, a minha professora, e eu, somos os únicos indivíduos que conheço que possuem pessoas imaginárias. Não é engraçado e divertido nós termos nos conhecido uns aos outros? Mas acho que esse tipo de gente sempre acaba se reunindo, mais cedo ou mais tarde. A vovó nunca teve amigos dos sonhos, e Mary Joe pensa que tenho problemas de cabeça por isso. Ora, acho maravilhoso. A senhorita sabe bem como é, não sabe? Agora, me fale sobre o seu menino dos sonhos.

— O garotinho tem olhos azuis e cabelo cacheado, entra no meu quarto e me acorda com um beijo, todas as manhãs. Depois, brinca aqui, no jardim, o dia todo... e eu brinco com ele. Temos vários jogos. Apostamos corridas e conversamos com os ecos, e eu conto histórias para ele. Quando vem o final da tarde...

— Eu sei — Paul a interrompeu —, ele vem aqui e senta a seu lado... assim, pois é claro que, com 12 anos, ele seria grande demais para se sentar em seu colo. Depois, apoia a cabeça em seu ombro, assim... e a senhorita o abraça fortemente, bem apertado... e, por fim, descansa sua cabeça sobre a dele. Claro, é exatamente desse jeito! Oh, a senhorita realmente entende.

Quando saiu da casinha de pedra, Anne encontrou os dois naquela posição, e alguma coisa no rosto de senhorita Lavendar fez a moça odiar o fato de ter de perturbá-los.

— Creio que seja a hora de irmos, Paul, se quisermos estar em casa antes de escurecer. Senhorita Lavendar, logo, logo, passarei uma semana inteira em Echo Lodge.

— Se vier para passar uma semana comigo, vou fazer com que fique por duas — a senhorita Lavendar ameaçou.

CAPÍTULO XXVIII

O PRÍNCIPE RETORNA AO PALÁCIO

Era o último dia letivo na escola de Avonlea, mau chegou e foi embora. Um bem sucedido "exame final" foi aplicado, e os alunos de Anne se saíram excepcionalmente bem. Antes de irem para casa, eles ofereceram a ela um belo discurso e uma escrivaninha, de presente. Todas as mulheres e meninas que estavam lá choraram, e comentou-se no povoado, posteriormente, que alguns dos garotos choraram também, embora eles sempre tenham negado o fato.

As senhoras Harmon Andrews, Peter Sloane e William Bell caminharam juntas e conversaram, durante a volta para casa, atualizando os acontecimentos.

— Acho uma pena Anne deixar a escola, logo agora que as crianças parecem estar tão apegadas a ela — suspirou a senhora Peter Sloane, que tinha o hábito de suspirar por tudo, até mesmo suas piadas terminavam com um suspiro. — É claro que — acrescentou —, todas sabemos que a professora que vamos ter no próximo ano também vai ser muito boa.

— Jane vai cumprir seu dever, não tenho nenhuma dúvida quanto a isso — a senhora Andrew safirmou, ligeiramente ríspida. — Suponho, no entanto, que não vai distrair as crianças com tantos contos de fadas, nem passar tanto tempo vagando com elas pelos bosques. Jane tem seu nome no Livro de Honra do inspetor, e os moradores de Newbridge estão inconsoláveis com sua partida.

— Fico contente por Anne finalmente cursar a faculdade — a senhora Bell declarou. — Ela sempre quis isso, e vai ser ótimo para ela.

— Bem, não sei, não — naquele dia, a senhora Andrews estava determinada a discordar plenamente com todos. — Não creio que Anne precise de mais educação. É bem provável que ela se case com Gilbert Blythe, se a paixão dele por ela durar até eles terminarem a faculdade, e, então, em que o latim ou o grego vão poder ajudá-la? Se ensinassem como lidar com um homem, talvez a ida de Anne tivesse algum sentido.

De acordo com os rumores em Avonlea, a senhora Harmon Andrews nunca tinha aprendido como lidar com "seu homem" e, como resultado, o lar dos Andrews não era exatamente um modelo de felicidade doméstica.

— Soube que o chamado para o sr. Allan assumir a igreja de Charlottetown é para já — disse a senhora Bell. — Isso quer dizer que nós o perderemos brevemente, acho.

— Eles irão embora depois de setembro — a senhora Sloane informou. — Vai ser uma grande perda para a comunidade, apesar de eu sempre ter julgado que a senhora Allan usa roupas alegres demais para uma esposa de pastor. Porém, ninguém é perfeito. Vocês notaram como o senhor Harrison estava bem-arrumado e cordial hoje? Nunca vi um homem mudar tanto! Agora, ele vai à igreja todos os domingos e até contribui com o salário do pastor!

— Paul Irving cresceu! — a senhora Andrews questionou. — Era tão pequeno para sua idade, quando veio para cá. Confesso que quase não o reconheci hoje. Está começando a ficar parecido com o pai dele.

— É um menino muito inteligente — comentou a senhora Bell.

— Sim, é bastante inteligente, mas — a senhora Andrews abaixou a voz —, ele comenta sobre histórias estranhas. Grace voltou da escola, um dia da semana passada, falando umas bobagens que ele havia dito a respeito de umas pessoas que moram lá na praia. Falei a Grace que não acreditasse naquilo, e ela me respondeu que Paul não teve a intenção de convencê-la. Entretanto, se ele não queria que ela acreditasse, por que contou?

— Anne afirma que Paul é um gênio — disse a senhora Sloane.

— Pode até ser. A gente nunca sabe o que deve esperar dos americanos — a senhora Andrews retrucou.

A ideia da senhora Andrews com a palavra "gênio" vinha da forma coloquial de se referir, a qualquer indivíduo excêntrico. Ela provavelmente pensou, assim como Mary Joe, que essa palavra queria dizer o mesmo que "maluco".

De volta à sala de aula, Anne ficou sentada diante de sua mesa, depois que todos saíram, da mesma maneira que havia se sentado no primeiro dia, dois anos antes: o rosto apoiado na mão, os olhos úmidos observando, pela janela, o Lago das Águas Brilhantes. Seu coração estava tão angustiado por causa da despedida de seus alunos que, por um momento, a faculdade perdeu todo o seu encanto. Ela ainda sentia o aperto dos braços de Annetta Bell em volta do pescoço, e ouvia o som do pranto infantil:

— Nunca amarei uma professora tanto quanto eu a amo, senhorita Shirley, nunca, nunca!

Durante dois anos, ela trabalhou com seriedade, fidelidade e dedicação, cometendo muitos erros e aprendendo com seus alunos. E havia recebido sua recompensa. Tinha ensinado coisas a seus alunos, mas sentia que eles lhe haviam ensinado mais lições de ternura, autocontrole, sabedoria inocente e ciências de corações infantis. Talvez ela não tivesse obtido êxito em "inspirar" ambições maravilhosas em seus alunos, mas ela lhes ensinou — mais por sua personalidade doce, do que por suas aulas cuidadosamente preparadas — que era bom e necessário, nos anos que tinham pela frente, viver amável e graciosamente, prendendo-se à verdade, à cortesia e à bondade, e mantendo distância de tudo o que tivesse alguma coisa a ver com a falsidade, a maldade e a vulgaridade. Pode ser que eles não tivessem consciência de que haviam aprendido essas lições, mas certamente se lembrariam delas e agiriam de acordo até muito tempo depois de já terem esquecido o nome da capital do Afeganistão e as datas das Guerra das Rosas.

— Um capítulo a mais de minha vida está encerrado — Anne falou em voz alta, enquanto trancava a gaveta de sua mesa, estava realmente se sentindo triste, mas o romantismo que a ideia de "capítulo encerrado com louvor", trazia consigo algum conforto.

No início das férias, Anne passou duas semanas em Echo Lodge, e todas as pessoas que conviveram com ela naquele período se divertiram muito. Levou a senhorita Lavendar às compras, na cidade, e a convenceu a comprar um corte de organdi, para um vestido novo. Em seguida, vieram as emoções de cortar e costurar o tecido, enquanto a empolgada Charlotta fazia os alinhavos e varria os retalhos. A senhorita Lavendar havia reclamado de não sentir mais interesse em nada, mas o belo vestido novo trouxe o brilho de volta a seus olhos.

— Que pessoa tola e fútil eu devo ser — suspirou. — Fico profundamente envergonhada ao pensar que um vestido novo, mesmo sendo de organdi lilás, pôde me empolgar tanto, quando uma consciência tranquila e uma contribuição adicional para as Missões Estrangeiras não conseguiram.

Enquanto estava em Echo Lodge, Anne foi a Green Gables para remendar as meias dos gêmeos e responder às perguntas de Davy, que estavam acumuladas. No fim da tarde, ela desceu até a estrada da praia, para ver Paul Irving. Ao passar pela janela baixa da sala da senhora Irving, a moça viu Paul no colo de alguém. Contudo, no momento seguinte o menino veio correndo abrir a porta para ela.

— Oh, senhorita Shirley — ele exclamou empolgada —, a senhorita nem imagina o que aconteceu! Uma coisa maravilhosa! Papai está aqui... acredite! Papai! Venha! Papai, esta é a minha linda professora. O senhor sabe quem, papai!

Stephen Irving se aproximou sorrindo para cumprimentar Anne. Era um homem de meia-idade, alto e bonito, com cabelos grisalhos, olhos azul-escuros, e rosto forte e triste, esplendidamente modelado entre o queixo e as sobrancelhas. "Exatamente o semblante de um herói de romance", Anne pensou, com uma súbita sensação de alegria. Seria tão decepcionante conhecer alguém que deveria ser um ídolo e, descobrir que esse homem era careca, ou corcunda, ou, ainda, sem nenhuma beleza varonil. Anne teria achado horrível se o protagonista do romance da senhorita Lavendar não se parecesse com um autêntico herói.

— Então, esta é a bela professora do meu filho, de quem já ouvi falar tantas vezes! — disse o senhor Irving, com um aperto de mão caloroso. — As cartas de Paul a mencionam tanto, senhorita Shirley, que sinto como se já a conhecesse há muito tempo. Quero lhe agradecer pelo que fez ao meu filho. Eu penso que sua influência positiva era exatamente do que ele precisava. Mamãe é uma das melhores e mais queridas mulheres que conheço, mas sua sensatez escocesa, prática e trivial, nem sempre permite que ela entenda um temperamento de um garoto. A senhorita completou o que falta nela. Acho que, tendo convivido com as duas nesses dois últimos anos, a educação de Paul ficou muito próxima à ideal para um menino sem mãe.

Todos gostam de ser apreciadas e admiradas. Os elogios de Stephen Irving fizeram Anne se iluminar encantadoramente, e, ao olhar para ela, o homem maduro, ocupado e cansado pensou que nunca tinha visto uma jovem mais doce e graciosa, do que aquela professora do leste, de olhos lindos e cabelos ruivos.

Paul se sentou entre eles, em êxtase de tanta felicidade.

— Nunca imaginei que papai viesse — o garoto falou, radiante. — Nem vovó sabia. Foi uma grande surpresa! Normalmente — Paul sacudiu seus cachos, com um ar sério —, não gosto de ser surpreendido. A gente perde toda a emoção da expectativa quando é surpreendido. Porém, nesse caso, foi muito bom! Papai chegou ontem à noite, quando já estava dormindo. Então, depois que vovó e Mary Joe se recuperaram da surpresa, ele e vovó subiram para me ver, sem nenhuma intenção de me acordar antes que o dia amanhecesse. Mas eu acordei, e no mesmo instante, Anne, pulei para os braços dele.

— Com um abraço de urso! — acrescentou o senhor Irving, sorrindo e abraçando o filho. — Quase não reconheci meu garoto. Está tão crescido, moreno e forte!

— Não sei dizer quem ficou mais feliz, vovó ou eu — Paul continuou. — Vovó está na cozinha, desde cedo, preparando as coisas que ele gosta de comer. Disse que não confiaria esse trabalho a Mary Joe. Esse é o jeito dela de demonstrar alegria. Eu prefiro sentar e conversar com ele. Mas agora, se não se importarem, vou deixar vocês por alguns minutos. Preciso buscar as vacas para Mary Joe levar para o estábulo. São minhas tarefas diárias.

Depois que Paul saiu para cumprir sua tarefa diária, o senhor Irving conversou com Anne sobre muitos assuntos. Mas a moça sentiu que, no fundo, ele estava o tempo todo pensando em alguem. Por fim, ele resolveu falar:

— Paul, em sua última carta me contou que foram visitar uma velha... amiga minha... a senhorita Lewis, que mora na casa de pedra, em Grafton. A senhorita sabe?

— Sim, sei de toda a história — foi a resposta contida de Anne, que não deu nenhum sinal que revelaria coisas pessoais. — Somos almas gêmeas.

O senhor Irving foi até a janela e contemplou o mar, dourado e cheio de ondas movimentadas por um vento forte. Por algum tempo, houve silêncio na sala de paredes escuras. Então, virou e olhou sorrindo para Anne e perguntou:

— O quanto a senhorita sabe — disse.

— Sei de toda a história que viveram — Anne respondeu prontamente. — De fato — ela explicou —, a senhorita Lavendar e eu somos muito íntimas.

— Acredito que sejam mesmo. Posso lhe pedir um favor? Eu gostaria de rever a senhorita Lavendar, se ela me permitir. A senhorita lhe perguntaria se posso ir?

Se eu perguntaria? É claro que sim! Afinal, aquele era um romance real, com todo o encanto da rima, do sonho e da história. Um pouco tardio, talvez, como uma rosa que floresce em outubro, quando deveria ter desabrochado em junho, mas que, apesar disso, é uma rosa, com todo o perfume, a doçura e a beleza dessa flor. Anne nunca teve uma missão mais desejada do que aquela caminhada pelo bosque de faias até Grafton, na manhã seguinte. Ela encontrou a senhorita Lavendar no jardim. Anne estava ansiosa e emocionada. Suas mãos ficaram frias e sua voz, trêmula.

— Senhorita Lavendar, tenho algo a lhe dizer... uma coisa muito importante. Consegue adivinhar o que seria?

Anne nunca imaginaria que sua amiga íntima pudesse adivinhar. Porém, o rosto da senhorita Lavendar ficou pálido, e ela falou, com a voz baixa e calma, naquele momento, todo o brilho e cores que a voz da senhorita Lavendar possuia haviam desaparecido.

— Stephen Irving está em casa?

— Como sabe? Quem lhe contou? — Anne exclamou contrariada, porque sua grande revelação havia sido antecipada.

— Ninguém. Deduzi, como você falou, que só poderia ser isso.

— Ele quer vir aqui para vê-la — Anne acrescentou. — Devo mandar uma mensagem dizendo que pode visitá-la?

— Sim, claro — a senhorita Lavendar respondeu, perturbada. — Não há nenhuma razão para não consentir. Virá apenas como qualquer outro velho amigo.

Anne tinha sua própria opinião, e, pensando nela, entrou apressadamente na casa de pedra, para se sentar diante da escrivaninha da senhorita Lavendar e escrever um bilhete.

"Oh, é esplêndido viver em um livro de romance!", ela pensou alegremente. "Dará tudo certo, é lógico, tem de dar e Paul vai ter uma nova mãe, alguém que ele ama, e todos serão felizes. Mas, o senhor Irving vai levar a senhorita Lavendar embora daqui, e ninguém sabe o que pode acontecer com esta casa de pedra... Portanto, existem dois lados nessa história, como parece haver em tudas as coisas neste mundo."

A memorável carta foi escrita, e Anne a levou pessoalmente ao correio de Grafton, onde se dirigiu ao carteiro, e lhe pediu encarecidamente que a deixasse em Avonlea.

— É muitíssimo importante! — ela disse ansiosamente.

O carteiro era um velho mal-humorado, que não parecia, de maneira nenhuma, um mensageiro de Histórias de Romance, que além disso, não pareceu a Anne ter uma memória confiável. Contudo, ele disse que faria o possível para se lembrar, e ela teve de se contentar com isso.

Naquela tarde, Charlotta sentiu que algo diferente rondava Echo Lodge, um mistério do qual ela não pertencia. A senhorita Lavendar perambulava agitadamente pelo jardim. Anne, por outro lado, também parecia dominada pela inquietação, andando de um lado para o outro. Charlotta suportou isso até que a paciência acabasse, e a garota confrontou Anne durante a terceira ida, sem objetivo aparente, que a romântica jovem fez até a cozinha.

— Por favor, senhorita Shirley — Com uma sacudida indignada nos grandes laços de fita azul em sua cabeça —, está óbvio para qualquer pessoa que a senhorita e minha querida patroa têm um segredo. Peço que me perdoe a intromissão, senhorita Shirley, mas eu penso que é uma maldade não me contarem, já que nós três temos sido tão amigas!

— Oh, Charlotta querida, se fosse um segredo meu teria lhe contado, mas ele é da senhorita Lavendar, você entende, não é? Porém, vou lhe dizer alguma coisa sobre isso. No entanto, se não der certo, você nunca vai falar nada com ninguém, uma só palavra a esse respeito, está bem? Ouça, o príncipe encantado está vindo aqui, hoje à noite. Ele veio há muitos anos, mas, em um momento de insensatez... foi embora e esqueceu o caminho mágico e secreto para o castelo encantado... onde a princesa, com seu fiel coração despedaçado, chorava desesperadamente. Felizmente, ele se lembrou, e a princesa ainda está esperando por ele, pois ninguém, a não ser seu amado príncipe, poderia tirá-la de seu castelo.

— Oh, senhorita Shirley, o que essa história cheia de poesia significa? — Charlotta suspirou, ansiosa.

Anne sorriu.

— Em prosa, estou lhe dizendo que um amigo antigo da senhorita Lavendar vem visitá-la hoje à noite.

— A senhorita quer dizer... um antigo prometido? — indagou a criada.

— Isso é provavelmente o que queria dizer, em prosa — Anne respondeu. — É o pai do Paul, o senhor Stephen Irving. E só Deus sabe o que irá acontecer. Vamos esperar pelo melhor, Charlotta.

— Espero que ele se case com a senhorita Lavendar! — foi a resposta inequívoca de Charlotta. — Algumas mulheres já nascem para se tornar velhas solteironas, e receio que eu seja uma delas, senhorita Shirley, porque não tenho paciência com os homens. Mas não é o caso da senhorita Lavendar. E eu ando preocupada, pensando sobre o que vai ser quando eu tiver idade suficiente para me mudar para Boston. Não sobrou mais nenhuma irmã em minha família, e nem quero imaginar se ela arranjasse alguma estranha, que poderia rir de suas imaginações, deixar as coisas fora de seus lugares e não aceitar ser chamada de Charlotta Quinta. Pode até ser que ela arrumasse alguém que não tivesse tanto azar como eu, mas ela nunca encontraria ninguém que a amasse mais do que eu.

E a fiel criada correu para a porta do forno e inspirou como sendo sua despedida.

Tomaram o chá naquela tarde, como de costume, em Echo Lodge; entretanto, ninguém realmente conseguiu comer nada. Depois do chá, a senhorita Lavendar foi para seu quarto e vestiu seu novo traje de organdi florido; em seguida, Anne fez um belo penteado no cabelo da amiga querida. Ambas estavam extremamente ansiosas, mas a senhorita Lavendar tentava ser calma e indiferente. A certa altura, olhou para a cortina e comentou, aflita, como se aquilo fosse a única coisa importante, naquele momento:

— Amanhã, devo remendar aquele pedaço rasgado ali. Essas cortinas não duraram o tempo que deveriam, se considerarmos o preço que paguei por elas. Oh Deus, Charlotta se esqueceu, de tirar a poeira do corrimão da escada. Eu preciso conversar com ela sobre isso.

Anne estava sentada nos degraus da varanda quando Stephen Irving surgiu na alameda e cruzou o jardim.

— Este é o único lugar que conheço em que o tempo parou — disse ele, encantado. — Nada mudou nesta casa, nem neste jardim, desde que estive aqui, vinte e cinco anos atrás. Este lugar faz eu me sentir jovem novamente.

— Em castelos encantados, o tempo nunca passa — Anne respondeu seriamente. — As coisas só começam a acontecer quando o príncipe chega.

O senhor Irving sorriu, com uma dose de tristeza, para o rosto de Anne, pleno de juventude e promessas.

— Algumas vezes Anne, o príncipe chega tarde demais — disse, sem que fosse necessário pedir a Anne que traduzisse seu comentário. Como todas as almas gêmeas se entendiam.

— Oh, não, quando o verdadeiro príncipe está vindo em busca de sua verdadeira princesa! — Anne falou com segurança, balançando o cabelo ruivo enquanto abria a porta da sala. Assim que o senhor Irving entrou, a moça fechou a porta, e se deparou com Charlotta, que estava no hall, desdobrando-se em "acenos e sorrisos graciosos".

— Oh, senhorita Shirley — ela respirou profundamente —, eu espiei pela janela da cozinha e... oh, como ele é lindo! E tem a idade certa para a senhorita Lavendar. Madame, seria muito errado escutarmos atrás da porta?

— Seria imperdoável, Charlotta — Anne firmemente a advertiu. — Portanto, venha comigo, vamos para longe do alcance da tentação!

— Não posso fazer nada, e é horrível ficar parada aqui, só esperando — lamentou Charlotta. — E se ele não a pedir em casamento, madame senhorita Shirley? Nunca se pode ter nenhuma certeza sobre eles... os homens. Minha irmã mais velha, Charlotta Primeira, pensou que já estava noiva de um, mas, na verdade, ele tinha uma visão diferente a respeito do relacionamento dos dois, e, hoje em dia, ela afirma que nunca mais vai confiar em nenhum deles outra vez. E ouvi falar de outro caso, em que um homem pensava que amava loucamente uma garota, quando, por fim, descobriu que era a irmã dela que ele tinha desejado o tempo todo. Quando um homem não sabe o que quer, madame senhorita Shirley, como pode uma pobre mulher saber?

— Vamos para a cozinha lustrar as colheres de prata — Anne decidiu. — Felizmente, essa é uma tarefa que não exige muito raciocínio... pois eu não conseguiria me concentrar esta noite. E isso vai nos distrair enquanto esperamos.

Uma hora se foi. Então, exatamente no momento em que Anne pôs sobre a mesa a última colher, elas escutaram a porta da frente ser fechada. Amedrontadas, buscaram consolo nos olhos uma da outra.

— Senhorita Shirley — Charlotta gaguejou —, se ele foi embora tão cedo, é porque não há romance e nunca haverá.

As duas correram para a janela. O senhor Irving não tinha a intenção de partir. Ele e a senhorita Lavendar estavam caminhando, lentamente, rumo ao banco de pedra.

— Oh, senhorita Shirley, ele abraçou ela — sussurrou Charlotta,extasiada. — Oh, ele só pode ter feito o pedido, pois, caso contrário, ela não teria permitido isso.

Anne pegou Charlotta pela cintura gorda e as duas dançaram animadamente pela cozinha até perderem o fôlego.

— Charlotta — Anne disse alegremente –, não sou uma profetisa, nem a filha de uma, mas vou fazer uma previsão: vai haver um casamento nesta velha casa de pedra antes que as folhas de bordo fiquem vermelhas! Quer que eu traduza isso em prosa, Charlotta?

— Não, isso eu consigo entender — Charlotta garantiu. — Um casamento não é poesia. Ora, madame, a senhorita está chorando? Por quê?

— Oh, porque tudo isso é tão bonito... tão parecido com a história de um livro... tão romântico... e tão triste! — Anne explicou, piscando, para afastar as lágrimas de seus olhos. — É tudo perfeitamente encantador... No entanto, há também, um pouco de tristeza misturada, de certa forma.

— Certo que se casar é correr um risco — Charlotta admitiu —, mas, no fim das contas, senhorita Shirley, existem muitas coisas piores, neste mundo, do que um marido.

CAPÍTULO XXIX

POESIA E PROSA

Anne viveu em um "turbilhão de emoções", por todo o mês seguinte, como se costumava dizer em Avonlea. A preparação de seu modesto enxoval, para levar para Redmond, teve importância secular. A senhorita Lavendar se preparava para seu casamento, e a casa de pedra era palco de inúmeros planos, encontros e discussões, com Charlotta que observava tudo com alegria e admiração. Quando a costureira visitou Echo Lodge para decidirem sobre o vestido de noiva, houve alegrias e angústias tanto na escolha do modelo, quanto do tecido e de seus detalhes.

Anne e Diana passavam boa parte do dia e noites, na casa de pedra, Anne perdia o sono, de tanto pensar se havia agido corretamente, ao aconselhar a senhorita Lavendar, a preferir o marrom ao azul-marinho como o traje com o qual viajaria, e a optar pelo modelo "princesa" para o vestido que seria feito com seda cinza.

As pessoas que estavam envolvidas com a história da senhorita Lavendar estavam felizes e ansiosos. Paul Irving foi até Green Gables para conversar com Anne sobre as novidades, assim que o pai lhe contou tudo que havia de novo.

— Nunca duvidei de papai para escolher uma segunda mãe para mim — o garoto falou, feliz e orgulhoso. — É muito bom ter um pai que podemos confiar, professora. Simplesmente aprovo com louvor a senhorita Lavendar. E vovó também está feliz e satisfeita. Ela me disse que ficou contente por papai não se casar com outra norte-americana. Apesar de não ter tido problemas com a primeira esposa, seria pouco provável que fosse assim a segunda vez. Já a senhora

Lynde aprova totalmente essa união, e acha que, agora que a senhorita Lavendar vai estar casada, é quase certo que ela desista de suas ideias esquisitas e seja novamente como as outras pessoas. Mas eu espero que ela não abra mão de suas ideias esquisitas, professora, pois gosto bastante delas e não gostaria se a senhorita Lavendar fosse como as outras pessoas. Já tem gente demais muito parecida ao nosso redor que são iguais. A senhorita entende, não é, professora?

Charlotta também estava radiante.

— Oh, senhorita Shirley, tudo deu perfeitamente certo. Quando o senhor Irving e a senhorita Lavendar voltarem de viagem, morarei com eles em Boston... Pense bem, só tenho quinze anos, e minhas irmãs só se mudaram para lá depois que completaram dezesseis. O senhor Irving não é esplêndido? Ele venera o chão onde a noiva pisa, até sinto uma coisa estranha ao ver o olhar dele quando a observa, senhorita Shirley. Estou muito feliz por eles gostarem tanto um do outro. Afinal, isso é o mais importante na união, embora algumas pessoas vivam casadas sem se amarem. Eu tenho uma tia que se casou três vezes, e ela diz que a primeira foi por amor e que as outras duas foram estritamente por comodismo. Mas garante que foi feliz nos três, exceto durante os funerais dos maridos. Mas, eu acho que ela se arriscou muito, senhorita Shirley.

— Nossa. É tudo tão romântico, Marilla! — Anne suspirou. — Se não tivessemos errado o caminho naquele dia em que, Diana e eu fomos à casa do senhor Kimball, nunca teríamos conhecido a senhorita Lavendar; e, se não a tivéssemos conhecido, eu não teria levado Paul até a casa dela — e ele nunca teria escrito ao pai sobre nossa visita a Echo Lodge exatamente na ocasião em que o senhor Irving estava de partida para São Francisco, na Califórnia. O senhor Irving contou que, no mesmo instante em que leu a carta de Paul, resolveu mandar o sócio para São Francisco em seu lugar e viajar para cá. Contou, que a última notícia que havia tido da senhorita Lavendar foi quinze anos atrás, quando lhe disseram que ela iria se casar. Ele acreditou e nunca mais perguntou a ninguém sobre ela. Agora tudo deu certo, e eu tenho uma participação nisso. Talvez, como a senhora Lynde costuma afirmar, tudo estava predestinado, e aconteceria de uma forma ou de outra. Contudo, mesmo que isso seja verdade, é magnífico pensar que fui um instrumento do destino. Sim, de fato, essa é uma história muitíssimo romântica!

— Não entendo por que você acha verdadeiramente romântico — Marilla discordou quase secamente. Para ela Anne estava se ocupando demais com aquele casamento. Deveria se preparar para a faculdade, em vez de visitar Echo Lodge, dois dias a cada três, para ajudar a senhorita Lavendar.

— Primeiramente dois jovens tolos brigam e ficam emburrados, em seguida, Steven Irving se muda para os Estados Unidos e, passado algum tempo se casa por lá e vive feliz, até onde se sabe. Então, sua esposa morre e, após um bom tempo, ele decide voltar para casa e descobre que seu primeiro amor ainda o quer. Enquanto isso, ela vive sozinha, provavelmente porque nenhum homem bom a pediu em casamento. Por fim, eles se reencontram e resolvem se casar. Ora, Anne, onde existe tanto romance nessa história?

— Ora, não há nenhum, quando se colocam as coisas dessa maneira — Anne disse, desapontada como se alguém tivesse jogado um balde de água fria. — Suponho que seja assim que as coisas soam, em prosa. Mas tudo fica diferente, se olhamos pelo ângulo da poesia... E, em minha opinião, é muito mais belo — Anne se animou, seus olhos brilharam e suas bochechas avermelharam — ver o lado poético das coisas.

Marilla encarou a jovem e radiante Anne, e refreou qualquer outro comentário sarcástico. Talvez tenha percebido que, afinal, era melhor ter, como Anne, a visão e a sensibilidade — aquele presente que o mundo não pode conceder ou tirar — de olhar a vida através de algum ponto de vista diferenciado, pelo qual tudo parecia coberto por uma luz celestial, uma glória e um frescor invisíveis para aqueles que, como ela e Charlotta, enxergavam as coisas apenas pela prosa.

— Quando será o casamento? — perguntou, após uma pausa.

— Na última quarta-feira de agosto. Eles vão se casar no jardim, sob a trepadeira de madressilvas, onde o senhor Irving a pediu em casamento, há vinte e cinco anos. Marilla, isso é romântico, até em prosa! Será uma cerimônia reservada, estarão presentes Paul e a senhora Irving, Gilbert, Diana e eu, e os primos da senhorita Lavendar. Depois da cerimônia, o casal partirá no trem das 18 horas, para uma viagem pela costa do Oceano Pacífico. Quando retornarem, já no outono, Paul e Charlotta irão morar em Boston. Contudo, Echo Lodge vai permanecer exatamente como está... Quer dizer, é claro que as galinhas e a vaca vão ser vendidas, e as janelas vão ser protegidas com grades fechadas. Eles pretendem vir, passar o verão na casa de pedra. Fiquei muito feliz! Seria bastante doloroso pensar, no próximo inverno em Redmond, que aquela casa tão querida estaria deserta e abandonada, sem nada nos cômodos — ou, ainda pior, com pessoas estranhas morando ali. Felizmente, agora já posso pensar nela como sempre a vi, e imaginar que está apenas esperando alegremente pelo verão, que vai lhe trazer de volta a vida e as suas risadas.

No mundo eram poucos os romances, em que um casal de meia-idade estaria vivendo em Echo Lodge. Anne se deparou subitamente com ele, durante um entardecer, quando foi a Orchard Slope pelo atalho do bosque e chegou ao jardim dos Barry. Diana Barry e Fred Wright estavam de pé sob o grande salgueiro. Diana, apoiada no tronco, com os olhos ligeiramente fechados e as bochechas coradas. Uma de suas mãos era segurada por Fred, que tinha o rosto voltado para ela e dizia seriamente alguma coisa, em voz baixa. Naquele momento mágico, não existia mais ninguém no mundo, somente os dois. E nenhum deles viu Anne, que, depois de um olhar atônito e um lampejo de compreensão, se virou e correu silenciosamente pelo bosque de abetos, sem parar, até chegar ao seu quartinho no sótão, onde se sentou, sem fôlego ao lado da janela, e tentou reorganizar seus pensamentos.

— Diana e Fred estão apaixonados! — murmurou. — Oh, isso realmente parece tão... tão... tão irremediavelmente adulto...

Ultimamente, Anne desconfiava de que Diana estava se distanciando do herói byroniano, figura antiga em seus sonhos. Porém, as coisas que vemos têm mais poder do que as que ouvimos ou suspeitamos, a confirmação daquela desconfiança, veio para Anne quase com o choque de uma surpresa completa. E a isso se sucedeu um sentimento de estranheza, de uma pequena solidão, como se, de alguma maneira, Diana tivesse seguido rumo a um novo mundo e fechado um portão atrás dela, deixando a amiga de lado.

"Tudo está mudando tão depressa que chego a ficar assustada", Anne pensou, com pouca tristeza. "E acho que não seja possível que isso interfira em meu relacionamento com Diana. Tenho certeza de que, a partir de agora, não vou mais poder dizer a ela todos os meus segredos... ela pode contar para Fred. Afinal, o que consegue ver em Fred? Ele é um moço bondoso e alegre... mas é apenas Fred Wright!"

Isso é uma pergunta muito intrigante mesmo. O que alguém pode ver em outra pessoa? Mas, afinal, que bom que é assim, pois se todos vissem da mesma forma, seria como um velho índio norte-americano já disse: "Todos iriam querer minha esposa". Estava óbvio que Diana viu algo em Fred Wright, por mais oculto que os olhos de Anne não pudessem enxergar o que era.

Diana chegou a Green Gables, no fim da tarde do dia seguinte, e, à luz do crepúsculo e na intimidade do sótão, contou a Anne toda a história. Elas choraram, trocaram abraços e riram muito.

— Estou tão feliz! — Diana revelou. — Mas parece ridículo saber que estou comprometida.

— Como se sente estando comprometida? — Anne perguntou, muito curiosa.

— Bem, acho que depende da pessoa com o qual você está comprometida — respondeu Diana, com aquele irritante ar de superioridade e sabedoria, que é sempre assumido por quem está comprometido, em relação a quem não está. — É perfeitamente adorável estar noiva de Fred... mas acho que seria terrível estar noiva de qualquer outro garoto.

— Não é animador, para mim e para todas as outras garotas, já que só existe um Fred Wright — Anne riu.

— Oh, Anne, você não entendeu — disse Diana, ofendida. — Eu não quis falar assim... Oh, é tão difícil explicar! Não importa; em algum momento, quando chegar sua vez, você vai compreender.

— Que Deus te abençoe, a mais querida de todas as Dianas! Agora, entendo para que serve a imaginação, senão para permitir que vejamos a vida com os olhos de outra pessoa!

— Você sabe que será minha madrinha de casamento, não sabe, Anne? Prometa isso... Você tem que ser, independentemente de onde estiver, no dia do casamento.

— Mesmo se estiver no fim do mundo, virei — Anne prometeu.

— É certo que ainda vai demorar um tempo — Diana acrescentou, um pouco constrangida. — Três anos, no mínimo... afinal só tenho 18 anos, e mamãe disse que não quer que nenhuma filha se case antes dos 21. Além disso, o pai de Fred vai comprar a fazenda de Abraham Fletcher, para ele começar a vida de casado, e disse que só passará o imóvel para o nome dele, após tiver quitado dois terços do valor. Porém, três anos não é tanto tempo assim, pois preciso me preparar para cuidar de uma casa, e ainda nem tenho um enxoval completo. Anne, vou começar a fazer toalhinhas de crochê amanhã mesmo. Myra Gillis se casou com 37, e estou decidida a fazer o mesmo que ela.

— Acredito mesmo ser impossível manter uma casa com apenas 36 toalhinhas de crochê — Anne concordou, com uma expressão solene no rosto, mas um olhar irônico.

Diana pareceu chateada.

— Não imaginei que você zombaria de mim, Anne.

— Minha amiga mais querida, não zombei de você! — Anne declarou, com ênfase e arrependida. — Estava apenas provocando um pouquinho. Tenho certeza de que vai ser a dona de casa mais maravilhosa do mundo. E acho, também, que é esplêndido você já estar fazendo planos para a casa de seus sonhos.

Anne mal havia acabado de falar "casa de seus sonhos" quando sua imaginação começou a visualizar a moradia que ela mesma sonhava. Era, logicamente, habitada também por um dono enigmático, digno e melancólico. No entanto, Gilbert Blythe insistia em permanecer por ali, ajudando-a a prender quadros na parede, plantar o jardim e realizar várias outras tarefas que um herói honrado e melancólico evidentemente consideraria incompatíveis com sua posição na sociedade. Anne fez o que pôde para tirar a imagem de Gilbert de seu castelo na Espanha, mas, inexplicavelmente continuava lá, e Anne, apressada, desistiu de afastá-lo e criou seu projeto arquitetônico com tanto sucesso que a "casa de seus sonhos" já estava construída e mobiliada antes mesmo que Diana voltasse a falar.

— Suponho, Anne, que você deve achar que é muito estranho eu gostar tanto de Fred, sabendo que ele não se parece com o tipo de pretendente que sempre disse que escolheria para marido, alto e esbelto. Mas você não vê que, nesse caso, ele não seria o Fred? É claro que — Diana prosseguiu, meio triste — vamos ser um casal gorducho. Por outro lado, é melhor assim do que um de nós ser baixo e gordo, e o outro, alto e magro, como Morgan Sloane e sua esposa. A senhora Lynde diz que se assusta com isso, quando vê os dois juntos.

— Bem — pensou Anne, para si mesma, naquela noite enquanto escovava o cabelo, diante do espelho —, fico contente por Diana estar tão feliz e satisfeita. Entretanto, quando chegar minha vez, se isso acontecer, espero, no fundo de meu coração, que seja com pouco mais de emoção. Na verdade, lembro bem que Diana já pensou assim, no passado. Eu a ouvi dizer, várias vezes, que nunca ficaria noiva, de um modo banal e pouco comovente; que ele teria de fazer algo esplêndido para conquistá-la... Porém ela mudou. Talvez eu mude também. Não, não vou mudar... não quero e não vou. Oh, acho que esses noivados são perturbadores, quando acontecem com seus amigos mais íntimos!

CAPÍTULO XXX

O CASAMENTO NA CASA DE PEDRA

Enfim o grande dia chegou, na última semana de agosto, quando a senhorita Lavendar se casaria. Quinze dias depois, Anne e Gilbert partiriam para a Universidade no Redmond. E, dentro de uma semana, a senhora Rachel Lynde se mudaria para Green Gables, levando seus objetos mais preciosos e se instalando no antigo quarto de hóspedes, que já estava preparado para a sua chegada. Ela havia leiloado todos os seus móveis supérfluos e, naqueles dias, vinha se divertindo com a agradável ocupação de ajudar o senhor e a senhora Allan a fazerem as malas. O senhor Allan pregaria seu sermão de despedida no domingo seguinte. Anne sentiu — com uma leve tristeza, para dar lugar ao novo, ela sentia um pitada de tristeza no lugar de toda empolgação e alegria.

— Mudanças nem sempre são totalmente agradáveis, mas, em geral, são excelentes — o senhor Harrison declarou filosoficamente. — Dois anos é tempo suficiente para permanecerem exatamente iguais. Depois disso, as coisas podem começar a mofar.

O senhor Harrison estava fumando na varanda. Sua esposa havia permitido, em um ato de sacrifício voluntário, que ele fumasse em casa, contanto que se sentasse ao lado de uma janela aberta. Então, o senhor Harrison recompensou essa concessão indo fumar inteiramente ao ar livre. Sinal de boa vontade mútua.

Anne tinha ido ali para pedir à senhora Harrison algumas de suas dálias amarelas. Ela e Diana iriam a Echo Lodgem para ajudar a senhorita Lavendar e Charlotta nos preparativos finais para o casamento, que já era no dia seguinte. A própria senhorita Lavendar nunca teve dálias, porque não gostava dessas flores, e, além disso, elas não combinavam com o estilo discreto e antiquado de seu jardim. No entanto, naquele verão, flores de qualquer tipo estavam bastante escassas, em Avonlea e nos distritos vizinhos, graças à tempestade de tio Abe. Com isso, Anne e Diana pensaram que certo pote velho, de pedra de cor creme — utilizado apenas para guardar rosquinhas —, cheio de dálias amarelas seria exatamente o que deveria ficar em um ângulo sombrio da escada da casa de pedra, contrastando com o papel de parede vermelho.

— Acredito que a senhorita vá para a universidade daqui a quinze dias. — o senhor Harrison prosseguiu. — Então, Emily e eu vamos sentir terrivelmente sua falta. Mas certo que, a senhora Lynde vem ocupar seu lugar em Green Gables. Não há ninguém que não possa encontrar um substituto.

O tom irônico da voz do senhor Harrison é praticamente impossível de ser expressada no papel. Apesar da intimidade da senhora Harrison com a senhora Lynde, o melhor que poderia ser dito a respeito do relacionamento entre esta última e o marido de Emily, mesmo depois das mudanças, é que os dois mantinham uma neutralidade.

— Sim, irei — Anne respondeu. — Estou muito feliz, mas meu coração está muito triste.

— Tenho certeza que ganhará todas as honras ao mérito que ainda estiverem à solta no Redmond.

— Talvez eu tente ganhar uma ou duas delas, mas essas coisas não são mais tão importantes para mim quanto eram há dois anos. O que quero do curso é adquirir conhecimento sobre a melhor forma de viver e, a melhor forma de aprender o que tem por lá. Quero saber entender e ajudar as outras pessoas e a mim mesma também.

O senhor Harrison concordou com um aceno.

— A ideia é exatamente essa. É para isso que uma universidade deveria servir, em vez de formar uma grande quantidade de bacharéis, todos tão repletos de conhecimentos literários e vaidades, que não sobra espaço para mais nada. Está certa. A universidade não poderá lhe fazer muito mal.

Diana e Anne dirigiram-se a Echo Lodge, após o chá, levando com elas vários arranjos de flores que muitas expedições aos próprios jardins e aos de seus vizinhos haviam conseguido colher. Encontraram a casa de pedra cheia de empolgação e alegria. Charlotta andava de um lado para o outro, com tanta energia e vigor, que seus laços azuis pareciam onipresentes.

— Graças a Deus, as senhoritas vieram! — ela exclamou, aliviada. — Temos várias coisas para serem feitas... a cobertura daquele bolo não endurece... e toda a prata precisa ser polida... e este baú estofado com crina de cavalo, que a senhorita Lavendar vai levar, ainda está vazio... E as galinhas para a salada de frango estão correndo e cacarejando lá fora, em volta do galinheiro, madame senhorita Shirley. E a senhorita Lavendar não está confiável para fazer nada; fiquei agradecida quando o senhor Irving chegou, alguns minutos atrás, e a levou para um passeio no bosque. Concordo que devem namorar, senhorita Shirley, mas tem de ser na hora e no lugar certos! Se tentarem misturar isso com a cozinha, e com a faxina, nada poderá dar certo. Essa é a minha opinião, senhorita Shirley.

Anne e Diana trabalharam com tanta energia que, por volta das 22 horas, até Charlotta estava exausta. A criada, então, fez inúmeras tranças no cabelo e levou seus ossos pequenos e cansados para a cama.

— Mas tenho certeza que não conseguirei pregar o olho, senhorita Shirley, por medo de que algo dê errado, no último minuto... Que o creme azede, ou até que o senhor Irving tenha um derrame e não possa vir se casar.

— Ele não tem o hábito de ter ataques cardíacos, tem? — Diana perguntou, contorcendo as covinhas noscantos da boca. Para ela, Charlotta Quarta era, se não exatamente um exemplo de beleza, certamente um motivo para eterna fonte de riso..

— Não acontecem por hábito — disse Charlotta, com dignidade. — Eles simplesmente acontecem... e aí está! Qualquer pessoa pode ter um. Nem é necessário saber como. O senhor Irving se parece muito com um tio meu que teve um derrame, uma vez, bem no momento em que estava se sentando à mesa para almoçar. Mas estou torcendo para dar tudo certo. Neste mundo, temos apenas que esperar pelo melhor, nos preparar para o pior, e nos conformar com o que quer que seja que Deus quiser.

— A minha única preocupação é a possibilidade de o tempo não estar bom amanhã — Diana afirmou. — Tio Abe previu chuva para o meio da semana, e, desde aquela tempestade terrível, não consigo deixar de pensar.

Anne, que sabia melhor do que Diana o tanto que tio Abe tinha a ver com aquele temporal, não se perturbou com isso. Dormiu o sono dos justos e cansados, e foi acordada por Charlotta bem antes do horário combinado.

— Oh, senhorita Shirley, é terrível acordá-la tão cedo — a criada lamentou, diante doburaco da fechadura —, mas ainda há tanto o que fazer... E, oh, senhorita Shirley, estou com medo que chova, e gostaria muito que a senhorita se levantasse e me dissesse que não vai acontecer.

Anne correu até a janela, ansiando que isso era improvável, de que Charlotta estivesse dizendo aquilo apenas como uma maneira de despertá-la total e imediatamente. Entretanto, infelizmente, a manhã parecia mesmo pouco propícia. O belo jardim da senhorita Lavendar, que deveria estar gloriosamente iluminado pelos raios do sol, que havia acabado de nascer no horizonte, estava escuro e sem nenhum vento, e o céu sobre os abetos estava escuro, com nuvens ameaçadoras.

— Isso é terrível! — Diana exclamou.

— Vamos esperar pelo melhor — Anne falou, determinada. — Se, pelo menos, não chover, acredito que um dia cinzento, mas perolado, como este pode ser realmente mais agradável do que se o sol estivesse brilhando torrencialmente.

— Mas irá chover — perguntou Charlotta, aflita, entrando no quarto. A aparência de Charlotta, era, no mínimo, cômica. Suas muitas tranças estavam todas enroladas na cabeça, com as pontas amarradas com fitas brancas, e apontando para fora, em todas as direções. — A chuva vai esperar até o último minuto — ela continuou —, e depois cair torrencialmente. E todos os convidados ficarão encharcados... e sujar toda a casa de lama... e os noivos não vão poder se casar debaixo das madressilvas... Oh, diga o que quiser, senhorita Shirley, mas significa azar, para uma noiva, o sol não brilhar sobre ela durante sua cerimônia de casamento. Eu sabia que estava tudo indo bem demais para durar!

Charlotta parecia ter lido, recentemente, alguma folha do livro de cabeceira da senhorita Eliza Andrews.

Mas, não choveu, embora o céu continuasse bastante carregado. Ao meio-dia, aproximadamente, a mesa magnificamente posta, e, no andar de cima, uma noiva embelezada para seu futuro marido aguardava.

— A senhorita está encantadora! — Anne exclamou, encantada.

— Maravilhosa! — Diana confirmou.

— Está tudo pronto, senhorita Shirley, e nada de ruim aconteceu ainda — foi a alegre afirmação de Charlotta, antes de ir para seu pequeno aposento, nos fundos da casa, para se aprontar. Sairam todas as tranças; o resultado foi um cabelo exuberantemente frisado, dividido em dois rabos de cavalo, atados não apenas com dois laços, mas com quatro, de fita azul brilhante, comprada exclusivamente para a ocasião. Os dois laços superiores davam a impressão de serem asas muito grandes, que brotavam no pescoço de Charlotta, lembrando um pouco os querubins do pintor italiano Rafael. Contudo, Charlotta Quarta achou que eles estavam muito bonitos e, depois de ter colocado desajeitadamente um vestido branco, tão engomado que poderia ficar por conta própria em posição vertical, examinou-se no espelho com grande satisfação — uma satisfação que só durou até Charlotta entrar no hall e verde, pela porta entreaberta do quarto de hóspedes, uma garota alta — usando um lindo vestido, muito bem ajustado ao corpo — prender flores brancas, semelhantes a estrelas, nas ondas suaves de seu cabelo ruivo.

"Oh, nunca vou conseguir ficar parecida com a senhorita Shirley", pensou a pobre Charlotta, em desespero. "É preciso já nascer assim, acho... Parece que nenhuma quantidade de prática é suficiente para alguém ter aquele ar."

Por volta das 13 horas, os convidados já haviam chegado. O senhor Allan celebraria o casamento, pois o pastor de Grafton estava de folga. Não houve formalidades na cerimônia. A senhorita Lavendar desceu a escada e se encontrou com Stephen Irving no hall. Ele pegou a mão da noiva, ela ergueu seus grandes olhos castanhos e o contemplou, com uma expressão que fez a atenta Charlotta sentir uma emoção que, até aquele momento, não conhecia. Todos se dirigiram ao jardim, onde o senhor Allan já estava à espera, sob a videira de madressilvas. Os convidados se agruparam como quiseram. Anne e

Diana ficaram ao lado do velho banco de pedra, com Charlotta entre elas, apertando aflitamente, com suas pequenas mãos frias e trêmulas.

O senhor Allan abriu sua Bíblia azul e deu início à cerimônia. Então, assim que a senhorita Lavendar e Stephen Irving foram declarados marido e mulher, aconteceu algo muito bonito e simbólico. O sol surgiu repentinamente entre as nuvens escuras e derramou uma torrente de brilho sobre a feliz noiva. Instantaneamente, o jardim ficou repleto de sombras dançantes e luzes que oscilavam.

"Que prenúncio adorável!", Anne pensou, enquanto corria para abraçar a noiva.

Feito isso, ela, Diana e Charlotta deixaram os convidados rindo ao redor do alegre casal e entraram rapidamente na casa de pedra, para finalizar os preparativos para o banquete.

— Graças a Deus deu tudo certo, senhorita Shirley! — Charlotta suspirou aliviada. — Eles já estão seguramente casados, e não importa o que quer que possa acontecer agora. Os saquinhos de arroz estão na despensa, madame, o sapato velho está atrás da porta, e o creme para ser batido na hora está sobre um dos degraus da escada do porão.

Às 14h30, o senhor e a senhora Irving partiram para Bright River, e todos os acompanharam, para se despedir deles quando tomassem o trem da tarde. No momento em que a senhorita Lavendar — quer dizer, a senhora Irving — atravessou a porta de seu antigo lar, Gilbert e as garotas jogaram o arroz, e Charlotta Quarta arremessou o sapato velho, com uma pontaria "tão certeira" que ele foi parar exatamente na cabeça do senhor Allan. Porém, a homenagem mais bela e emocionante de todas foi reservada a Paul, que apareceu subitamente na varanda, badalando entusiasticamente o velho e enorme sino de bronze que enfeitava a lareira da sala de jantar. Embora o único objetivo de Paul tivesse sido fazer um ruído alegre, quando o toque do sino cessou, vieram os repiques de todos os pontos das colinas atrás do rio, soando clara, harmônica e docemente, como se os adorados ecos da senhorita Lavendar estivessem abençoando seu casamento e se despedindo dela. À medida que os sons iam enfraquecendo, ela se distanciava de sua antiga vida de sonhos e fantasias, rumo a uma existência de realidades no movimentado mundo novo que estava lá fora.

Passadas duas horas, Anne e Charlotta percorreram novamente a alameda. Gilbert tinha ido a West Grafton para cumprir uma tarefa, e Diana havia voltado para casa, onde se encontraria com Fred. Anne e Charlotta retornaram a Echo Lodge para limpar e arrumar tudo e, em seguida, trancar a pequena casa de pedra. O jardim estava inundado pelos últimos raios dourados do sol poente, com borboletas voando e abelhas zumbindo. Contudo, a casa já apresentava aquele ar indefinível de desolação que sempre se segue a uma uma grande celebração.

— Oh, por Deus! A casa não parece solitária? — suspirou Charlotta, que esteve chorando durante todo o caminho de volta da estação. — Afinal de contas, um casamento, depois que acaba a comemoração, não é muito mais animado do que um funeral, senhorita Shirley.

Seguiram um atarefado entardecer, onde retiraram os enfeites, lavaram a louça e as iguarias que sobraram foram embaladas e colocadas em uma cesta, para o deleite dos irmãos mais novos de Charlotta. Anne não descansaria enquanto não estivesse tudo na mais perfeita ordem. Depois que Charlotta foi para sua casa, levando as guloseimas, Anne percorreu todos os cômodos silenciosos — sentindo-se como alguém que perambula por uma casa abandonada — e fechou todas as janelas e cortinas. Por fim, saiu, trancou a porta e se sentou sob o álamo prateado, para esperar por Gilbert. Ela estava muito cansada, mas, ainda assim, teve pensamentos longos.

— Em que está pensando, Anne? — Gilbert perguntou, caminhando. Havia deixado o cavalo e a charrete na estrada.

— Justamente na senhorita Lavendar e no senhor Irving — ela respondeu sonhadoramente. — Não é lindo pensar em como tudo aconteceu, e como eles ficaram juntos de novo, após tantos anos de separação, por causa de mal-entendidos?

— Sim, é maravilhoso — Gilbert concordou, olhando fixamente para o rosto de Anne. — Mas não seria ainda mais lindo se não tivesse havido nenhum mal-entendido, nenhuma separação? Se eles tivessem caminhado pela vida, de mãos dadas, todo esse tempo, sem lembranças de mal-entendidos?

Por um momento, o coração de Anne disparou estranhamente, e, pela primeira vez, seus olhos hesitaram diante do olhar fixo de Gilbert; um súbito rubor encobriu a palidez de seu rosto. Era como se um véu, que havia permanecido o tempo todo diante de sua consciência, fosse levantado, de repente, mostrando sentimentos e verdades de cuja existência ela jamais havia suspeitado. Afinal, se o romance não entrasse na vida de alguém com esplendor e alarde, como um cavaleiro feliz e majestoso; talvez ele viesse para o nosso lado silenciosamente, por caminhos tranquilos, como um velho amigo; talvez viesse em forma de prosa, e assim permanecesse até que um repentino raio de luz se lançasse sobre suas páginas, traindo seu ritmo e música aparentes; talvez... talvez o amor se desenvolvesse naturalmente, partindo de uma bela amizade, como um botão de rosa que se abre encantadoramente.

Segundos depois, o véu caiu para o mesmo lugar, mas a Anne que percorreu a alameda escura não era mais a mesma que tinha passado alegremente por ali, na tarde anterior. A página da Anne menina tinha sido virada, como por um dedo invisível, e a página da Anne mulher estava diante dela, com todo o seu encanto e mistério, toda a sua dor e alegria.

Sabiamente, Gilbert não disse mais nada. Entretanto, em seu silêncio, ele leu a história dos próximos quatro anos, à luz daquele rubor inesquecível de Anne. Quatro anos de trabalho duro, mas feliz, e, por fim, a recompensa: um conhecimento útil adquirido e um coração doce conquistado.

Atrás deles, a pequena casa de pedra repousava entre as sombras. Estava solitária, mas não abandonada. Ainda não tinha terminado seu tempo para sonhos, risadas e alegria de viver. Haveria muitos verões para a casa de pedra e, até lá, ela poderia esperar. Enquanto isso, nas colinas, para além do rio em tons de lilás, os ecos também aguardavam o futuro.

Este livro foi composto com a tipografia Times New Roman
e impresso pela Meta Brasil.